STEIDL

taschenbuch 128

W0348151

Bernt Engelmann, 1921 in Berlin geboren, erlebte den Zweiten Weltkrieg zunächst als Soldat bei der Luftwaffe, dann als Angehöriger einer Widerstandsgruppe, wurde zweimal von der Gestapo verhaftet und erst bei Kriegsende, nach langer »Schutz«-Haft in Gefängnissen und Konzentrationslagern, aus dem KZ Dachau befreit.

Engelmann arbeitete schon während seines Studiums als Journalist für Gewerkschaftszeitungen, dann als Reporter, Korrespondent und Redakteur beim *Spiegel,* später für das NDR-Fernsehmagazin *Panorama.* Seit 1962 war er freier Schriftsteller. Viele seiner Bücher – unter anderem »Die Aufsteiger«, »Hotel Bilderberg«, »Die Laufmasche«, »Deutschland-Report«, »Schwarzbuch Helmut Kohl«, »Großes Bundesverdienstkreuz«, »Berlin«, »Du deutsch?«, »Die Beamten. Unser Staat im Staate«, »Wir Untertanen. Ein deutsches Geschichtsbuch« sowie, zusammen mit Günter Wallraff, »Ihr da oben, wir da unten« – wurden in alle wichtigen Sprachen übersetzt und sind sowohl in den USA wie in Rußland, in Frankreich, Großbritannien, Schweden, Finnland, Polen, Italien, Ungarn und in Japan erschienen. Die Weltgesamtauflage seiner mehr als 40 Buchtitel hat die 15-Millionen-Grenze überschritten. In Deutschland erscheinen seine Bücher im Steidl Verlag.

Bernt Engelmann, engagierter Gewerkschafter, war von 1977 bis 1984 Vorsitzender des Verbands deutscher Schriftsteller (VS) in der IG Druck und Papier, von 1972 bis 1984 Präsidiumsmitglied des PEN-Zentrums BRD, war langjähriges Mitglied der IG Metall und gehörte der Tarif- und Verhandlungskommission des VS an. 1984 wurde er mit dem Heinrich-Heine-Preis ausgezeichnet. Er starb 1994 in München.

Bernt Engelmann

Großes Bundesverdienstkreuz

Tatsachenroman

Steidl

»Großes Bundesverdienstkreuz« erschien erstmals 1974 im Verlag AutorenEdition.

Wir senden Ihnen gern unser kostenloses Gesamtverzeichnis zu:
Steidl Verlag, Düstere Straße 4, D-37073 Göttingen

98 99 00 01 9 8 7 6 5 4 3 2 1

© Copyright: Steidl Verlag, Göttingen 1987, 1991, 1994, 1998
Alle Rechte vorbehalten.
Umschlaggestaltung: Klaus Detjen
Satz, Druck, Bindung:
Steidl, Düstere Straße 4, D-37073 Göttingen
Gedruckt auf Öko 2001 RC-Papier
zur ökologischen Buchherstellung
(80 Prozent Altpapier, 20 Prozent Durchforstungsholz aus nachhaltiger Forstwirtschaft, ohne Färbung, ohne optische Aufheller)
Printed in Germany
ISBN 3-88243-603-4

Inhalt

Vorwort

Dieses wesentlich erweiterte, mit neuen, erst in jüngster Zeit aufgefundenen Dokumenten ergänzte Buch, dem ich, nicht zuletzt weil es Aufschluß gibt über Werdegang und Hintermänner des derzeitigen Bundeskanzlers Helmut Kohl, weite Verbreitung wünsche, hat eine lange Vorgeschichte.
Als Tatsachenroman »Großes Bundesverdienstkreuz« erschien ein Teil davon erstmals im September 1974 und danach in immer neuen, kaum veränderten Auflagen. Je mehr Leser das Buch fand, desto mehr Fragen mußte ich beantworten - auf Pressekonferenzen, Veranstaltungen, Lesereisen, auch vor etlichen Gerichten sowie vor allem brieflich, weil mehrere tausend Leser mir schrieben, die wissen wollten, ob dieses oder jenes tatsächlich stimme, wie ich es herausgefunden hätte und ob die betreffenden Prominenten denn nicht sofort mit allen ihnen zu Gebote stehenden Mitteln gegen mich vorgegangen wären. Und daneben meldete sich auch eine stattliche Anzahl von - meist ungenannt bleiben wollenden - Zeugen, die die Richtigkeit der Ermittlungsergebnisse aus eigener Kenntnis bestätigen und sie in wichtigen Punkten noch ergänzen konnten.
Kurz, »Großes Bundesverdienstkreuz« entwickelte, über das Roman-Ende hinaus, ein die enthaltenen Tatsachen stark vermehrendes Eigenleben und wurde, nicht zuletzt durch den Aufstieg mehrerer Randfiguren in die obersten Ränge der bundesdeutschen Politik und Wirtschaft, immer gewichtiger. So erscheint es mir jetzt an der Zeit, der Praxis der Ordensverleihung zu entsprechen und dem »Großen Bundesverdienstkreuz« den *Stern* dazu folgen zu lassen. Im Klartext: Ich meine, die Öffentlichkeit soll nun erfahren, wie der Tatsachenroman seinerzeit entstanden ist, welche sofortigen und späteren Folgen er hatte und zu welcher - ursprünglich nicht vermuteten - aktuellen Bedeutung er inzwischen gekommen ist.

So erscheint jetzt der unveränderte Tatsachenroman mit einem ausführlichen und, wie ich meine, die nächsthöhere Stufe des hohen Ordens verdienenden Anhang unter dem neuen Titel »Großes Bundesverdienstkreuz *mit Stern*«. Und sollten die betroffenen Bosse aus Politik und Wirtschaft, vom Kanzler abwärts, abermals die Gerichte gegen Autor und Verlag bemühen, könnte eines Tages auch noch »... mit Stern *und Schulterband*« folgen.

Bernt Engelmann

Teil 1

Ein Brief aus New York

»... haben Ihr Manuskript mit Interesse gelesen. Es geht mit gleicher Post an Sie zurück, und ich bin von der Konferenz unserer Seniorpartner beauftragt, Ihnen zu danken für die große Liebenswürdigkeit, uns vor der Drucklegung die Einsichtnahme ermöglicht zu haben.
Ich bin ferner beauftragt, Ihnen zu bestätigen, daß alle von Ihnen zitierten Dokumente nach unserem besten Wissen und Gewissen echt sind und von einem Sachverständigen für solche Dokumente überprüft und für einwandfrei befunden wurden. Wir haben unsererseits keine Einwände dagegen, daß Sie alle diese Dokumente korrekt zitieren.
Wir haben auch von uns aus nichts dagegen einzuwenden, daß Sie die Identität der bei der Ermittlung aktenkundig gewordenen Personen enthüllen. In Anbetracht der Tatsache, daß es sich bei den Betreffenden um Persönlichkeiten der Zeitgeschichte der Bundesrepublik Deutschland handelt, die weder unsere Mandanten sind noch aus sonstigen Gründen Anspruch auf unsere Verschwiegenheit haben, sehen wir auch gar keine Möglichkeit, Ihnen zu verwehren, die Betreffenden bei ihrem richtigen Namen zu nennen. Wir müssen aber für uns und unsere Klienten jedwede Verantwortung dafür ablehnen und machen Sie darauf aufmerksam, daß wir nicht für die möglichen Folgen haften.
Mit Befriedigung haben wir vermerkt, daß Sie die Personalien und Eigenschaften unserer Klienten, den Inhaber unserer Firma, unseres in Deutschland tätig gewordenen Juniorpartners, unserer deutschen und amerikanischen Anwaltskollegen sowie unserer Beauftragten, Mitarbeiter und Informanten so verändert haben, daß deren Identität hinlänglich verborgen bleibt. Wir möchten nicht verfehlen, Sie ausdrücklich darauf hinzuweisen, daß wir eine Preisgabe der Identität dieses Personenkreises nicht hingenommen hätten und auch in Zukunft nicht zulassen würden.

Bitte haben Sie Verständnis für diese notwendigen Erklärungen. In Anbetracht der erheblichen politischen Bedeutung dieses Falles - auch und gerade im Hinblick auf den kürzlichen Rücktritt von Bundeskanzler Willy Brandt - möchten und müssen wir vermeiden, daß wir, unsere Klienten oder Mitarbeiter in diese Sache hineingezogen werden. Wir dürfen Ihnen bei dieser Gelegenheit auch vertrauliche Kenntnis davon geben, daß wir ein bestimmtes Mandat, die Einrichtung und Finanzierung eines internationalen Instituts zur Bekämpfung des Sozialismus betreffend, niedergelegt haben.
Indem wir Ihnen nochmals danken für Ihr Entgegenkommen, zeichnen wir mit dem Ausdruck unserer vorzüglichen Hochachtung als Ihre sehr ergebenen...

New York, N.Y., 24. Juni 1974.«

Dem Brief war das folgende Manuskript beigefügt, dessen Text für den Druck keinerlei Korrektur mehr erfahren hat.

1. Gesucht: Caspar David Friedrich

»... und hoffen, Sie hatten einen angenehmen Flug«, beendete die Stewardeß ihre Durchsage. Die Maschine aus New York setzte bereits zur Landung an. Pünktlich 9.25 Uhr MEZ rollte sie vor dem Ankunftsgebäude des Flughafens München-Riem aus; die Pforten zur herangerollten Gangway öffneten sich. Rechtsanwalt Donald Clayton Hartnell, 27, verließ als erster Passagier das Flugzeug. Man hätte den hochgewachsenen, breitschultrigen jungen Mann mit den wirren blonden Haaren für einen Tennis-Profi halten können, zumindest auf den ersten Blick. Alsdann wäre man vielleicht darauf verfallen, in ihm den Captain einer britischen Universitäts-Cricketmannschaft zu vermuten.

Dieses Amt hatte Donald Hartnell tatsächlich noch vor wenigen Monaten versehen, zwar nicht an einer Hochschule der britischen Inseln, wohl aber an einer nicht minder auf Tradition und angelsächsische Gepflogenheiten haltenden Universität der amerikanischen Ostküste. Aber inzwischen war er als Juniorpartner in die renommierte New Yorker Anwaltsfirma der Herren McClure, Clayton, Fergusson, Fergusson & Dew aufgenommen worden, und in deren Auftrag hatte er gestern abend den Flug nach Europa angetreten.

Als wohlerzogener Neuengländer aus Newburyport, Massachusetts, der in Boston zur Schule gegangen und schon als Präfekt auf dem College für seine vorbildlich guten Manieren und ausgesuchte Höflichkeit berühmt gewesen war, hätte Donald Hartnell seiner Platznachbarin in der ersten Klasse, einer recht attraktiven, sehr eleganten Münchnerin von Anfang 30, gewiß beim Verlassen der Maschine den Vortritt gelassen. Aber die Dame war noch mit ihrem Make-up beschäftigt, und so brauchte er sich nur flüchtig von ihr zu verabschieden. Gestern abend, gleich nach dem Start in New York, war er mit ihr ins Gespräch gekommen. Ihr Englisch war recht gut; was sie sagte, klang lustig und versprach einen angenehmen, unverbindlichen Zeitvertreib, und so hatte Hartnell sie nach dem Abendessen zu einem Drink an der Bar eingeladen. Diese Geste war von ihr offenbar mißverstanden worden, denn wenig später hatte sie ihre ringgeschmückte Hand auf die seine gelegt und lächelnd gefragt:

»Sie bleiben doch ein paar Tage in München? Wie wär's mit einem gemeinsamen Schwabing-Bummel? Oder mit einem Ausflug in die Berge? Ich habe eine ganz entzückende Zweitwohnung in Schliersee, und mein Mann ist noch bis Ende dieses Monats verreist - wir errichten nämlich ein neues Zweitwerk in Südspanien ...«

Als Hartnell diesem überraschenden Angebot mit höflichem Bedauern und einem Hinweis auf seine ebenso dringenden wie zeitraubenden Geschäfte ausgewichen war, hatte sie ihm mit ihrer gesellschaftlichen Stellung zu imponieren versucht, vielleicht um den Eindruck zu verwischen, den ihr etwas ungestümes Tempo auf den jungen Mann gemacht haben mochte. Ihre Aufzählung von Namen international bekannter Industriekapitäne, Bankiers und Politiker, die in ihrem Hause verkehrten, war für Hartnell recht ermüdend geworden. Er hatte bereits nach einer Möglichkeit gesucht, sich auf höfliche Weise von ihr zurückzuziehen. Da war ihm ein Einfall gekommen. Gerade hatte sie wieder ein paar imposante Namen genannt - »... wir lernten ihn in Südafrika kennen ... oder war es beim Schah? Der Franzl, Sie kennen doch gewiß Herrn Strauß, unseren einzigen fähigen Politiker? Er brachte uns dann mit Flick und den leitenden Herren von ›Mercedes-Benz‹ zusammen ...« -, da fragte er sie, ganz ernst:

»Ach, kennen Sie vielleicht auch den großen Caspar D. Friedrich?«

Sie stutzte nicht mal.

»Aber natürlich!« rief sie erfreut. »Dr. Friedrich von der Flick-Gruppe! Aber heißt der nicht Otto A.? Na, jedenfalls ist er schon öfter bei uns gewesen. Er war bis vor kurzem Präsident unserer Arbeitgeberverbände. Dr. Schleyer von Daimler-Benz ist sein Nachfolger geworden. Warten Sie mal ...«

Sie blätterte in einem Magazin, ihrer Reiselektüre, fand das gesuchte Foto und zeigte es Hartnell.

»Das ist Otto A. Friedrich. Mein Mann war schon gut mit ihm bekannt, als Dr. Friedrich noch Generaldirektor bei Phoenix-Gummi war und unser bester Kautschuk-Fachmann ... Er ist natürlich auch nicht mehr der Jüngste, Jahrgang 02 oder 03, schätze ich, aber ein ganz reizender Mann und ein Kavalier alter Schule ...«

Donald Hartnell hatte ihr nicht verraten, daß sein Herr Friedrich bestimmt nicht Otto A., sondern Caspar D. hieß und schon deshalb nicht identisch sein konnte mit dem von ihr gerühmten einstigen Phoenix-Generaldirektor und Arbeitgeberpräsidenten. Sein C. D. Friedrich hatte auch keine Führungsposition bei der Flick-Gruppe, und er war vor allem kein Mann des Jahrgangs 02 oder 03, vielmehr bereits Anno 1774 zu Greifswald geboren und 1840 in Dresden verstorben. Er hatte auch keinerlei Beziehungen zur Kautschuk-, Stahl- oder Autobranche gehabt. Sein Caspar David Friedrich war vielmehr ein berühmter Maler, und zu seinen Werken gehörten zahlreiche sehr romantische, den Betrachter oft recht seltsam anmutende und religiös bestimmte Landschaftsbilder.

Donald Hartnell wußte dies alles übrigens auch erst seit kurzem, genauer: seit dem gestrigen Abend, als er dieses ihm zuvor völlig unbekannten deutschen Malers wegen in der sonst von ihm wenig benutzten Bibliothek der Anwaltskanzlei die 23bändige *Encyclopaedia Brittanica* konsultiert hatte. Der Anlaß hierzu war ein Gespräch mit seinem Onkel, Mr. Benjamin Atholl Clayton, gewesen.

Gerade als Hartnell gegen 17 Uhr die Kanzlei von McClure, Clayton, Fergusson, Fergusson & Dew hatte verlassen wollen, um nach einem ziemlich anstrengenden Arbeitstag nach Hause zu fahren, war er von seinem Onkel, einem ältlichen, sanften Junggesellen und Seniorpartner der Anwaltsfirma, mit der überraschenden Frage zurückgehalten worden:

»Sag mal, Donald, mein Junge, ließe es sich wohl für dich einrichten, daß du morgen etwas für mich in Europa erledigen könntest? Es geht da um ein Bild von einem altdeutschen Maler – er heißt, glaube ich, Friedrich ..., Caspar David, wenn ich nicht irre – und um immerhin fast sechs Millionen Dollar. Aber ich möchte dir keinesfalls Ungelegenheiten machen, mein lieber Junge, falls du etwa schon andere Pläne für morgen und das kommende Wochenende haben solltest ...«

Mr. Benjamin Atholl Clayton hatte die letzten Worte in so besorgtem Ton geäußert, daß seinem Neffen gar nichts anderes übriggeblieben war, als eilig zu versichern, er hätte nichts Wichtiges vor und es wäre ihm ein besonderes Vergnügen, seinem Onkel Ben behilflich sein zu können.

»Oh, das ist wunderbar, mein Junge, und es freut mich wirklich sehr«, meinte Mr. Clayton. Donald Hartnell hatte es schließlich nur ihm zu verdanken, daß er schon in so jungen Jahren in die renommierte Anwaltsfirma als Juniorpartner aufgenommen worden war.

»Ich will dich kurz ins Bild setzen«, fuhr sein Onkel fort. »Es ist keine alltägliche Sache, um die es geht. Wir bekamen den Fall übrigens von unserem geschätzten Kollegen Sam Mandelstamm, Seniorpartner von Abrahams, Mandelstamm, Cohen, McIntosh, Mandelstamm & Levine - wie mag nur der eine Schotte in diese Firma gekommen sein? Nun ja ... jedenfalls hat uns der alte Mandelstamm, den ich seit vielen Jahren kenne und schätze, diese Sache damals zugeschoben. Bei einem Rotarier- Essen war es, im vergangenen Frühjahr. Er meinte, es wäre besser, wenn *wir* diesen heiklen Fall übernähmen - obwohl es dabei um rein jüdische Angelegenheiten geht, für die *seine* Firma durchaus kompetent wäre ... Nun ja, ich hatte keine Bedenken und auch keine Veranlassung, Sam zu fragen, warum gerade wir und nicht sie ... Es geht immerhin, wie ich schon erwähnte, um fast sechs Millionen Dollar. Du kannst die Akten gleich mit nach Hause nehmen, Donald, und sie in Ruhe studieren, damit du im Bilde bist, weshalb du morgen nach München fliegen sollst.«

»Nach München?« wiederholte Hartnell. Er dachte an große Bierkeller, gewaltige Mengen Würste mit viel Sauerkraut und lustige, humpenschwenkende Männer in Lederhosen, die grüne Hüte trugen und jodelten. Und er freute sich, daß die Anwaltsfirma Abrahams, Mandelstamm, Cohen, McIntosh, Mandelstamm & Levine den Fall abgegeben und damit ihm Gelegenheit verschafft hatte, diese gewiß sehenswerte Stadt kennenzulernen.

»Ja, München in Deutschland, in *West*-Deutschland«, bestätigte Mr. Clayton, angelte einen maschinengeschriebenen Brief von seinem zierlichen, für eine Anwaltskanzlei eigentlich viel zu kostbaren Louis-XVI.-Schreibtisch und betrachtete stirnrunzelnd die lange Reihe gedruckter Namen von deutschen Rechtsanwälten im Briefkopf. »Unsere verehrten Kollegen dort - ich kann ihre Namen leider nicht aussprechen, Don, aber vielleicht kannst du es, mein Junge, du hattest ja, wenn ich nicht irre, etwas Deutschunterricht auf deinem College. Doch du brauchst keine Angst zu haben«, fuhr er begütigend fort, »es wird dir in München ein Dolmetscher zur Verfügung stehen ... also, was ich sagen wollte: Unsere deutschen Kollegen haben mit uns ein festes Honorar zuzüglich Spesen vereinbart, und wir konnten sie dazu bewegen, von einem Streitwert von nur einer Million auszugehen, so daß du ihnen gegenüber nicht unbedingt zu erwähnen brauchst, daß es um fast sechs Millionen geht. Sie haben ihrerseits die Angelegenheit auch nicht selbst bearbeitet, vielmehr einen, wie sie versichern, erstklassigen und versierten Fachmann damit betraut, einen Herrn Fritz oder Frätz ... Und dieser ist, wie die Münchener Kollegen uns gerade mitgeteilt haben, am Ende seiner übrigens recht erfolgreichen Ermittlungen angelangt - oder doch beinahe am Ende. Und unsere deutschen Anwaltskollegen stehen nun, wie sie schreiben, vor so schwierigen und wichtigen Entscheidungen, daß sie diese erst mit uns ausführlich und persönlich erörtern möchten - sehr vernünftig von ihnen, findest du nicht auch, Don?«

»Gewiß, Onkel, sehr vernünftig. Aber um was geht es denn nun eigentlich?«

»Es steht alles in den Akten, mein Junge«, erwiderte Mr. Clayton, »doch ich begreife natürlich deine Ungeduld - es ist schließlich deine erste wirklich bedeutende und völlig selbständige Mission, und es steht dabei sehr viel auf dem Spiel. Also, es ist, wie du dir eigentlich denken kannst, denn sonst hätte Sam Mandelstamm nicht gerade uns als die besten Fachleute dafür mit dem Fall betraut, um eine Erbschaftsangelegenheit, genauer: um denjenigen Teil der Hinterlassenschaft des verstorbenen Markus Levinsky, den er nicht der Levinsky-Stiftung, sondern seinen nächsten Angehörigen testamentarisch vermacht hat ...«

»Levinsky ... Meinst du *den* Levinsky? Er muß mehr Millionen gehabt haben als Haare auf dem Kopf ...«

Mr. Clayton ließ sich von dieser Bemerkung seines Neffen nicht stören, sondern fuhr in sanftem Ton fort:

»Mr. Markus Levinsky ist seit über drei Jahren tot, und er hat alles einer Stiftung zur Förderung der Krebsforschung vermacht - alles, bis auf fünf Millionen Dollar, die seine drei Kinder erben sollten, sein Sohn David und dessen beide Schwestern - ich habe ihre Namen vergessen. Alle drei Geschwister stürzten zusammen mit einem Sportflugzeug ab, nur drei Tage vor dem Tode ihres Vaters - eine sehr tragische Sache, doch er hat es nicht mehr erfahren. Er war schon bewußtlos, der Ärmste, und er konnte daher auch sein Testament nicht mehr ändern ...«

»Und seine Witwe?« fragte Hartnell.

»Mrs. Levinsky war schon lange vorher verstorben - bei der Geburt des jüngsten Kindes, und sie hatte keine Anverwandten mehr ... Es stand damals alles in den Zeitungen, leider. Auch daß nun ›*Fünf Millionen Dollar ohne Erben*‹ wären und wahrscheinlich dem Staat New Jersey, Levinskys letztem Wohnsitz, zufielen ... Nun, wie nicht anders zu erwarten war, meldeten sich sogleich Dutzende von Leuten, die alle behaupteten, mit dem alten Levinsky auf die eine oder andere Weise entfernt verwandt zu sein und als seine ›nächsten Angehörigen‹ - die Leibeserben waren ja alle vor ihrem Vater verstorben - Anspruch auf die Millionen zu haben.«

»Einer davon ist vermutlich unser Klient?« erkundigte sich Donald Hartnell ohne eine Spur von Begeisterung.

Mr. Clayton schüttelte den Kopf. »Nein, mein Junge, natürlich nicht, denn wir befassen uns selbstverständlich nur mit absolut einwandfreien, seriösen Aufträgen. Unser Klient - es ist ein gewisser Mr. David Seligmann, der in der kanadischen Provinz Quebec lebt und den allerbesten Leumund hat - meldete sich erst acht Monate später. Und er behauptete auch nicht, der alleinige Erbe der Levinsky-Millionen zu sein. Er bat vielmehr unseren Kollegen Sam Mandelstamm - und dann uns - um eine sorgfältige und unvoreingenommene Prüfung seiner eventuellen Ansprüche. Mr. Seligmanns Mutter - sie soll zusammen mit seinem Vater und allen seinen Geschwistern während des Zweiten Weltkriegs in Polen ums Leben gekommen sein - war eine geborene Levinsky, und sie hatte - so erinnert sich unser Klient, und wir haben keinen Grund, daran zu zweifeln - einen sehr wohlhabenden Bruder in New York. An diesen, so sagt er, hätten sich seine Eltern Ende August 1939, als in Europa der Krieg auszubrechen drohte, in höchster Not mit der Bitte um Hilfe gewandt. Markus Levinsky sollte der Familie seiner Schwester, also den Seligmanns, die sofortige Ausreise aus dem gefährdeten Polen und die Einwanderung in die Vereinigten Staaten ermöglichen - und zwar durch Übernahme von Bürgschaften und leihweise Überlassung der Summe, die erforderlich war für die in Dollars zu bezahlenden Passagen nach New York.«

»Und die Seligmanns hatten mit ihrer Bitte Erfolg?«

»Wie man es nimmt. Es war ein verzweifelter Versuch, und sie hatten zunächst wenig Hoffnung, von Markus Levinsky auch nur eine Antwort zu erhalten. Frau Seligmann, die Mutter unseres Klienten, war noch ein Kind gewesen, als sie ihren Bruder Markus zuletzt gesehen hatte. Damals, 1913 oder 1914, war der etwa achtzehn- oder neunzehnjährige Älteste nach heftigem Streit mit den Eltern einfach davongelaufen, und er hatte sich erst viele Jahre später aus New York gemeldet, nur um mitzuteilen, daß es ihm sehr gutgehe und er ›ein gemachter Mann‹ sei. Der damals noch lebende Vater hatte ihm darauf nicht einmal geantwortet, so zornig war er noch auf den ›mißratenen‹ Sohn, der sich auch dem Militärdienst entzogen und der Familie, wie der Vater fand, nur Schande bereitet hatte. Und auch in den folgenden Jahren bis zum August 1939 gab es keinen Kontakt mehr zwischen dem in Amerika reich gewordenen Ausreißer und seinen in Polen zurückgebliebenen Anverwandten. Trotzdem hat Markus Levinsky die Bitte der Familie Seligmann erfüllt. Er schickte ihnen schon sehr bald die notariell beglaubigten Bürgschaften, wie sie damals für amerikanische Einwanderungs-Visa außer der Reihe benötigt wurden, dazu einen ebenfalls beglaubigten Scheck über eine Summe, die die Reisekosten der Seligmanns voll gedeckt hätte, sowie eine kurze Mitteilung, wonach die Konsulatsabteilung der amerikanischen Botschaft in Warschau angewiesen sei, die Visa sofort zu erteilen und den Seligmanns bei der Ausreise aus Polen behilflich zu sein. Dieser Rettungsversuch kam jedoch schon zu spät: Im September 1939, als Markus Levinskys Brief die Familie Seligmann erreichte, gab es keine Republik Polen mehr und infolgedessen auch keine für die Erteilung der Visa zuständige amerikanische Botschaft in Warschau. Das Land war von der deutschen Wehrmacht besetzt, und das Städtchen, wo die Seligmanns lebten – es hat einen absolut unaussprechlichen Namen und liegt irgendwo im Südwesten, nicht weit von Krakau –, hatte Hitler kurzerhand zu einem Teil des Deutschen Reiches erklärt. Die Seligmanns waren nun nicht mehr in der Lage, sich an irgendeine neutrale ausländische Vertretung mit der Bitte um Hilfe zu wenden. Als Juden im Deutschen Reich hatten sie keinerlei Schutz und waren völlig rechtlos geworden. Sie mußten auch ihre hübsche Villa von einer Stunde zur anderen räumen und alles darin zurücklassen. Sie waren bis dahin gutsituierte Leute gewesen. Der Vater unseres Klienten hatte eine leitende Stellung bei einer großen Erdölraffinerie, die das bedeutendste Unternehmen der ganzen Gegend war.«

»Ließen sie auch die Bürgschaften und den Scheck zurück?« fragte Donald Hartnell.

Sein Onkel lächelte. »Ich sehe, du hast bereits erkannt, welche Bedeutung diese Papiere für den Nachweis des Erbanspruchs haben könnten«, bemerkte er. »Sie hätten diese wertvollen Dokumente natürlich mit ins Ungewisse nehmen und in ihren Kleidern verstecken können. Aber der Vater unseres Klienten, ein sehr intelligenter Mann und hervorragender Schachspieler, der seine Züge weit vorauszuplanen gewohnt war, hielt dies für zu unsicher. Er wußte - oder ahnte zumindest -, daß ihnen als Juden nun Schlimmes bevorstand: Schikanen, Mißhandlungen, Zwangsarbeit, Konzentrationslager, vielleicht der Tod ... Er rechnete folgendermaßen: Was wir mit uns nehmen, wird bei der ersten gründlichen Durchsuchung bestimmt gefunden und ist dann für immer verloren. Außerdem nützen uns Bürgschaften und Scheck vorerst gar nichts. Unsere Chance besteht darin, daß wir - oder doch einige von uns - den Krieg und die Naziherrschaft überstehen und dann die Papiere benutzen können. Wir brauchen deshalb für sie ein sicheres Versteck, das wir wiederfinden können ... Das waren seine Überlegungen, und er verfiel auf ein wertvolles Ölgemälde, das er von seinem Großvater, einem sehr reichen und kultivierten Mann, geerbt hatte: Zwischen den Spannrahmen und die Rückseite der Leinwand schob er die eng zusammengefalteten Papiere, klebte darüber ein Band, das er sorgfältig mit Staub bestrich, damit es nicht mehr auffiel, und hängte das Bild dann wieder an seinen gewohnten Platz, nachdem er seiner Frau und allen Kindern - auch dem jüngsten, unserem Klienten - das Versteck gezeigt und sie ermahnt hatte, sich das Gemälde - eine schlesische Gebirgslandschaft mit einer Ruine im Vordergrund - und den Namen des Malers, Caspar David Friedrich, ja gut zu merken ...«

»Ich verstehe das nicht, das Bild konnte doch leicht gestohlen werden.«

»Gewiß, das gerade hat Herr Seligmann senior gut bedacht. Er kalkulierte so: Ein wertvolles Gemälde wird mit größter Wahrscheinlichkeit auch dann, wenn es geraubt worden ist, irgendwo wieder auftauchen. Denn im Gegensatz zu den meisten anderen Dingen sind die Verwertungsmöglichkeiten für derartige Kunstschätze eng begrenzt auf einen überschaubaren Kreis von spezialisierten Händlern und Sammlern. Und das Bild bleibt immer identifizierbar, wird in Katalogen verzeichnet und läßt sich nicht, ohne daß es seinen Wert verliert, verändern oder unter falschem Namen in den Handel bringen - verstehst du nun, Don?«

Hartnell nickte.

Dem seit über drei Jahrzehnten verstorbenen Vater Seligmann gebührte, so fand er, aller Respekt. Und zugleich begann er, Gefallen daran zu finden, dessen klugen Überlegungen zu spätem, aber um so größerem Erfolg zu verhelfen.

»Dann sind vermutlich unsere Beauftragten in Deutschland dem Gemälde jetzt auf die Spur gekommen«, meinte er, »und unser Klient hat Aussicht, mit Hilfe der Papiere - sofern sie sich noch in ihrem Versteck befinden - seine engen verwandtschaftlichen Beziehungen zu dem verstorbenen Multimillionär Markus Levinsky zu beweisen und Anspruch auf dessen Hinterlassenschaft zu erheben ... Gab oder gibt es denn keine andere Möglichkeit, den Nachweis der Blutsverwandtschaft zu erbringen? Und wer kommt, außer unserem Klienten, sonst noch als Erbe in Frage?«

Mr. Clayton seufzte. Dann erklärte er: »Also, was deine erste Frage betrifft, so ist die Antwort ein klares Nein - es gibt keine anderen Dokumente, mit denen unser Klient nachweisen könnte, daß er der Neffe des verstorbenen Markus Levinsky ist. David Seligmann wurde als kleiner Junge von einer mit seinen Eltern gut befreundeten katholischen Familie in Krakau aufgenommen und als deren Sohn ausgegeben. So konnte er den Judenverfolgungen entgehen, aber alle seine Papiere und Ausweise sind vernichtet worden, ebenso die amtlichen Register aus der Vorkriegszeit, sowohl bei den polnischen Behörden wie bei der israelitischen Kultusgemeinde, der die Seligmanns angehörten. Und Anfang 1945, als unser Klient mit seinen Pflegeeltern aus Krakau noch einmal zurück in das Städtchen kam, wo seine Familie gelebt hatte, da stand von der Seligmannschen Villa kein Stein mehr; das Bild war spurlos verschwunden. Daß seine Eltern und Geschwister nicht mehr lebten, hatte er schon vorher erfahren ... Bald darauf, 1946, konnte

David Seligmann aufgrund eidesstattlicher Versicherungen seinen richtigen Namen annehmen und mit Hilfe der Vereinten Nationen Polen verlassen. Er ging nach Kanada, studierte dort, wurde Architekt und lebt, wie schon erwähnt, heute als geachteter und gutsituierter Bürger in der Provinz Quebec...«

»Nun gut«, meinte Hartnell, »wir brauchen also die hinter dem Spannrahmen des Gemäldes von Caspar David Friedrich versteckten Papiere, um nachzuweisen, daß David Seligmann ein Neffe und damit Erbe des verstorbenen Markus Levinsky ist. Aber wie steht es mit dem Nachweis, daß es keine anderen Erben gibt? Markus Levinsky hat vielleicht noch andere Geschwister gehabt als Frau Seligmann...«

»Das ist sogar sicher«, erklärte Mr. Clayton. »Als der damals etwa neunzehnjährige Markus kurz vor dem Ersten Weltkrieg nach Amerika ausriß, hinterließ er in Polen seine Eltern und drei jüngere Geschwister, zwei Brüder und eine kleine Schwester, die spätere Frau Seligmann. Die beiden Brüder sind - das ergaben die amtlichen Unterlagen - beide als Kriegsfreiwillige an der russischen Front gefallen, der eine 1916, der andere 1918, und sie waren nicht verheiratet. Es steht einwandfrei fest, daß Markus Levinsky nach dem Tode seiner Eltern keine anderen nahen Verwandten mehr in Polen hatte als seine Schwester, die später den Vater unseres Klienten, Herrn Seligmann, heiratete.«

»Du erwähntest doch vorhin, daß es in Polen keinerlei Familienpapiere mehr gibt.«

»Das ist richtig. Aber diese amtlichen Dokumente fanden sich auch gar nicht in Polen, sondern in Wien, der Hauptstadt von Österreich. Die Sache ist nämlich folgendermaßen: Als Markus Levinsky vor dem Ersten Weltkrieg nach Amerika ging, da war sein Heimatstädtchen noch ein Teil der österreichisch-ungarischen Monarchie und gehörte zu deren Provinz Galizien. Er und seine Brüder waren also österreichische Staatsbürger, und tatsächlich meldeten sich die beiden jüngeren Levinsky-Söhne freiwillig zum österreichischen Heeresdienst. Deshalb ist ihr Tod im heutigen Wiener Militärarchiv nachweisbar, wogegen ihr Heimatstädtchen nach dem Ersten Weltkrieg zur neuen Republik Polen kam. Im Oktober 1939 wurde das von den Deutschen besiegte Polen aufgeteilt; die westlichen Randgebiete, darunter der Ort, wo die Seligmanns lebten und wo auch Markus Levinsky geboren und aufgewachsen war, kamen zum

Deutschen Reich, während Krakau und der Mittelteil Polens zum ›Generalgouvernement‹ erklärt und von den Deutschen als eine Art Kolonie betrachtet wurden. Heute aber gehört das Städtchen zur Sozialistischen Volksrepublik Polen ...«
Er machte eine Handbewegung, die seinem Neffen bedeuten sollte: Du mußt doch einsehen, daß es unter diesen Umständen aussichtslos ist, dort noch nach amtlichen Verzeichnissen und Urkunden suchen zu wollen.
Hartnell nickte.
Aber während nun Mr. Clayton die dicke Akte mit der Aufschrift »DAVID SELIGMANN *(Erbansprüche nach Markus Levinsky)*« aus dem Regal nahm und sie samt dem jüngsten Anwaltsbrief aus München seinem Neffen überreichte, kam Hartnell ein neuer Gedanke:
»Wieso konnte unser Klient eigentlich vermuten, daß das Gemälde heute noch irgendwo vorhanden und aufzufinden ist? Gab es irgendeinen Anhaltspunkt dafür, daß das Bild nicht in der Villa geblieben und zerstört worden war? Und noch eins: Hat er nie wieder etwas von seinen Eltern und Geschwistern gehört? Weiß er, daß sie tot sind? Sie kämen ja ebenfalls als Erben des Markus Levinsky in Frage.«
»Nun«, meinte Mr. Clayton, »ich will versuchen, es dir zu erklären: Zunächst mußte unser Klient als kleiner Junge 1939 erleben, wie sein Vater und sein erheblich älterer Bruder gleich nach dem Einmarsch der Deutschen von SS-Leuten abgeführt und erschossen wurden. Ihr Tod kann durch eidesstattliche Versicherungen mehrerer Zeugen nachgewiesen werden. Nach diesem furchtbaren Erlebnis kam er, wie gesagt, nach Krakau zu polnischen Freunden, wo er den Krieg überlebte. Im Heimatstädtchen blieben seine Mutter und zwei Schwestern, Miriam und Rebecca, zurück. Kurz nach Ostern 1943 brachte jemand eine Nachricht nach Krakau, daß nur noch Frau Seligmann und deren ältere Tochter, Miriam, in dem Städtchen wären und daß sie dort in einer Fabrik für die Deutschen arbeiten müßten. Sie nähten, glaube ich, Regenmäntel für die Wehrmacht ... Was aber das für uns Wichtigste ist: Frau Seligmann ließ damals ihren Sohn, unseren jetzigen Klienten, wissen, daß das bewußte Gemälde noch in der Villa an seinem alten Platz sei. Sie und andere Zwangsarbeiterinnen hatten in der ehemals Seligmannschen Wohnung beim großen Frühjahrs-Hausputz helfen müssen ... Und im Winter 1944/45, als die Deutschen

schon aus dem Städtchen abgezogen waren, forschten die Pflegeeltern unseres Klienten nach dem Verbleib der Seligmanns und ihrer Habe. Sie erfuhren, daß Frau Seligmann und deren ältere Tochter Miriam im Sommer 1943 nach Auschwitz gebracht und dort vergast worden wären; von der jüngeren Tochter, Rebecca, fehlte jede Spur. Was aber die Einrichtung der Seligmannschen Villa und insbesondere das Gemälde betraf, so hieß es, die Deutschen hätten vor ihrem Abzug alles Wertvolle auf Lastwagen geladen und mitgenommen.«
»Weiß man, wer bis zum Herbst 1944 in der Villa gewohnt hat?« erkundigte sich Hartnell.
»Bisher wußte man es nicht«, gab sein Onkel zur Antwort, »aber nach dem letzten Brief aus München zu urteilen, scheinen die Nachforschungen ja jetzt einiges ans Licht gebracht zu haben.«
»Wenn sie dem Bild endlich auf die Spur gekommen sind«, meinte Donald Hartnell, »was mag es dann noch so Wichtiges und Schwieriges geben, das unsere deutschen Kollegen nicht allein entscheiden wollen?«
Doch darauf wußte sein Onkel keine Antwort. Auch hatte er es nun eilig, das Büro zu verlassen. Ihm war eingefallen, daß er noch eine wichtige Verabredung hatte. Und so verabschiedete er sich von seinem Neffen:
»Guten Flug morgen, mein Junge! Ich wünsche dir viel Erfolg. Meine Sekretärin wird dir das Ticket besorgen und dich in München telegrafisch avisieren, dir ein Hotelzimmer bestellen und auch sonst alles erledigen, was noch zu tun ist. Wir beide werden uns vor deiner Abreise nicht mehr sehen, denn ich komme morgen nicht ins Büro, sondern fahre gleich zu Mrs. Cornelius Tandler nach Long Island – sie will mal wieder ihr Testament umstoßen und ihr Institut zur Bekämpfung des Sozialismus zum Alleinerben machen ... Ach, noch eins muß ich dir sagen, Don: Wir arbeiten in dieser Seligmann-Sache auf der Basis eines Erfolgshonorars von zwanzig Prozent dessen, was wir nach Abzug aller Unkosten für unseren Klienten herausholen können. Falls wir es schaffen, ihm zu seinem Erbe zu verhelfen – mit den inzwischen aufgelaufenen Zinsen und Zinseszinsen werden es jetzt fast sechs Millionen Dollar sein – dann hätten wir zirka 1,2 Millionen Dollar Honorar zu beanspruchen. Du brauchst also keine einigermaßen vertretbaren und erfolgversprechenden Ausgaben zu scheuen, mein Junge. Du kannst, wenn es dir nützlich erscheinen sollte, hohe Belohnungen aus-

setzen, und du darfst dir im übrigen der aufrichtigen Dankbarkeit aller Partner unserer Firma, erst recht der unseres Klienten, sicher sein, wenn es dir gelingt, die Angelegenheit zu einem für uns alle günstigen Abschluß zu führen. Ja, noch etwas, Don, das dich gewiß freuen wird: Wir haben beschlossen, dir *fünf* Prozent von unserem Anteil zu überlassen – wie findest du das, mein Junge?«
Natürlich hatte Donald Hartnell daraufhin seinem Onkel Benjamin versichert, daß er das ›wirklich äußerst anständig‹ fände und daß er sich alle erdenkliche Mühe geben werde, die Sache *»David Seligmann (Erbansprüche nach Markus Levinsky)«* so rasch wie möglich zu einem erfolgreichen Ende zu bringen.

Beflügelt von der Aussicht auf rund sechzigtausend Dollar, die darauf warteten, seinem gegen Monatsende chronisch in die roten Zahlen abgleitenden Bankkonto endlich ein solides Polster zu verschaffen, überwand Donald Hartnell die bleierne Müdigkeit, die ihn gleich nach der Ankunft in München schon bei der Taxifahrt zum Hotel überfallen hatte.
Als er dort sein Zimmer betrat, war es 10.15 Uhr, aber für ihn, der die Nacht hindurch gegen die Uhr geflogen war, hatte der Tag eigentlich noch gar nicht begonnen. Er widerstand jedoch der Versuchung, sich erst einmal auszuschlafen. ›Heute ist Freitag‹, sagte er sich, ›wenn ich mich nicht bald mit den deutschen Kollegen in Verbindung setze, erwische ich sie womöglich erst nach dem Wochenende und verliere drei volle Tage.‹
Also duschte und rasierte er sich, ließ sich Kaffee bringen und telefonierte dann mit der Kanzlei der Münchener Anwälte, denen sein Kommen schon gestern telegrafisch angekündigt worden war.
»Fein, daß Sie da sind, Mr. Hartnell«, begrüßte ihn sein Gesprächspartner, dessen Namen er nicht verstanden hatte und der sein dürftiges Englisch mit starkem, vermutlich bayerischem Akzent sprach. »Ich hoffe, Sie hatten einen angenehmen Flug und sind gut untergekommen. Wir nahmen an, Sie würden sich vielleicht erst am Montag bei uns melden und sich übers Wochenende zunächst unser schönes München ansehen... Aber natürlich stehen wir auch heute schon ganz zu Ihrer Verfügung! Wir erwarten Sie also gegen 12 Uhr, wenn es Ihnen recht ist. Am besten nehmen Sie sich ein Taxi, dann finden Sie uns bestimmt. Unser Beauftragter für diesen Fall, Cap-

tain Fretsch, wird dann auch da sein und Ihnen ausführlich Bericht erstatten, ebenso die Dolmetscherin, Fräulein Doktor Trützschler... Und selbstverständlich sind Sie zum Mittagessen unser Gast, lieber Herr Kollege!«
Donald Hartnell war etwas verwirrt, als er nach diesem Telefongespräch den Hörer wieder auflegte und über das Vernommene nachdachte.
Kam er den Kollegen zu ungelegener Zeit? Hätte er mit seinem Anruf vielleicht wirklich besser bis zum Montag gewartet? Befürchteten sie eine Störung ihres Wochenendes? Oder hatten die deutschen Anwälte irgendwelche anderen Gründe, ihn noch nicht sofort an den Fall heranzulassen? Zwar hatten sie brieflich um einen »möglichst baldigen« Besuch gebeten. Aber etwas an den Worten seines deutschen Kollegen war ihm aufgefallen und hatte seine leisen Zweifel geweckt. Vielleicht lag das aber auch nur an dem schlechten Englisch des sonst so freundlichen deutschen Anwalts... Zum Glück gab es ja für die kommenden Verhandlungen eine Dolmetscherin!
Aber wer mochte dieses ›Fräulein Doktor‹ mit dem unaussprechlichen Namen sein? Eine Ärztin? Eine ältliche, vermutlich Shakespeare-Englisch sprechende Hochschullehrerin?
Und welche Überraschungen erwarteten ihn in der Person dieses Captain Fretsch? War der ›Beauftragte‹ vielleicht ein stramm-militärischer Erich-von-Stroheim-Typ mit arrogant ins Auge geklemmtem Monokel? Oder nur ein smarter Privatdetektiv mit einem selbstverliehenen Dienstgrad?
Und der Englisch radebrechende Kollege, dessen Namen er nicht verstanden hatte – würde er ihn in kurzen Lederhosen empfangen, wie sie in Bayern üblich sein sollten, einen Hut mit Gamsbart schwenkend?

Als Donald Hartnell eine Stunde später in dem mit nachgemachten Barockmöbeln eingerichteten Privatbüro des Herrn Rechtsanwalts Dr. Anton Steiglhöringer saß, mußte er über seine diversen Befürchtungen nachträglich lächeln. Der ganz normal, allenfalls eine Spur zu elegant gekleidete deutsche Anwalt, den er glücklicherweise »Herr Kollege« nennen konnte, wodurch ihm zungenbrecherische Kunststücke, die dessen Name erfordert hätte, erspart blieben, war ein recht jovialer, sehr seriös wirkender Herr von Mitte Fünfzig, der nach

freundlicher Begrüßung und kurzem Austausch von Höflichkeiten sachlich erklärte:
»Ich glaube, Herr Kollege, es wird am besten sein, wenn ich Sie zunächst Herrn Fretsch und Fräulein Dr. Trützschler überlasse. Dann können Sie sich erst einmal anhören, wie die Dinge jetzt stehen. Später, so gegen halb zwei Uhr, wenn die Lokale nicht mehr so voll sind, werden wir zusammen einen Happen essen gehen und dabei alles Weitere in Ruhe besprechen - einverstanden?«
Herr Fretsch, der nun hereingebeten wurde, war das Gegenteil dessen, was sich Donald Hartnell unter einem deutschen Kapitän oder Hauptmann vorgestellt hatte: ein kleiner, unscheinbarer, grauhaariger Mann von weit über sechzig Jahren mit spitzer Nase und feuchten, geröteten Augen, die ihn tief bekümmert erscheinen ließen. Er trug einen altmodischen dunkelblauen Anzug, über dem Arm einen dunkelgrünen Lodenmantel und in der Hand eine alte, ausgebeulte und offenbar recht schwere braune Aktentasche, und er hatte wahrlich nichts Stramm-Militärisches, auch nichts Smartes an sich, wie Hartnell erleichtert feststellte.
Die angenehmste Überraschung aber war die Dolmetscherin, ein attraktives Mädchen von Mitte Zwanzig mit intelligenten grauen Augen und modern frisiertem blondem Schopf. Sie sprach ein ausgezeichnetes akzentfreies Englisch und bat Hartnell schon bei der Begrüßung, sie einfach Christa zu nennen, denn, so meinte sie, »meinen Familiennamen kann ich keinem Ausländer zumuten. Ich bin übrigens promovierte Historikerin mit einem mäßig bezahlten Job am Institut für Zeitgeschichte und nebenbei diplomierte Dolmetscherin.«
Sie kam auch gleich zur Sache: »Ich denke, Herr Fretsch«, wandte sie sich an den respektvoll zuhörenden ›Beauftragten‹, »Mr. Hartnell möchte sicherlich gleich erfahren, was Sie bisher herausgefunden haben.« Und zu Hartnell sagte sie auf englisch: »Herr Fretsch wird Sie jetzt über den Stand der Ermittlungen informieren. Er legt großen Wert darauf, Sie nicht bloß über die Ergebnisse, sondern auch über die Art und Weise seiner Recherchen zu unterrichten, damit Sie sich ein genaues Bild von der Bedeutung des Falles und von den besonderen Schwierigkeiten machen können, die jetzt entstanden sind - so sagte er mir jedenfalls vorhin, als wir noch warteten ...«

Täuschte sich Hartnell, oder lag wirklich ein leiser Zweifel in dieser Feststellung? Fand Christa, daß sich das grauhaarige Männchen nur wichtig machen wollte? Hartnell nahm sich vor, Christa bei nächster Gelegenheit, sobald sie einmal allein wären, danach zu fragen.
Doch zunächst hörte er sich aufmerksam an, was Herr Fretsch – was mochte nur dessen angeblicher Rang eines Captain zu sagen haben? – zu berichten hatte. Herr Fretsch benutzte ein abgewetztes blaues Notizbuch als Gedächtnisstütze, und obwohl Donald Hartnell auf Zwischenfragen fast ganz verzichtete und Christa flott übersetzte, dauerte der Bericht weit über eine Stunde. Als sie dann alle gegen 13.30 Uhr, zusammen mit Dr. Steiglhöringer als Gastgeber, zu einem, wie er es nannte, ›kleinen Imbiß‹ in ein der Anwaltskanzlei benachbartes Restaurant gingen, war Hartnell zwar noch immer nicht im Bilde über den genauen Stand der Angelegenheit. Aber er hatte mit zunächst nur höflichem, jedoch rasch wachsenden Interesse Einblick in die ungewöhnliche Arbeitsweise des Herrn Fretsch gewonnen. Dessen Liebe zu scheinbar belanglosen, mühsam zusammengetragenen, sorgsam dokumentierten und dann zu verblüffend klaren Mosaikbildern aneinandergefügten Details begann Hartnell zu faszinieren. Sein und, wie er deutlich merkte, auch Christas Respekt vor dem kleinen, grauhaarigen Mann war dabei immer größer geworden.
Und daneben hatte Hartnell mehr an Information über die Zeit der Naziherrschaft und die Zustände in den damals von der deutschen Wehrmacht eroberten Gebieten erhalten als je zuvor. Er konnte sich jetzt, wie er zu seinem eigenen Erstaunen feststellte, ein ziemlich genaues Bild von den Verhältnissen machen, wie sie vor dreieinhalb Jahrzehnten im besetzten Polen geherrscht hatten, als die Seligmanns aus ihrem Haus vertrieben und gezwungen worden waren, jenes Gemälde und die dahinter versteckten Papiere zurückzulassen, die es wiederzufinden galt.

2. Gründliche, aber zu weitgehende Ermittlungen eines alten Herrn

Das Städtchen, an dessen Rand die Familie Seligmann bis zum September 1939 in einer behaglichen Villa gelebt hatte, hieß Trzebinia. Es lag auf etwa halbem Weg zwischen Kattowitz und Krakau, knapp zwanzig Kilometer entfernt von Auschwitz, hatte damals kaum viertausend Einwohner und wurde bereits in der ersten Kriegswoche von der deutschen Wehrmacht erobert.
Schon wenige Tage nach dem Einmarsch tauchten in Trzebinia sogenannte ›Einsatzgruppen‹ auf, Männer der SS-Verfügungstruppe mit der SD- (Sicherheitsdienst)Raute am linken Ärmel. Unter den Augen der Wehrmacht und mit deren Duldung wurden anhand von vorbereiteten Listen alle polnischen Lehrer, Ärzte, Beamte, Richter, Anwälte, Geistliche, Ingenieure und Gutsbesitzer sowie alle jüdischen Männer, deren man habhaft werden konnte – unter ihnen Herr Seligmann und sein ältester Sohn –, von der SS zusammengetrieben und ohne Untersuchung oder Gerichtsurteil in eine abgelegene Kiesgrube gebracht und dort erschossen. Die Aktion, die sich auf den »*vom Chef der Sicherheitspolizei*« den Einsatzgruppen erteilten »*Befehl II Nr. 288/39 G*« stützte, stand im ostoberschlesisch-westgalizischen Raum unter dem Befehl des SS-Obergruppenführers Udo von Woyrsch und dauerte vom 15. September bis zum 1. Oktober 1939.
Die überlebenden Juden von Trzebinia, meist Frauen und Kinder, mußten ihre Wohnungen räumen. Man ›internierte‹ sie in einem alten, leerstehenden Fabrikgebäude und zog sie zu besonders schmutzigen und demütigenden Zwangsarbeiten heran. Ihren ganzen Besitz sowie auch den der »sonderbehandelten« Polen übernahm die deutsche »Haupttreuhandstelle Ost«, Zweigstelle Kattowitz. Zu diesen sozusagen amtlichen Drangsalierungen und Beraubungen kamen die von den Behörden stillschweigend geduldeten Übergriffe des sogenannten »Selbstschutzes« der einheimischen Volksdeutschen. Sie

raubten den Juden den Rest ihrer Habe, und es kam auch zu zahlreichen Folterungen und Vergewaltigungen.

Erst Anfang 1941 änderten sich diese chaotischen Zustände insofern, als ein deutsches Unternehmen, Teil eines Konzerns der Gummiwaren-Industrie, Einzug in Trzebinia hielt, eine alte, stark zerschossene Fabrik für landwirtschaftliche Maschinen ausbauen ließ und dort mit der Herstellung von »kriegswichtigen« Erzeugnissen, vor allem von Gummi- und gummierten Regenmänteln für die Wehrmacht, begann.

Diese Firma übernahm fortan alle noch verfügbaren Zwangsarbeiter, Juden wie Polen. Und in die Seligmannsche Villa, die dafür ein wenig instand gesetzt und zum Teil neu möbliert wurde, zogen Herren ein, die mit dem Gummi-Konzern zu tun hatten.

Das Ganze vollzog sich unter der Aufsicht eines hohen SS-Führers, der zuvor eines der Mordkommandos der SD-»Einsatzgruppen« befehligt und die »Sonderbehandlung« der Juden und der polnischen Intelligenz durchgeführt hatte. Alle in Trzebinia fürchteten diesen Mann. Seinen Namen - Packebusch oder so ähnlich - wagten auch die wenigen aus dem ›Altreich‹ nach Trzebinia gekommenen deutschen Zivilisten nur respektvoll zu flüstern.

Packebusch (oder wie immer er geheißen haben mochte) ging in der einstmals Seligmannschen Villa ein und aus. Er hatte kraft seines hohen SS-Ranges mehr zu sagen als alle zivilen und militärischen Dienststellen, und nebenbei war dieser vielseitige SS- Führer auch noch »Kaufmännischer Direktor« des neuen, ganz auf Wehrmachtbedarf eingestellten Betriebs, dessen Konzernzentrale man nach dem Beginn der alliierten Luftangriffe auf die Großstädte des »Altreichs« von Leipzig weitgehend nach Trzebinia verlagert hatte.

Im Winter 1942/43 und im darauffolgenden Frühjahr wurden die in der Gummifabrik arbeitenden Juden - zuerst die Kinder, die Alten und die Kranken - nach und nach aus Trzebinia »ausgesiedelt«. Man schaffte sie mit der Bahn, in Viehwaggons eingepfercht, in das nahe Konzentrationslager Auschwitz, wo sie in die Gaskammern getrieben und ermordet wurden. Zu diesen »Ausgesiedelten« hatte wahrscheinlich auch Rebecca Seligmann, die damals etwa fünfzehnjährige jüngere Tochter, gehört.

Die letzten jüdischen Zwangsarbeiterinnen aus dem Städtchen - darunter Frau Seligmann und deren ältere Tochter Miriam,

die beide bis dahin täglich vierzehn Stunden lang Gummimäntel für die deutsche Wehrmacht genäht hatten und deshalb zunächst von der »Aussiedlung« zurückgestellt worden waren – starben im Frühsommer des Jahres 1943.
Von da an arbeiteten nur noch »dienstverpflichtete« Polinnen an den Nähmaschinen der Gummifabrik – bis zum Herbst 1944, als die deutsche Konzernleitung mit der »Evakuierung« erst der Lagerbestände, schließlich der gesamten Einrichtung, dann der Maschinen und Werkzeuge, nicht nur der Büros und Werkstätten, sondern auch der Privatwohnungen ihrer leitenden Angestellten, begonnen hatte. Wie es damals hieß, sollte alles »zurück nach Sachsen« geschafft werden, obwohl es sich vornehmlich um geraubtes und »beschlagnahmtes« polnisches und jüdisches Wirtschaftsgut handelte.
Eine der letzten Maßnahmen im Rahmen dieser »Verlagerungs«-Aktion – die in Wahrheit nichts anderes war als eine eilige Flucht vor der näherrückenden Roten Armee – betraf die Räumung der einstmals Seligmannschen Villa. Im Oktober 1944 wurde alles, was im Haus nicht niet- und nagelfest war – darunter mit Sicherheit auch mehrere Ölgemälde –, auf Lastwagen verladen, die aus Lodz – damals Litzmannstadt genannt – nach Trzebinia beordert worden waren, wohl weil es dort an geeigneten Transportmitteln gefehlt hatte.
In Lodz hatte der reichsdeutsche Gummikonzern ein weiteres, bedeutend größeres Werk in Betrieb gehabt, das zum Teil noch im Aufbau gewesen war, als man es im Herbst 1944 ebenfalls westwärts zu »verlagern« begonnen hatte. Wie die Lastwagenfahrer, die mit dem Abtransport beauftragt gewesen waren, damals in Trzebinia erzählten, wurden die Lodzer Anlagen erst nach Bad Freienwalde an der Oder und später weiter nach Westen geschafft; die Transporte aus Trzebinia waren dagegen zunächst für ein Lager in der Nähe von Leipzig bestimmt und sollten von dort aus nach Bayern weiter »verlagert« werden.

An dieser Stelle hatte Herr Fretsch seinen Bericht unterbrochen, denn Dr. Steiglhöringers Sekretärin, eine freundliche, immens tüchtig wirkende Dame von Ende Dreißig, war mit einem Tablett voller Gläser und Flaschen hereingekommen und hatte »eine kleine Erfrischung« angeboten.
Herr Fretsch hatte sich zunächst sehr umständlich die Nase geschneuzt, dann einen Schluck Johannisbeersaft getrunken,

schließlich in seinem blauen Notizbuch zu blättern begonnen, und erst nachdem die Sekretärin das Zimmer wieder verlassen und die Tür hinter sich geschlossen hatte, war er in seinem Bericht fortgefahren.

Zielort des letzten Lastwagens, der Trzebinia Mitte Oktober 1944 in Richtung Deutschland verlassen und die gesamte restliche Einrichtung der ehemals Seligmannschen Villa abtransportiert haben sollte, war – so der polnische, damals bei der »Organisation Todt« dienstverpflichtete Fahrer – irgendeine Erfassungsstelle in einer Kleinstadt in Bayern, von der er meinte, sie habe »Eckfelde oder so ähnlich« geheißen – vermutlich Eggenfelden in Niederbayern.
Ein anderer Lastwagenchauffeur hatte kurz vorher aus einer – unter anderem wohl Bürozwecken dienenden – »Judenvilla«, wie er sie nannte, mehrere große Koffer, Kisten und Pakete abgeholt, deren Bestimmungsort ein »Gut Klaus«, ebenfalls in Bayern und nahe einem sehr großen See gelegen, gewesen sein sollte.
Ein dritter Fahrer schließlich meinte sich genau zu erinnern, daß damals, sozusagen in allerletzter Minute, noch einmal umdisponiert worden sei: Der Transport wäre nicht nach Bayern, sondern über Sachsen nach Norddeutschland gegangen, und zwar in die Nähe einer Kleinstadt »kurz vor Bremen, Heuer oder so ähnlich«, wohin auch ein Direktor der Gummifabrik, der zuletzt in der Villa gewohnt hatte – nicht SS-Führer Packebusch, sondern ein reichsdeutscher Zivilist –, unter Verzicht auf jede Bequemlichkeit mitgefahren war.
Die Angst hatte damals den deutschen Herren, die zuvor sehr großspurig aufgetreten waren, schon im Nacken gesessen. Es ging ihnen nur noch darum, ihr Leben – und soviel Beute wie möglich – vor »dem Iwan«, wie sie die Rote Armee zu nennen beliebten, eilig zu retten.

Herr Fretsch hatte dies alles während eines vierzehntägigen »Ferienaufenthalts« in der Volksrepublik Polen in geduldiger Kleinarbeit ermittelt. Angeblicher Reisegrund: Erholungsurlaub in Zakopane und Besuch der Gedenkstätte Auschwitz; Reisekosten: 985 DM zuzüglich Visumsgebühren sowie 1850 DM Spesen, hauptsächlich für die Bewirtung von (und kleinere Geschenke an) Informanten sowie für Dolmetscher. Herr

Fretsch vermutete, daß mit »Heuer« nur die Stadt Hoya an der Weser, Kreis Grafschaft Hoya, Niedersachsen, etwa vierzig Kilometer Luftlinie südsüdöstlich von Bremen, gemeint gewesen sein konnte.
Der emsige Herr Fretsch hatte indessen nicht nur in Trzebinia geforscht. Er war auch in Auschwitz gewesen, wo er die Todesdaten von Frau Seligmann und ihrer Tochter Miriam ermitteln konnte, hingegen nicht die der jüngsten Tochter Rebecca. Und er war noch an ganz anderer Stelle tätig geworden und hatte Kontakt zu einem - wie er sagte - »Kriegskameraden« in Leipzig aufgenommen, wohin er selbst, aus Gründen, die er nicht erwähnte, keine Möglichkeit (oder keine Lust) zu reisen hatte. Dieser »Kriegskamerad«, der in der Spesenrechnung mit einem Betrag von 500 DM (West) zu Buche stand, hatte sich seinerseits erst ein wenig umgehört, wozu ihm seine jetzige Tätigkeit als Kontrolleur der Leipziger Gas- und Wasserwerke reichlich Gelegenheit bot. Alsdann war er in engere Beziehungen zu dem Hausmeister eines Volkseigenen Betriebs der Leipziger Gummiwaren-Industrie getreten, einem Mann, der über jahrzehntelange Branchenerfahrungen verfügte.
Die Ermittlungsergebnisse, Früchte ausgedehnter Biertischgespräche, Hausbesuche und eines sonntäglichen Kontrollgangs durch die - zum Teil der Ablage alter Akten dienenden - Keller der Gummiwarenfabrik, angeblich zum Zweck der Überprüfung der dort hindurchführenden Gas- und Wasserrohre, waren dann Herrn Fretsch von dessen »Kriegskameraden« getreulich übermittelt worden, und zwar erst unlängst, bei einem eigens dazu verabredeten Treff in einer Raststätte an der als internationaler Transitweg geheiligten Autobahn von Hof in Bayern nach West- Berlin.
Zusammengefaßt bestätigten die in Leipzig gesammelten Erkenntnisse weitgehend die von Herrn Fretsch selbst in Polen beschafften Informationen und ergänzten diese noch in einigen wichtigen Punkten:
Tatsächlich war von einer Leipziger Firma der Gummiwaren-Industrie, der Kommanditgesellschaft Flügel & Polter, die 1934 die Besitzer gewechselt hatte und kräftig erweitert worden war, im Jahre 1941 in Trzebinia eine Fabrik für Gummi- und gummierte Regenmäntel sowie allerlei sonstigen Wehrmachtsbedarf errichtet worden.

Diese Fabrikationsstätte, die sich »Oberschlesische Gummiwerke« genannt hatte, beschäftigte im Juni 1942 bereits 3 850 - überwiegend weibliche - »Gefolgschaftsmitglieder«, davon 2 653 Juden und 1 099 Polen aus Trzebinia und Umgebung. Im April 1943 verfügten die »Oberschlesischen Gummiwerke« über nur noch insgesamt 2 633 Beschäftigte, darunter lediglich - und darauf war die starke Verminderung der Belegschaftsstärke zurückzuführen - 791 Juden. Im November 1943 hatte sich die Anzahl der in Trzebinia für die Gummiwarenproduktion verwendeten polnischen Zwangsarbeiter auf 2 265 drastisch erhöht, die der Juden dagegen auf null vermindert. Und es gab zu diesem Zeitpunkt genau 130 reichsdeutsche Betriebsangehörige. Soweit es sich um Männer handelte, führten sie die Aufsicht über die Zwangsarbeiter und waren deshalb vom Wehrdienst freigestellt.
Übrigens, trotz des durch den Abtransport der jüdischen Frauen und Kinder bedingten starken Rückgangs der Beschäftigtenzahl hatte sich im selben Jahr 1943 der Umsatz der »Oberschlesischen Gummiwerke« in Trzebinia gegenüber dem Vorjahr genau verdoppelt: Er war von 3,5 auf 7 Millionen Reichsmark angestiegen, und zugleich hatte sich der durchschnittliche Stundenlohn aller in Trzebinia Beschäftigten von 43 auf 36 Reichspfennige vermindert. Abtransport und Vergasung der Juden hatten sich also - wie es in einer erhalten gebliebenen Aktennotiz hieß - »*erfreulicherweise nicht nachteilig für das Produktionsergebnis*« ausgewirkt.

Alle diese Angaben waren zwar - wie Herr Fretsch in seinen Bericht einzuflechten sich beeilte - für den eigentlichen Zweck der Ermittlungen, die Suche nach dem verschollenen Gemälde von Caspar David Friedrich, ohne unmittelbare Bedeutung; sie sollten nur erkennen lassen, welche ungeahnte Fülle an Informationen noch heute, nach mehr als dreißig bewegten Jahren, dem Suchenden zur Verfügung stände. Außerdem könnten sie - man wisse ja nie zu Beginn der Ermittlungen, wohin sie führten - am Ende doch noch nützlich sein.

Fast gleichzeitig mit dem Erwerb der »Oberschlesischen Gummiwerke« im galizischen Trzebinia hatte die Leipziger Flügel & Polter KG im Jahre 1941 von der »Haupttreuhandstelle Ost« ein weiteres Unternehmen zugeschanzt bekommen, näm-

lich die »Gentleman«-Gummiwaren AG in Lodz - damals Litzmannstadt -, und zwar wiederum mit Unterstützung des hohen SS-Führers Packebusch, wie sich aus den Akten ergeben habe. Die Herren vom Leipziger Flügel & Polter-Konzern hatten übrigens beim »Kauf« der zuvor jüdischen Firma »Gentleman« nicht sehr tief in die eigene Tasche zu greifen brauchen, ja, genaugenommen gar nicht. Sie waren nämlich mit einem staatlichen »Aufbau«-Kredit bedacht worden, zu dessen formeller Absicherung bereits die Häuser und Grundstücke ausgereicht hatten, die zum Besitzstand der »Gentleman«-Gummiwaren AG gehörten. Und da dieser sehr billige Kredit genau der Höhe des Kaufpreises für das »arisierte« Lodzer Unternehmen entsprochen hatte, war das Ganze praktisch ein Geschenk gewesen, und zwar ein sehr stattliches, denn allein der Verkehrswert des »Gentleman«- Maschinenparks hatte schon damals mehrere Millionen Mark betragen.
Flügel & Polter machte aus der neuen Konzerntochter »Gentleman AG« die »Gummiwerke Wartheland«; SS-Führer Packebusch »besorgte« einige tausend jüdische Zwangsarbeiterinnen, und mit deren Hilfe konnten die Umsätze rasch verzehnfacht werden. Am 2. August 1944 wurde dann die »Verlagerung« der gesamten »Gummiwerke Wartheland« nach Bad Freienwalde an der Oder angeordnet. Von dort sollten die wertvollen Anlagen eigentlich nach Crimmitschau in Sachsen weitertransportiert werden. Aber ein hoher Gönner - Herr Fretsch nannte keinen Namen - riet davon ab. Und nachdem er über den Wert und die Kriegswichtigkeit des Maschinenparks ein wenig nachgedacht hatte, bestimmte er einen neuen, viel weiter westlich liegenden »Verlagerungs«-Ort: Hoya an der Weser.

An dieser Stelle seines Berichts ließen die etwas geröteten Augen des Herrn Fretsch erstmals und deutlich Triumph erkennen. Dann aber wurden sie wieder ausdruckslos wie zuvor. Das grauhaarige Männchen räusperte sich kurz, blätterte in seinem abgewetzten Notizbuch und erklärte sachlich: »Ich komme nun zum dritten Ermittlungskomplex ...«

Parallel zu seinen indirekten und zeitraubenden Recherchen in Leipzig hatte sich der rührige Herr Fretsch noch an einer ganz anderen, sozusagen entgegengesetzten Stelle bemüht, nämlich beim »Bund der Vertriebenen«. Durch Besuche von Lands-

mannschaftstreffen und Heimatabenden, Inserate in einschlägigen Presseorganen und intensive Befragung einiger älterer Damen und Herren, die er mit erkennbarer Geringschätzung »Berufsvertriebene« nannte, war es Herrn Fretsch gelungen, Frau Marianne Budweiser ausfindig zu machen.
Die etwa 60jährige, an Arthritis leidende Frau, die von einer bescheidenen Rente in der Nähe von Ingolstadt lebte, stammte aus Bratislava - früher Preßburg - und war in den Jahren 1943/44 Hausangestellte - sie selbst sagte: »Hausdame und Gesellschafterin« - in Trzebinia gewesen.
Nachdem sie dort zunächst einem Herrn SS-Standartenführer Packebusch - sie behauptete: »Ein schöner, stattlicher Mann und ein richtiger Draufgänger!« und versicherte, er habe mit Vornamen Herbert geheißen - einige Monate lang den Junggesellen-Haushalt geführt und den so gefürchteten Mann »liebevoll betreut« hatte, war sie von Packebusch - angeblich »schweren Herzens« - an einen anderen leitenden Herrn der »Oberschlesischen Gummiwerke« abgetreten worden und hatte fortan, bis zum Oktober 1944, die »hochherrschaftliche«, ehemals den Seligmanns gehörende Villa verwaltet.
Der »leitende Herr«, für dessen leibliches Wohl sie mit Unterstützung zweier polnischer Mädchen und eines ukrainischen Gärtner-Chauffeurs damals gesorgt hatte, war neu nach Trzebinia gekommen, zuvor »ein hohes Tier« in der für die Gummiindustrie zuständigen Behörde gewesen und bei den »Oberschlesischen Gummiwerken« stellvertretender Betriebsführer geworden. Offenbar war dieser neue Arbeitgeber an Schönheit und Draufgängertum dem SS-Standartenführer Packebusch unterlegen oder aus anderen Gründen nicht Frau Budweisers Typ gewesen - jedenfalls konnte sie sich an seinen Namen nicht mehr erinnern. »Es war etwas mit i ...«, meinte sie, aber mehr vermochte sie dazu nicht zu sagen. Und dann war ihr noch eingefallen: »Er war etwas Besseres, ein Doktor oder Baron ...« Aber sie hatte ihn mit »Herr Direktor« anreden müssen.
Herr Direktor » . . i . . « und andere leitende Herren der Gummifabrik waren in der Seligmannschen Villa nicht die einzigen Gäste gewesen. Ab und zu war auch der »Herr Doktor«, der Generaldirektor des ganzen Gummikonzerns, aus Leipzig zu Besuch gekommen. Im Spätsommer 1944 hatte er sich häufiger sehen lassen, stets in einem feinen Auto und mitunter in Begleitung einer jungen Dame, Dora Apitzsch. (Frau Budwei-

ser konnte sich an diesen Namen deshalb noch so genau erinnern, weil sie daheim in Preßburg - vor ihrer kurzen, unglücklichen Ehe mit Herrn Budweiser - mit einem gewissen Ottokar Apitzsch eng befreundet und »beinahe verlobt« gewesen war und das Fräulein Dora sogleich gefragt hatte, ob es vielleicht Verwandte in der Gegend von Bratislava hätte, was jedoch »sehr hochnäsig« verneint worden war...)
Alle Gespräche der zahlreichen »Herrschaften« - also auch die des Direktors »..i..«, »des Herrn Doktor« und dessen Begleiterin Dora Apitzsch sowie des gelegentlich ebenfalls anwesenden schönen und stattlichen Draufgängers Herbert Packebusch - hatten sich vom Sommer 1944 an fast nur noch um die Frage gedreht, ob und wann »der Iwan« die immer näher rückende deutsche Front durchbrechen würde und wie man sich nebst allen in Polen angesammelten Vermögenswerten möglichst bald in Sicherheit bringen könnte.
Bei diesen Überlegungen war in die Reihe der vor »dem Iwan« zu rettenden Güter von Seiten der SS auch stets die Einrichtung der Seligmannschen Villa mit einbezogen worden, vor allem die echten Teppiche, die schönen alten Möbel und Gemälde, das Tafelsilber, die Bett- und Tischwäsche, das Porzellan, die umfangreichen Lebensmittelvorräte und »natürlich auch« der Inhalt des Weinkellers. Was damit geschehen sollte, blieb offen. Dem »Iwan« jedenfalls sollten diese Werte nicht in die Hände fallen.

An dieser Stelle seines Berichts bemerkte Herr Fretsch, daß er die Frau Budweiser »aus psychologischen Gründen« nicht sofort nach *dem* Gemälde gefragt habe; es sei ihm taktisch klüger erschienen, sie erst einmal reden zu lassen.

Einige Kostbarkeiten, welchen Ursprungs und auf wessen Weisung, daran hatte sich Frau Budweiser nicht erinnern können, seien damals als Geschenke an hochgestellte und einflußreiche Persönlichkeiten weggegeben worden. So wurde etwa ein wohl aus Deutschland mitgebrachtes, »schönes Meißener Kaffeeservice für zwölf Personen«, das sie selbst hatte einpacken müssen, an ein »hohes Tier« in der »Kanzlei des Führers« geschickt. Die Herren von der SS, die sich häufig selbst einluden, schreckten auch vor der Verfolgung recht privater Zwecke nicht zurück. So wurde eine große Kiste - wahrscheinlich mit Wein oder Cog-

nac, vielleicht aber auch anderen kostbaren Inhalts - an »irgendeine Wirtschaftskontrollstelle in Prag geschickt«, und zeitweise spielten »die Herrschaften« mit dem Gedanken, einen Teil der Maschinen ins »Protektorat«, in die Gegend von Eger, »auszulagern«. Zwei wertvolle Ölgemälde sowie einige Perserbrücken nahmen zwei Herren selbst mit im Auto »heim ins Reich«.
An dieser Stelle hatte Herr Fretsch nun eingehakt und sich nach Art und Aussehen dieser Gemälde erkundigt. Frau Budweiser war aber mehr von den verschnörkelten Goldrahmen beeindruckt gewesen als von den Motiven der Bilder. Immerhin konnte sie sich dann doch noch daran erinnern, daß auf dem einen der Bilder, die »der Herr Doktor« selbst mitgenommen hatte, »lauter nackerte Mädchen« abgebildet gewesen wären, auf dem anderen hingegen ein toter Fasan.
Nun hatte Herr Fretsch es endlich gewagt, Frau Budweiser nach der romantischen Berglandschaft nebst Burgruine zu fragen, zunächst ohne Resultat. Erst als er sich erkundigte, ob unter den Gemälden in der Seligmannschen Villa nicht auch ein Bild des Malers Caspar David Friedrich gewesen sei, war Frau Budweiser die Erinnerung an ein kleines Messingschild mit dem Namen dieses Künstlers gekommen; jenes Schildchen glänzend zu putzen, hatte sie die polnischen Hausmädchen allwöchentlich ermahnen müssen.
»Ach ja«, meinte sie nach einigem Nachdenken, »das war das traurige Bild mit dem zerfallenen Schloß - ich hätte es nicht haben mögen, und der Herbert Packebusch wollte es auch nicht.«
Es war dann von ihr zu erfahren gewesen, daß irgendwer das Bild des Malers Caspar David Friedrich dem Herrn SS-Führer Packebusch zum Abschiedsgeschenk hatte machen wollen. Doch der war davon gar nicht entzückt gewesen, sondern hatte erklärt, eine Kiste mit französischem Dreistern-Cognac wäre ihm lieber, und da hatten sie alle herzlich gelacht.
Frau Budweiser war zunächst gar nicht sicher gewesen, ob »das traurige Bild«, wie sie es nannte, überhaupt mit »verlagert« worden wäre. Aber dann hatte sie sich daran erinnert, daß sie zu guter Letzt noch einmal durch die Villa gegangen war und alle Räume inspiziert hatte. Das Haus war völlig geräumt gewesen; man hatte lange Versandlisten mit Doppel für die jeweils zuständigen Stellen angefertigt, alle mit vielen behördlichen

Stempeln versehen. »Das traurige Bild« mußte auch mit eingepackt worden sein - von wem, das wußte sie natürlich nicht, aber jedenfalls erst für einen der allerletzten Transporte, die nach Bayern oder nach Norddeutschland, »hinter die Weser«, gegangen waren, wie sie aus Gesprächen »der Herrschaften« seinerzeit erfahren hatte. Und der bayerische Zielort sei bestimmt Eggenfelden gewesen, denn Frau Budweiser hatte damals, Mitte Oktober 1944, das Angebot erhalten, dorthin mitzufahren. Sie wäre beinahe darauf eingegangen, hatte es aber dann doch vorgezogen, nicht mit den anderen Deutschen aus Trzebinia »heim ins Reich« zu flüchten, sondern lieber eigene Wege zu gehen. Sie war zu ihrer Tante gefahren, die zwanzig Kilometer nördlich von Preßburg auf einem kleinen Gut lebte, wo es genug zu essen gab und keine Bombenangriffe. Und sie hatte nie wieder etwas von »den Herrschaften« gehört - ausgenommen einmal, vor etwa zehn Jahren, auf einem Vertriebenentreffen in Köln.
Da war sie in der Menschenmenge plötzlich einer Volksdeutschen aus Trzebinia begegnet, die zu ihr gesagt hatte: »Dein Chef von damals, der ist ja jetzt ein hohes Tier in Bonn! Im Bundestag sitzt er sogar, und ich hab' ihn neulich reden hören auf unserer Versammlung ...«
Leider war Frau Budweiser dieser früheren Bekannten, mit der sie sich, um Näheres zu erfahren, zu ausgiebigem Plausch bei Kaffee und Torte »gleich nach der Veranstaltung« verabredet hatte, dann nicht mehr wiederbegegnet, sondern von ihr »versetzt« worden. Eine Stunde lang hatte sie in der Konditorei vergeblich auf jene Frau gewartet. So wußte sie auch nicht, wen diese nun eigentlich gemeint hatte: »Den Herrn Doktor«, den obersten Chef des Gummikonzerns, mit dem das Fräulein Dora liiert gewesen war, oder den »Herrn Direktor . . i . .«; oder gar Herbert Packebusch, der schließlich auch ihr Chef gewesen war, oder einen der anderen leitenden Herren, ja vielleicht auch nur jenen hohen Gast aus Berlin, dessen kurzer Besuch in Trzebinia und »standesgemäße« Unterbringung in der Villa seinerzeit den Anlaß dafür geliefert hatte, daß jene volksdeutsche Frau für ein paar Tage zu Frau Budweisers Unterstützung engagiert worden war.
Jener Gast, den alle »Herrschaften« mächtig hofiert hatten und dessen Name »Dr. Tauber oder so ähnlich« gewesen war, schien sich dem Gedächtnis der Frau Budweiser vor allem dadurch

eingeprägt zu haben, daß er sich damals ganz entzückt zeigte von der in der Villa herrschenden Sauberkeit und Ordnung. »Hier glänzt ja alles!« hatte er gleich bei der Ankunft strahlend ausgerufen und dabei mit dem Zeigefinger behutsam über das spiegelblanke Namensschildchen am unteren Goldrahmen des »traurigen Bildes« gestrichen, dann ganz beglückt hinzugefügt: »Das nenne ich wahre deutsche Kultur!«, wobei es offen geblieben war, ob er damit nun das Gemälde von Caspar David Friedrich oder nur das blitzende Messingschild gemeint haben mochte.
Herbert Packebusch, dem Frau Budweiser seinerzeit offenbar recht nahe gestanden hatte, war mit dem hohen Gast übrigens gut bekannt gewesen - noch »aus der Kampfzeit« vor 1933, als sie beide zu den engeren Mitarbeitern des späteren Reichspropagandaministers Dr. Joseph Goebbels gehört hatten und hohe Berliner SA-Führer gewesen waren, wie Herbert Packebusch seiner damaligen »Hausdame und Gesellschafterin« stolz erzählt hatte.

Damit endete der »dritte Ermittlungskomplex« des Herrn Fretsch, und Donald Hartnell, der geduldig zugehört hatte, bat nun Christa, dem kleinen grauhaarigen Mann zunächst in seinem und seines Klienten Namen Lob und Anerkennung auszusprechen, ihn dann aber zu bitten, die gewiß noch stolzeren Ergebnisse seiner weiteren Recherchen zu berichten.
Herr Fretsch nahm beides ohne sichtbare Gefühlsbewegung zur Kenntnis, blätterte in seinem alten blauen Notizbuch und erklärte dann, nach mehrmaligem Räuspern:
»Ich komme nun zur Zusammenfassung und Auswertung sowie zu den ergänzenden Ermittlungen der letzten vierzehn Tage ...«

Mit an Sicherheit grenzender Wahrscheinlichkeit sei das gesuchte Gemälde bis Mitte Oktober 1944 in der Seligmannschen Villa verblieben, berichtete Herr Fretsch einleitend. Dort müßte es auch noch gesehen worden sein, zum Beispiel a) von »dem Herrn Doktor«, dem Chef des Gummikonzerns, und dessen Freundin Dora Apitzsch, die mit ihm gefahren war, oder b) von dem damaligen stellvertretenden Betriebsführer der »Oberschlesischen Gummiwerke«, dem »Direktor.. i..«, der bis mindestens 1943 ein für die Kriegswirtschaft, speziell für

Kautschuk, Kunstgummi und/oder Spinnstoffe zuständiger Funktionär gewesen war, oder c) von jenem hohen Gast aus Berlin, »Dr. Tauber oder so ähnlich«, der zu einer schon kritischen Zeit, im Spätsommer oder Frühherbst 1944, Trzebinia besucht und auch - soweit man wußte - als einziger Interesse an dem Bild (oder zumindest an dem Schildchen mit dem Namen des berühmten Malers) bekundet hatte.
Möglicherweise - wenngleich mit erheblich geringerer Wahrscheinlichkeit - auch von d) jenem hohen Gönner, der die »Verlagerung« der Millionenwerte nach Hoya an der Weser anstatt nach Crimmitschau in Sachsen veranlaßt und ermöglicht hatte. Vielleicht war es separat »ausgelagert« worden, etwa über den Herrn in der Prager »Protektorats«-Verwaltung, der mit einer Kiste nicht genau bekannten Inhalts bedacht worden war. Schließlich wäre, so hatte Herr Fretsch seufzend hinzugefügt, auch die Möglichkeit nicht völlig auszuschließen, daß ein bislang Unbekannter das Gemälde erhalten (oder einfach an sich genommen) hätte, entweder noch in Trzebinia oder auf einem der Transporte oder an einem der Zielorte, beispielsweise in Eggenfelden oder in Hoya an der Weser.
Herr Fretsch hatte im Hinblick auf alle diese Möglichkeiten von unterschiedlicher Wahrscheinlichkeit noch einmal seinen »Kriegskameraden« in Leipzig um Unterstützung gebeten und, wie seine Spesenrechnung zeigte, mit weiteren 500 DM (West) ausgestattet, diesen insbesondere ersucht um detaillierte Auskunft über die seinerzeitigen Inhaber, Geschäftsführer und sonstigen leitenden Angestellten der Flügel & Polter KG, deren Beziehungen zu einflußreichen Persönlichkeiten während der Endphase der Räumung Westpolens durch die Deutschen sowie über etwa noch vorhandene Versand- und sonstige Listen aus der Zeit vom August 1944 bis zum Ende des Zweiten Weltkriegs, insbesondere solche, die das Werk in Trzebinia betrafen.
Das Ergebnis dieser Anfrage schien noch auszustehen, denn Herr Fretsch bemerkte als nächstes, daß er selbst unterdessen auch nicht müßig gewesen sei. Er habe sich vielmehr bemüht, die in den verschiedenen Berichten aufgetauchten Personen, soweit sie von Wichtigkeit sein könnten, anhand der bescheidenen Anhaltspunkte zu identifizieren.
Zunächst habe er nach dem einstigen SS- und Einsatzgruppenführer Herbert Packebusch geforscht, weniger in der Hoffnung,

diesen Mann und durch ihn vielleicht das gesuchte Gemälde zu finden, als vielmehr zur Überprüfung der Glaubwürdigkeit seiner diversen Informanten.
Das Ergebnis sei, so bemerkte Herr Fretsch mit bedeutsamem Augenaufschlag, der seine entzündete Bindehaut voll zur Geltung brachte, in diesem Sinne überaus erfreulich:
In der »*Dienstaltersliste der Schutzstaffel der NSDAP – Stand vom 9. November 1944 –, herausgegeben vom SS-Personal-Hauptamt (SS- Oberstgruppenführer bis SS-Standartenführer)*«, habe er unter der Nr. 972 einen SS-Standartenführer (seit 20. 4. 1941) Herbert Pakebusch – ohne ck –, geboren 4. 2. 1902, gefunden, der mit seiner sehr niedrigen SS-Mitgliedsnummer 18088 dem Stab des SS- Oberabschnitts Spree zugeteilt gewesen war.
In einer früheren »Dienstaltersliste« sei dieser Packebusch ebenfalls aufgeführt – dort richtig mit ck –, und zwar beim Stab des SS- Oberabschnitts Ost, ausgezeichnet mit dem Kriegsverdienstkreuz II. Klasse mit Schwertern für *»Verdienste beim Einsatz der Sicherheitspolizei in ehemals polnischen Gebieten hinter der kämpfenden Truppe«,* und zwar speziell für die *»Säuberung der kurz vorher besetzten Gebiete von Widerstandsgruppen und Aufstandsbewegungen«.*
Auch in der Zentralkartei der NSDAP habe er Herbert Packebusch verzeichnet gefunden, geboren 4.2.1902 in Berlin, von Beruf Innenarchitekt, Mitglied der NSDAP seit 1.12.1928, SS-Untersturmführer seit 6. 12. 1931, Träger des »Ehrenrings« des Reichsführers SS seit 1. 10. 1932, geführt beim Reichssicherheitsdienst seit 1937 und bis zum Sommer 1938 Geschäftsführer der Reichsrundfunkkammer, was – so Herr Fretsch – auf gute Beziehungen zum damaligen Propagandaminister Goebbels schließen ließe. Danach sei Herbert Packebusch Führer der 119. SS- Standarte im SS-Oberabschnitt Weichsel geworden.
In der Untersuchung von Heinz Höhne, *»Der Orden unter dem Totenkopf – Die Geschichte der SS«,* sei er ebenfalls auf Herbert Packebusch gestoßen, auch hier wieder mit ck. In diesem wichtigen zeitgeschichtlichen Werk werde Packebusch beschrieben als Berliner SA-Führer der »Kampfzeit« vor 1933, der im Auftrage des SS-Chefs der Reichshauptstadt, Kurt Daluege, mit dem er gut befreundet war, seine aufmüpfigen und gegen Hitler und dessen reaktionären Kurs konspirierenden SA-Kameraden bespitzelte und ans Messer lieferte.

Nach seiner Beteiligung an den »Säuberungs«aktionen der SS- und SD-Einsatzgruppen in Polen sei dieser Packebusch - anderen zuverlässigen Quellen zufolge - 1941 im Auftrag einer Leipziger Industriefirma der Gummiwarenbranche mit der »Haupttreuhandstelle Ost« in Verhandlungen getreten, und zwar wegen der Übernahme beschlagnahmter Betriebe in den annektierten polnischen Gebieten.
Im Jahr darauf wurde Herbert Packebusch dann Kaufmännischer Direktor der - zum Leipziger Flügel & Polter-Konzern gehörenden - »Oberschlesischen Gummiwerke« in Trzebinia, und damit sei der von Frau Budweiser als »schöner und stattlicher Mann und richtiger Draufgänger« beschriebene SS-Standartenführer einwandfrei identifiziert, die Glaubwürdigkeit aller bisher befragten Personen, die Packebusch im Zusammenhang mit den Vorgängen in Trzebinia und Lodz erwähnt hatten, zumindest in diesem Punkt bestätigt.

Mehr war über den SS-Standartenführer Herbert Packebusch offenbar nicht zu ermitteln gewesen, denn Herr Fretsch hatte nun wieder in seinem alten blauen Notizbuch geblättert und mit einem Seufzer, so als fände er, fast ein wenig zuviel des Guten getan zu haben, seinem Bericht eine neue Wendung gegeben:
»Ich bin dann auch noch jener von Frau Budweiser mitgeteilten Behauptung ihrer früheren Bekannten, der volksdeutschen Frau aus Trzebinia, nachgegangen, die angebliche Bundestagskarriere des einstigen ›Chefs‹ betreffend ...«

Herr Fretsch hatte sowohl nach Bonner Abgeordneten geforscht, die zur fraglichen Zeit häufig auf Veranstaltungen des »Bundes der Vertriebenen« als Redner aufzutreten pflegten und während des Zweiten Weltkriegs im besetzten Polen gewesen waren, als auch nach Politikern, die einerseits früher zur Prominenz der SS oder der Rüstungsindustrie gehört, andererseits enge Beziehungen zu den Zielorten der »Verlagerung« aus Trzebinia und Lodz hatten. Und die Ergebnisse dieser Recherchen - so Herr Fretsch - hätten selbst ihn etwas aus der Fassung gebracht.
»Schon bei dem ersten Fall, den ich näher untersucht habe«, berichtete Herr Fretsch weiter, »war ich beinahe sicher, den Richtigen gefunden zu haben. Es handelt sich um den christ-

lich-demokratischen Bundestagsabgeordneten Otto Freiherr von Fircks, Landesgeschäftsführer des ›Bundes der Vertriebenen‹ in Niedersachsen, Mitglied des Programmbeirats des Norddeutschen Rundfunks und Vorstandsmitglied des ›Arbeitskreises für Ostfragen‹, einen Mann des Jahrgangs 1912, der aus Lettland stammt. Er war vom Herbst 1939 an im besetzten Polen, und zwar als SS-Obersturmführer und Leiter eines ›SS-Arbeitsstabes‹, der zuständig war für die gewaltsame ›Aussiedlung‹ von Juden und Polen sowie die ›Ansiedlung‹ von Deutschen, unter anderem im Raum von Lodz (Litzmannstadt), dann auch Besitzer eines 247-Hektar-Landguts im Kreis Kutno, dessen polnischer Eigentümer ›ausgesiedelt‹ worden war. Alles deutete darauf hin, daß Baron Fircks der Gesuchte war - sein Name - mit ›..i..‹, sein Titel, sein SS-Rang... Aber«, fuhr Herr Fretsch mit einem Seufzer fort, »nach 1941 wurde SS-Obersturmführer von Fircks Marineoffizier; im Herbst 1944 befand er sich nicht mehr in Polen, sondern in Norwegen, und dort geriet er dann in britische Kriegsgefangenschaft ... Und deshalb muß er, obwohl er heute Vertriebenenfunktionär und Bundestagsabgeordneter ist, aus dem Kreis derer ausscheiden, die für unsere Ermittlungen von Interesse sind.«

Hier stellte Donald Hartnell nun doch eine Zwischenfrage: »Verzeihen Sie«, sagte er, »habe ich Sie richtig verstanden: Ein an solchen Untaten in Polen beteiligter ehemaliger SS-Führer soll heute Mitglied des Bonner Parlaments, des Bundestages, sein?«

»Ja«, erwiderte Herr Fretsch, ohne von seinem Notizbuch aufzuschauen, »Herr von Fircks wurde über die niedersächsische CDU-Landesliste in den Bundestag gewählt, zuletzt am 19. November 1972. Und er ist auch keineswegs der einzige ehemalige SS-Führer im Parlament, womit ich« - er räusperte sich kurz - »zu dem nächsten Fall komme, den ich untersucht habe und der zunächst sogar noch hoffnungsvoller aussah: Im niederbayerischen Eggenfelden, wohin zumindest ein Teil der aus Trzebinia ausgelagerten Kisten im Herbst 1944 transportiert wurde, ist seit 1957 - und bis heute - ein Herr Rechtsanwalt Dr. Friedrich Kempfler Bundestagsabgeordneter der Christlich-Sozialen Union (CSU); er hat ein Direktmandat im Wahlkreis 217 (Pfarrkirchen). Dieser Dr. Kempfler war im Zweiten Weltkrieg immerhin SS-Standartenführer und dem Reichssicherheits-Hauptamt zugeteilt, also einflußreich genug. Aber« - Herr Fretsch seufzte wieder - »in einem Archiv in West-Berlin, das im allgemeinen nur den Behörden zugänglich ist, fand ich einen interessanten Brief, der Herrn Dr. Kempfler - jedenfalls soweit es unsere Nachforschungen betrifft - entlastet und aus dem Kreis der möglichen Empfänger des gesuchten Gemäldes ausscheiden läßt.« Herr Fretsch blätterte in seinem Notizbuch und fuhr dann fort:

»Der Brief stammt von Dr. Benno Martin, damals Höherer SS- und Polizeiführer in Nürnberg, ist gerichtet an den später als Kriegsverbrecher hingerichteten Chef des Reichssicherheits-Hauptamts, SS-Gruppenführer Dr. Ernst Kaltenbrunner, und datiert vom 12. Juni 1943. Es heißt darin: ›. . *Ich habe bei meinem mündlichen Vortrag Gelegenheit gehabt, dem Reichsführer SS über einige Personalangelegenheiten zu berichten. Ich darf Ihnen hierzu folgendes mitteilen: 1. Der Oberbürgermeister von Bayreuth, Dr. Fritz Kempfler, geboren 6.12.1904*‹ - *es folgen die Partei- und SS-Mitgliedsnummern* - ›*wurde vor einigen Jahren auf Wunsch von Frau Winifred Wagner in die SS aufgenommen; er gehörte früher dem NSKK als Standartenführer an. Der Reichsführer SS gab ihm den Rang eines SS-Obersturmbannführers mit der Zusicherung, ihn in absehbarer Zeit zum SS-Standartenführer zu befördern. Ich habe diesen Vorschlag für Dr. Kempfler, welcher etatmäßig zum SD*‹ - also zum geheimen Sicherheitsdienst der SS - ›*gehört, am 2.10.1942 vorgelegt. Damals wurde der Vorschlag abgelehnt, weil Kempfler noch nicht im Einsatz war. Dies ist inzwischen geschehen, Kempfler hat sich im Afrikafeldzug das EK II* - das Eiserne Kreuz zweiter Klasse - *erworben. Der Reichsführer SS hat nunmehr verfügt, daß Dr. Kempfler bis zum 21. Juni 1943 zum SS-Standartenführer befördert werden soll. Die Tatsache, daß Dr. Kempfler noch nicht verheiratet ist, wird nach Ansicht des Reichsführers SS dadurch aufgehoben, daß er zwei . . .*‹«

An dieser Stelle mußte Herr Fretsch die Verlesung des Briefes unterbrechen. Herr Rechtsanwalt Dr. Steiglhöringer war ins Zimmer getreten, schon in Hut und Mantel, offenbar in der Absicht, die drei zum Mittagessen auszuführen, und zunächst freundlich lächelnd. Doch als er dann hörte, was Herr Fretsch gerade vorlas, verdüsterte sich seine Miene.

»Lassen wir doch diese alten Sachen beiseite«, fiel er dem sofort verstummenden und erschrocken aufblickenden Herrn

Fretsch ärgerlich ins Wort. »Sie wissen doch, daß es mir darauf ankommt, diese und ähnliche Peinlichkeiten zu vermeiden, und daß ich Mr. Hartnell gerade deshalb gebeten habe, zu uns zu kommen. Denn *so,* Herr Fretsch, geht es nun wirklich nicht!« Er sprach in scharfem Ton.
Was er eigentlich meinte, blieb offen, zumindest für Donald Hartnell, der Christa fragend ansah. Sie hatte das Eingreifen Dr. Steiglhöringers mit gespannter Aufmerksamkeit verfolgt, doch ehe sie dessen Worte übersetzen oder gar erklären konnte, trat der Anwalt lächelnd auf sie zu, deutete ihr und Hartnell gegenüber mit einer um Vergebung bittenden Geste an, daß ihm sein Temperamentsausbruch leid täte, und bat sie mit betonter Herzlichkeit zu Tisch.
»Kommen Sie, mein Kind, und auch Sie, lieber Herr Kollege, lassen Sie uns etwas Gutes essen und trinken!« Und um eine deutliche Nuance kühler: »Sie kommen doch sicherlich mit uns, Herr Fretsch?«
»Nun, was halten Sie von der Sache, Herr Kollege?« erkundigte sich Dr. Steiglhöringer, als sie bei der Vorspeise - geräuchertem Lachs auf Toast - waren. »Sind Sie zufrieden?«
»Sagen Sie ihm bitte«, wandte sich Hartnell an die zwischen ihnen sitzende Christa, »daß es mir vorzüglich schmeckt - oder was meint er?«
»Ich werde das für Sie erledigen«, erwiderte Christa auf englisch, um dann auf deutsch, an Herrn Dr. Steiglhöringer gerichtet, fortzufahren: »Mr. Hartnell möchte Ihnen zunächst danken für die so freundliche Aufnahme und sagen, daß es ihm vorzüglich schmecke. Er hätte nicht geahnt, wie hervorragend man in Deutschland essen könne. Und was die Sache betrifft, derentwegen er zu uns herübergekommen ist, so kann er sich noch kein klares Bild machen. Herr Fretsch ist mit seinem Bericht noch nicht zu Ende. Die neuesten und wichtigsten Ermittlungsergebnisse hat er noch gar nicht berichten können.«
»Ach so«, meinte dazu Dr. Steiglhöringer, recht erleichtert, wie es schien, und fuhr in fröhlichem Ton fort: »Nun, dann wollen wir erst mal in aller Ruhe speisen und dabei von erfreulicheren Dingen reden. Haben Sie denn schon ein - nun, sagen wir: Rahmenprogramm für Mr. Hartnell vorbereitet?«
Er sah dabei Christa an, als wollte er ihr etwas verständlich machen, ohne es aussprechen zu müssen. Und als Christa nicht zu begreifen schien, was er meinte, setzte er, etwas zögernd, hinzu:

»Ich denke, Mr. Hartnell wird doch sicherlich unsere schöne Stadt kennenlernen wollen, auch unsere herrliche Umgebung und ein wenig auch das, äh, Nachtleben... Vielleicht können Sie ihm ein paar Vorschläge machen, das eine oder andere zeigen ... etwa Schwabing oder ... die Pinakothek...«
»Ich will ihn gern fragen«, erwiderte Christa, aber Dr. Steiglhöringer bat sie, damit noch einen Augenblick zu warten.
»Ich habe mir die Sache durch den Kopf gehen lassen«, erklärte er, »und Sie können ihm meinen Vorschlag, den ich ihm jetzt machen will, anschließend verdolmetschen: Heute ist Freitag, und wir schließen unsere Kanzlei um 15 Uhr, also in...« - er warf einen Blick auf seine Armbanduhr - »etwa einer Stunde. Bis dahin sind wir mit dem Essen fertig, und beim Kaffee sollte Herr Fretsch seinen Bericht beenden. Er kann sich ja ein bißchen kürzer fassen.« Er sah den kleinen grauhaarigen Mann, der gerade damit begonnen hatte, sein Schnitzel anzuschneiden, und nun respektvoll innehielt, mit strengem Blick an, und Herr Fretsch nickte gehorsam. »Ja, und dann sollte sich Mr. Hartnell alles Gehörte reiflich überlegen und mit mir besprechen, vielleicht am Sonntagabend. Ich werde ihm einen Vorschlag machen, von dem ich glaube, daß er seinen Beifall finden wird. Herrn Fretsch brauchen wir dann dazu nicht mehr, und er will ja ohnehin heute noch verreisen, um den Rest an Informationen zu beschaffen.« Herr Fretsch nickte dazu wieder, wie es von ihm erwartet wurde, und der Anwalt fuhr fort: »Wenn also Mr. Hartnell, mit Ihrer freundlichen Unterstützung, Fräulein Trützschler, den heutigen Nachmittag und Abend mit, äh, *sight-seeing* - so nennt man das doch? - verbringen und mich dabei entschuldigen würde - ich bin leider nicht frei! -, so könnten wir am Sonntagabend die Sache zu einem, glaube ich, guten Ende bringen. Ich möchte ihn herzlich einladen, meiner Frau und mir die Ehre zu erweisen... Wir erwarten ihn am Sonntag so gegen 19 Uhr und Sie natürlich ebenfalls, liebes Kind, denn ohne Sie könnten wir uns ja gar nicht unterhalten!« Er lachte etwas gezwungen, wartete dann geduldig, bis Christa seine Vorschläge dem sehr aufmerksam zuhörenden Hartnell übersetzt hatte, und fragte diesen dann direkt:
»Is that OK, mister colleague?«
»Wonderful«, erwiderte Hartnell höflich.
Und Dr. Steiglhöringer ergriff sein Weinglas und prostete damit, sichtlich zufrieden, Hartnell und Christa zu.

Als der Kellner ihnen einige Minuten später das Dessert servierte, erhob sich der Anwalt, bat umständlich um Entschuldigung, daß er seine Gäste für einen Augenblick allein lassen müsse, denn er habe noch ein wichtiges Telefongespräch zu führen, und verließ eilig den Tisch.
Kaum war er außer Hörweite, da wandte sich Hartnell an Christa: »Bitte«, sagte er, »fragen Sie Herrn Fretsch, ob er mir nicht, anstatt von seinen Schwierigkeiten und falschen Fährten so ausführlich zu berichten, jetzt kurz und knapp sagen kann, ob er für meinen Klienten überhaupt eine Chance sieht, das Gemälde samt den Dokumenten noch aufzufinden. Auch habe ich den Eindruck, daß er viel mehr weiß, als er uns bisher gesagt hat - zum Beispiel den Namen jenes Herrn Doktor, der der Chef des Gummikonzerns war.«
Hartnell fing einen kurzen Seitenblick von Christa auf, der ihm zeigte, daß er in ihrer Achtung gestiegen war. Dann konnte er beobachten, wie der bis dahin recht bedrückte Herr Fretsch, während ihm Christa alles Wort für Wort übersetzte, aufzuleben begann. Seine geröteten Augen weiteten sich; die spitze Nase zuckte ein wenig; der kleine, bis dahin recht betrübt und mit hängenden Schultern auf seinen Teller starrende Mann richtete sich auf, und sein schmaler Mund verzog sich zu der Andeutung eines Lächelns.
»Go on, tell me! What's the name of the boss? You know him, don't you?« stieß Hartnell nach.
»Sie meinen, Herr Fretsch kennt den Mann, der damals der oberste Chef von Flügel & Polter war?« fragte Christa.
Aber der kleine grauhaarige Mann schien bereits verstanden zu haben. Er blickte sich erst vorsichtig um, sah am Ende des Saales schon Herrn Dr. Steiglhöringer raschen Schrittes vom Telefonieren zurückkommen und flüsterte hastig:
»Jetzt nicht. Ich gebe alles nachher dem Fräulein Doktor. Sie sehen dann selbst, Mr. Hartnell ... Aber -« Er brach ab und blickte verlegen von Christa zu Hartnell. »Keine Sorge«, beruhigte ihn Christa, die erriet, was Herr Fretsch meinte. »Es bleibt strikt unter uns dreien - das wollten Sie doch wissen?«
Herr Fretsch nickte.
Christa wandte sich nun an Hartnell, aber der kam ihr mit einer neuen Frage zuvor:
»Tell me about Schwabing - it's full of night-clubs, isn't it? And the Schwabing girls are famous for their chic and smartness, aren't

they?« erkundigte er sich eilig und mußte lächeln, als er Christas Erstaunen über diesen raschen Wechsel des Themas sah. In diesem Augenblick nahm Dr. Steiglhöringer wieder am Tisch Platz. Don Hartnell hatte ihn gerade noch rechtzeitig gesehen.

»Ich höre mit Freuden«, bemerkte der Anwalt und winkte den Kellner heran, um Kaffee zu bestellen, »daß Sie schon dabei sind, Pläne für die Gestaltung des, äh, Rahmenprogramms zu machen. Übrigens, Herr Kollege, es gibt da ein neues Lokal in Schwabing, also, das sollten Sie sich nicht entgehen lassen - so etwas gibt es noch nicht mal in New York, lieber Herr Kollege!« Er lächelte Hartnell freundlich zu und forderte Christa mit einer liebenswürdigen Geste auf, seinen Vorschlag zu übersetzen. Aber Hartnell winkte ab.

»Ich glaube, ich bin schon im Bilde«, sagte er bedächtig und in - von dem starken Akzent abgesehen - einwandfreiem Deutsch. Aber er sah dabei nicht Christa an, auch nicht den ihm für seine sprachliche Leistung Beifall spendenden Dr. Steiglhöringer, sondern den noch an seinem Dessert löffelnden Herrn Fretsch.

3. Exemplarischer Lebenslauf eines Vollblut-Unternehmers

Es hatte geklopft, und Donald Hartnell öffnete die Augen. Er mußte sich erst einmal besinnen, wo er eigentlich war. Richtig, er hatte ein Hotelzimmer in München, Germany, wo er heute früh erst eingetroffen war. Eine nette kleine Stadt, dieses München, viel sauberer als New York, längst nicht so hektisch und streckenweise direkt schön.

Ein Blick auf seine Armbanduhr zeigte ihm: Es war 19.34 Uhr. Also hatte er mehr als drei Stunden geschlafen, tief und traumlos, fühlte sich wieder ausgeruht und frisch, benötigte nur noch eine Dusche und - seine Hand fuhr prüfend übers Kinn - eine Rasur, dann...

Es klopfte nochmals, diesmal etwas lauter.

»Yes«, rief Hartnell, *»come in, please!«*

Ein Junge in Pagenuniform trat ein, sagte »Guten Abend, Sir, hier, bitte, Sir!« und übergab Hartnell einen Umschlag. Christa Trützschler teilte ihm mit, sie habe von Herrn Fretsch die Unterlagen erhalten und warte nun, wie verabredet, unten in der Hotelhalle, gern bereit, ihm alles zu übersetzen. Sie habe übrigens zunächst versucht, ihn telefonisch zu erreichen, jedoch vergeblich - offenbar sei die Glocke nicht laut genug gewesen.

Eine Viertelstunde später saß Donald Hartnell mit Christa in einer ruhigen Ecke der Hotelbar und hörte sich an, was der tüchtige Herr Fretsch über »den Herrn Doktor«, einstigen Chef des Gummi-Konzerns mit Stammsitz in Leipzig und Tochterunternehmen in Trzebinia und Lodz, herausgefunden und an Dokumenten aus allen möglichen Archiven zusammengetragen hatte.

Fritz Karl Ries, wie der von den verschiedenen Informanten nicht mehr erinnerte (oder möglicherweise bewußt verschwiegene, auch von Herrn Fretsch erst nach energischer Aufforderung jetzt preisgegebene) Name »des Herrn Doktor« lautete,

war am 4. Februar 1907 in Saarbrücken geboren. Nach beendeter Schulzeit hatte er in Köln und Berlin Rechtswissenschaft studiert, das erste und zweite Staatsexamen bestanden und Anfang 1934 an der Universität Heidelberg den Doktorgrad erworben.
Noch im selben Jahr wurde der junge Jurist, der im Mai 1933 wie zahlreiche andere Deutsche der »Nationalsozialistischen Deutschen Arbeiterpartei« (NSDAP) beigetreten war, selbständiger Unternehmer, nämlich alleiniger geschäftsführender Gesellschafter der Firma Flügel & Polter in Leipzig.
Es handelte sich bei diesem Unternehmen um einen 120-Mann-Betrieb zur Herstellung von Gummiartikeln des sanitären und hygienischen Bedarfs, der von seinen Vorbesitzern hatte aufgegeben werden müssen. Dr. Ries konnte sich maßgebenden Einfluß auf die Firma sichern. Er hatte kurz zuvor in eine begüterte Rheydter Familie eingeheiratet, und sein Schwiegervater, der Zahnarzt Philipp Heinemann, beteiligte sich mit einer namhaften Summe.
In den folgenden Jahren entwickelte Dr. Ries – wie er selbst in einem Schreiben an eine hohe Parteidienststelle ohne falsche Bescheidenheit angeführt hatte – *»eine außerordentliche unternehmerische Aktivität«*. Er machte die Flügel & Polter KG zu einem *»nationalsozialistischen Musterbetrieb (mit Gaudiplom der Deutschen Arbeitsfront)«*, reorganisierte als Betriebsführer die Produktion, die kaufmännische Verwaltung und den Vertrieb, erhöhte die Leistungsfähigkeit und verschaffte dem bald wieder hohe Gewinne abwerfenden Leipziger Unternehmen nach und nach einen bunten Kranz blühender Tochterfirmen in den unterschiedlichsten Gegenden des erstarkenden Großdeutschen Reiches.
Bei diesen Neuerwerbungen handelte es sich durchweg um Betriebe der Gummi-, Kunstgummi- und Textilindustrie, die zuvor in jüdischem Besitz gewesen waren. Durch die judenfeindliche Politik der seit 1933 über Deutschland herrschenden Nationalsozialisten hatten sich die bisherigen Inhaber gezwungen gesehen, ihre Unternehmen zu verkaufen, und zwar weit unter dem wahren Wert und zu demütigenden Bedingungen. So konnte Dr. Fritz Ries zunächst *»mit Unterstützung der NSDAP-Kreisleitung«* die »Gummiwerke Schalkau« im ehemaligen Herzogtum Sachsen-Meiningen in »arische« (nämlich seine) Hände überführen und bediente sich dazu der »Hevea-

Gummiwerke GmbH« in Finsterwalde, Regierungsbezirk Frankfurt an der Oder. Die Berliner Konfektionsfabrik Lewinstein war als nächste an der Reihe.

Im Jahre 1938, als die judenfeindlichen Maßnahmen der regierenden Nationalsozialisten noch rigoroser geworden waren, »arisierte« Dr. Ries auch noch die »Vereinigten Gummiwarenfabriken« in Pausa, Bezirk Plauen, und die »Mitteldeutsche Gummi- und Guttapercha-Gesellschaft Edelmuth & Co« in Frankfurt am Main sowie eine ganze Reihe weiterer Betriebe in und bei Berlin, in München und im »angeschlossenen«, jetzt »Ostmark« genannten Österreich.

Ein Dokument aus jener für den jungen Dr. Ries so ersprießlichen Zeit hatte Herr Fretsch im Original beigefügt. Es fesselte Hartnells Aufmerksamkeit, vielleicht wegen der im Briefkopf groß abgebildeten Präservativ-Schachtel der Marke »MIGUIN« mit dem stolzen Aufdruck: *»Jetzt arisch!«*. Jedenfalls bat er Christa, ihm den Text dieses Schreibens zu übersetzen. Er lautete:

MITTELDEUTSCHE
GUMMI- UND GUTTAPERCHA-GESELLSCHAFT
EDELMUTH & CO

Frankfurt a.M.17-Taunusstr.45-Fernruf 34296-Telegramme:EDELCO

MIGUIN - Jetzt arisch! Im Oktober 1938

Sehr geehrter Geschäftsfreund!
Hierdurch teilen wir Ihnen höflich mit, daß unsere Firma auf Grund des Genehmigungsbescheides des Herrn Regierungspräsidenten in Wiesbaden mit Wirkung vom 1. Mai 1938 in den Besitz der arischen Firma ›Hevea Gummiwarenfabrik GmbH‹ in Finsterwalde, Sitz in Leipzig, übergegangen ist. Die Geschäftsleitung der bisherigen Gesellschafter ist erloschen. Unsere Firma wird demnächst ihren Sitz verlegen und dann den kürzeren Namen ›MIGUIN-Gummiwaren GmbH‹ erhalten. Nähere Einzelheiten werden wir Ihnen noch rechtzeitig bekanntgeben. Als neuer Geschäftsführer zeichnet Dr. Fritz Ries, Leipzig . . .«

Im folgenden wurde den geehrten Geschäftsfreunden mitgeteilt, man werde an dem bewährten Prinzip festhalten und alle ›MIGUIN‹-Erzeugnisse *»nur an Fachgeschäfte und niemals an Friseure oder Automaten und Seifengeschäfte«* liefern. Die Gewähr, *»immer nur die bekannten vorzüglichen ›Miguin‹-Qualitä-*

ten zu erhalten«, hätten die geehrten Kunden *»schon allein deshalb, weil die jetzige Inhaberin unseres Unternehmens bisher die alleinige Herstellerfirma unserer hygienischen Gummiwaren«* gewesen sei. *»Heil Hitler!«*
Dem Rundschreiben an die Kunden war der Durchschlag eines Briefes angeheftet, den Dr. Fritz Ries, ebenfalls im Oktober 1938, an den jüdischen Vorbesitzer der ›jetzt arischen‹ Gesellschaft, Herrn Edelmuth, gerichtet hatte - ohne Anrede, ohne Höflichkeitsformel am Schluß und in so rüdem Ton, daß Christa bei der Übersetzung mehrfach stockte.
Hartnell verzog das Gesicht, nahm einen Schluck Whisky und meinte dann nur: »Ekelhaft.«

Donald Hartnell hatte sich bislang kaum für Politik interessiert, für europäische Angelegenheiten schon gar nicht. In bezug auf Amerika waren seine Ansichten gemäßigt liberal. Rassismus lehnte er entschieden ab, und er hatte kaum irgendwelche Vorurteile, weder gegenüber Juden, noch was die Deutschen anbetraf. Von den deutschen Unternehmern, auch denen der Hitlerzeit, hatte er bisher eine hohe Meinung gehabt. Sie waren ihm als unerhört tüchtig, pünktlich, zuverlässig, korrekt und immens fleißig geschildert worden.
Was unter den Nazis an Ungesetzlichkeiten und wohl auch Grausamkeiten vorgekommen sein sollte, hatte er teils für Übertreibungen der alliierten Kriegspropaganda gehalten, teils für Willkürakte einzelner Gestapo-Chefs und SS-Offiziere. ›Solche Dinge‹, wie er sie zu nennen pflegte, kamen ja leider überall und besonders in Kriegszeiten immer wieder vor, sogar bei den Amerikanern, beispielsweise in Vietnam.
Was Deutschland betraf, so hatten ›solche Dinge‹ für Hartnell bislang nur historische Bedeutung gehabt; sie waren, so hatte er geglaubt, den jetzigen Deutschen so wenig anzulasten wie die sogenannte ›Schreckenszeit‹ unter Robespierre den heutigen Franzosen.
Aber jetzt, plötzlich konfrontiert mit scheinbar belanglosen Einzelheiten aus dem deutschen Unternehmer-Alltag vor fünfunddreißig Jahren, empfand Hartnell erstmals Empörung, nicht bloß normales, unverbindliches Mitgefühl mit den Opfern, etwa den Seligmanns. Und was, so jedenfalls fand Hartnell, die Sache noch schlimmer machte, war die Tatsache, daß dieser Dr. Ries, der seine zuvor von ihm gewiß umschmei-

chelten jüdischen Kunden so brutal enteignet und dann beschimpft und verhöhnt hatte, ein Kollege war, ein Doktor der Rechtswissenschaft, noch dazu einer gerade jener Universität Heidelberg, die bei amerikanischen Akademikern in ebenso romantischer wie respektvoller Verehrung gehalten wurde.
›Trotzdem‹, sagte sich Hartnell, ›ich muß versuchen, mich nicht von Gefühlen oder gar von Ressentiments leiten zu lassen. Ein Anwalt hat kühl und sachlich zu bleiben.‹
Christa schien zu ahnen, was er dachte, und vielleicht mißbilligte sie sein Bemühen um Distanz. Jedenfalls meldete sie sich nun wieder zu Wort:
»Sehen Sie mal, Mr. Hartnell, hier ist noch ein Brief, und er erklärt vielleicht die außergewöhnlichen Erfolge des Herrn Dr. Ries bei der Entwicklung der Firma Flügel & Polter KG zu einem bedeutenden Konzern.«
Was sie meinte, war die Ablichtung eines Schreibens, die der Kopie des Drohbriefs an Herrn Edelmuth angeheftet war. Mit Datum vom 15. Mai 1936 hatte, wie daraus zu ersehen war, das Polizeipräsidium Leipzig dem *»Herrn Präsidenten des Geheimen Staatspolizeiamts Sachsen III in Dresden«* unter Bezug auf dessen Ersuchen - Aktenzeichen St.A.Dr. 700/34/36 - gemeldet, daß der *»Fabrikant Dr. Fritz Karl Ries, geboren am 4. Februar 1907 zu Saarbrücken, Reichsdeutscher, evangelisch-lutherisch, verheiratet und in Leipzig N 22, Lenaustraße 3, wohnhaft ..., politisch einwandfrei und zuverlässig«*, zudem Parteigenosse sei und *»die Eignung als Vertrauensmann für besondere Angelegenheiten«* der Geheimen Staatspolizei besitze.
Das als *»streng vertraulich«* gekennzeichnete Schreiben hatte dann am 20. Juni 1936 im Präsidium des Geheimen Staatspolizeiamts Dresden den handschriftlichen Vermerk erhalten:
»Dr. Ries als V-Mann vorsehen!«
»War das die berüchtigte Gestapo?« erkundigte sich Hartnell.
Christa nickte nur.
»Und ›V-Mann‹ oder ›Vertrauensmann für besondere Angelegenheiten‹ - bedeutete das, daß der Betreffende für die Gestapo als Spitzel tätig war und sie veranlassen konnte, gegen von ihm denunzierte Personen, zum Beispiel Beschäftigte der Firma oder mißliebige Partner, vorzugehen?«
»Ja, gewiß«, erwiderte Christa, betont sachlich. Dann nahm sie das nächste Blatt aus der von Herrn Fretsch zusammengestellten Akte und begann mit der Übersetzung des Textes:

»Von 1936 an zahlreiche ›Arisierungen‹ von zuvor in jüdischem Besitz befindlichen Betrieben, offenbar mit Unterstützung der Gestapo, SS und NSDAP. Von 1939 an« – so der Bericht des Flügel & Polter-Prokuristen Arno Bückert – *»wurden alle Konzernbetriebe auf den Kriegsbedarf der Wehrmacht umgestellt und stark erweitert. Die Beschäftigtenzahl stieg bis Anfang 1941 auf 1200. Der Konzernumsatz – 1934 erst knapp 500 000 RM – schnellte empor auf 10,86 Millionen RM ... «*

Als kleines äußeres Zeichen ihrer Dankbarkeit hatten seine Teilhaber dem so überaus tüchtigen Dr. Ries dann den Ankauf einer teuren Villa in Leipzig aus Konzernmitteln und deren private Benutzung bewilligt, und im Januar 1941 waren von Herrn Dr. Ries und seinem Anwalt, Herrn Sachse, allerlei Häuser besichtigt worden, darunter eins in der Leipziger Montbéstraße 20, das sie erwarben.

Der Preis für dieses schöne Anwesen aus jüdischem Besitz war aber dann so niedrig, daß die Aufsichtsbehörde zunächst Bedenken geäußert hatte, die Dr. Ries und sein Rechtsbeistand jedoch zerstreuen konnten. Eine Heraufsetzung des Kaufpreises, so hatten sie argumentiert, wäre *»als unbillig abzulehnen, weil sie ja zugunsten des Vermögens eines Juden geschehen würde«*.

Ebenfalls in das Jahr 1941 fielen, wie die von Herrn Fretsch gesammelten Dokumente zeigten, die Neuerwerbungen des von Dr. Ries bereits fast völlig beherrschten und allein geleiteten Konzerns in den besetzten polnischen Gebieten, insbesondere in Trzebinia und Lodz (Litzmannstadt), bei denen der SS-Standartenführer Herbert Packebusch als Sachwalter der Riesschen Interessen aufgetreten war. Doch der Ehrgeiz des zum Konzernherrn aufgestiegenen »Arisierers« und vorgesehenen Gestapo-V-Manns war weit über das eroberte Polen hinausgegangen:

Da gab es beispielsweise das von Dr. Ries emsig vorangetriebene Projekt eines Autoreifen-Runderneuerungswerks in Kiew, Verhandlungen mit dem *»Aufbaustab für die Krim«* über die Ausweitung der Konzerninteressen bis zum Kaukasus, Besichtigungsreisen kreuz und quer durch die baltischen Provinzen nebst Besprechungen mit den örtlichen SS-, Polizei- und Propagandastellenleitern, unter anderem in Reval, Kaunas und Lida, sowie eine Beteiligung an den Wäsche- und Bekleidungswerken L. Hoffmann in Sambor (Galizien). Und genau wie in Trzebinia

und in Lodz, so arbeiteten auch in den anderen Konzernbetrieben vorwiegend jüdische, polnische und ukrainische Sklavenarbeiter, die von Geschäftsfreunden wie dem SS-Standartenführer Packebusch ›beschafft‹ worden waren.
Für die jüdischen Zwangsarbeiter wurden im Durchschnitt etwa 40 Rpf je Arbeitsstunde an den »Sonderbeauftragten des Reichsführers SS« überwiesen. Mitunter mußte dieser aber auch große Beträge an den Konzern des Herrn Dr. Ries zurückerstatten, weil die Juden, für deren Verwendung als Arbeitsvieh im voraus bezahlt worden war, die volle Leistung nicht mehr hatten erbringen können; sie waren, wie der Konzern melden konnte, *»umgesiedelt«,* also der ›Endlösung‹ zugeführt worden.
Auch in seinem Leipziger Stammwerk beschäftigte Dr. Ries – so war den von Herrn Fretsch mit großer Sorgfalt und Liebe zum Detail gesammelten Dokumenten zu entnehmen – größtenteils Zwangsarbeiter, zumeist verschleppte russische Frauen und Mädchen. Deren Arbeitsleistung, die durch die engen Beziehungen des Konzernchefs zur Gestapo streng überwacht und ständig gesteigert werden konnte, hatte die Gewinne von Flügel & Polter – von einigen Zwangsarbeitern mit gewiß übertriebener Gehässigkeit »Prügel und Folter« genannt – mächtig anschwellen lassen.
Wie rücksichtslos die jungen Russinnen ausgebeutet worden waren, ging deutlich hervor aus einem Schreiben der Konzernleitung an das Arbeitsamt Leipzig vom 15. Mai 1943. Darin rühmte sich die Firma Flügel & Polter, daß sie *»einen Teil unserer Ostarbeiterinnen in schwerster Männerarbeit eingesetzt«* hätte, *»im wesentlichen zum Ausgleich für einberufene deutsche männliche Gefolgschaftsmitglieder«.* Und auch die übrigen Russinnen waren Arbeitsbedingungen ausgesetzt, die man, wie die Firmenleitung fand, Deutschen nicht zumuten konnte.
Die so erwirtschafteten Millionengewinne der von Dr. Ries »arisierten« oder kurzerhand »übernommenen« Betriebe hatte der emsige Konzernherr, der dem Finanzamt gegenüber den Standpunkt vertrat, *»daß Judenvermögen keinen Geschäftswert hat«,* gut anzulegen verstanden. Darauf deuteten nicht nur Grundstückskäufe hin, etwa der Erwerb eines Landguts im oberbayerischen Chiemgau, sondern auch viele Reisen ins neutrale Ausland, vor allem in die Schweiz und nach Spanien, wo Dr. Ries – zum Teil völlig branchenfremde – »Töchterfirmen« entstehen ließ.

Jedenfalls hatte der Konzernchef, dem 1942 in Anerkennung seiner hervorragenden Leistungen das Kriegsverdienstkreuz verliehen worden war, im vorletzten Kriegswinter, 1943/44, bereits ein Vermögen von mehreren Millionen Reichsmark beisammen. Etwas später verhandelte er dann auch noch wegen Übernahme der Krakauer Regenbekleidungswerke, aber die Kriegsereignisse machten ihm einen Strich durch diese Rechnung: Es ging fortan nicht mehr um neue Beute im Osten, vielmehr nur noch um das eilige Fortschaffen der in den Jahren zuvor dort »übernommenen« Anlagen.

Etwa um diese Zeit wurde die Ehe des Dr. Fritz Ries geschieden, ohne daß dadurch eine nennenswerte Verschlechterung seiner Vermögenslage eintrat. Doch ansonsten war der steile Aufstieg des Dr. Ries zum Multimillionär und Herrn über einen Konzern mit annähernd zehntausend - zumeist unfreiwillig - Beschäftigten natürlich nicht ohne gelegentliche Pannen vonstatten gegangen. Da hatte es beispielsweise 1942/43 ein paar Unannehmlichkeiten mit einem leitenden Angestellten, einem Direktor Kotzam, gegeben. Dr. Ries hatte jedoch die Sache bereinigen können, ohne selbst Schaden zu nehmen - wie, darüber gab es in der von Herrn Fretsch zusammengestellten Akte eine *»Leipzig, den 10. April 1943«* datierte Aktennotiz, die von Dr. Ries diktiert und eigenhändig abgezeichnet worden war. *»Bei einem Prozeß mit Kotzam«*, hieß es darin, *»müßte Kolbe nochmals über Kotzam gehört werden. Kolbe äußerte gelegentlich seines gestrigen Besuchs, ihm sei immer schon aufgefallen, wie sehr die Juden an Kotzam hängten ... Kolbe hat auch des öfteren staatsfeindliche Äußerungen des Kotzam gehört ... «*

Vorsichtshalber hatte Herr Dr. Ries auch noch andere leitende Angestellte, darunter seinen Direktor Hans Meyer, über den Schwierigkeiten bereitenden Herrn Kotzam vernommen und sich von Meyer eidesstattlich versichern lassen:

»Ich hatte Gelegenheit vom ersten Tage meiner Tätigkeit für die Oberschlesischen Gummiwerke an, ... mit der Familie Kotzam in längeren Abendstunden zusammenzusitzen ... Ohne heute einzelne Redewendungen wiederholen zu können, habe ich aus diesen rein privaten, oft einige Stunden dauernden Unterhaltungen den Eindruck gewonnen, daß Herr Kotzam den Nationalsozialismus restlos ablehne. Seine persönliche Einstellung ist stark liberalistisch ... gez. Meyer.«

So gestärkt hatte Dr. Ries alsbald von Leipzig aus an den *»Herrn Kommandeur des Rüstungskommandos, Kattowitz/OS«* schreiben können, den er dringend gebeten hatte, den verleumderischen Behauptungen des Herrn Kotzam keinerlei Glauben zu schenken; es handele sich bei diesem Kotzam, *»obwohl er Corpsstudent war«*, um einen *»Schweinehund«*, den man auch so nennen könnte, ohne daß er sich dagegen wehrte. Und Dr. Ries hatte hinzugefügt: *»Schließlich darf noch am Rande vermerkt werden, daß der Vater des Herrn Kotzam wegen betrügerischen Konkurses vorbestraft ist.«* Andererseits wollte Dr. Ries aber nicht, daß gegen Kotzam gerichtlich vorgegangen würde, und er begründete diese sicherlich wohlerwogene Rücksichtnahme im Schlußabsatz seines Briefes folgendermaßen: *»Wir haben als Firma kein Interesse daran, die Verfehlungen zu verfolgen, da es auch unserem Ruf schadet, daß wir einen derartigen Charakter in leitender Stellung beschäftigt haben. Heil Hitler! Ihr ergebener Dr. Fritz Ries.«*
Weit ernster als dieser damit bereinigte Vorfall war ein kriminalpolizeiliches Ermittlungsverfahren im selben Winter 1943/44, bei den es um Schiebungen beträchtlichen Ausmaßes ging und in die der um seinen und seiner Firma Ruf so besorgte Dr. Ries zunächst selbst verwickelt war. Er wurde zwar diesmal nicht - wie 1942 in einer ähnlichen Sache - in Untersuchungshaft genommen. Aber auch noch nach Abschluß der - durch gute Beziehungen recht glimpflich abgegangenen Vernehmung -, sah Dr. Ries seine Lage als so ernst an, daß er sich von der Geschäftsleitung entbinden ließ, bis »die Sache geregelt« wäre. Ja, die Flügel & Polter KG wechselte sogar vorübergehend ihren Firmennamen: Sie wurde während der kritischen Wochen umbenannt in ›Hans Wernecke KG‹.
Indessen verzogen sich die dunklen Wolken bald wieder, zumindest für Dr. Ries selbst. Nur einige kleine Angestellte wurden streng bestraft, der Konzernchef hingegen vom Ruch der Korruption und Schiebung befreit und voll rehabilitiert.
In der Folgezeit erwiesen sich seine hervorragenden Beziehungen zu hohen und höchsten Partei- und SS-Funktionären, zur Gestapo sowie zu Ministerialbeamten und Geschäftsführern einflußreicher Wirtschaftsverbände, nicht zuletzt zur *Reichsstelle für Kautschuk und Asbest* in Berlin-Grunewald, die Dr. Ries seit langem sorgsam gepflegt hatte, als außerordentlich nützlich.

Diese Beziehungen kamen besonders im Sommer 1944 ins Spiel. Jetzt galt es, eilig die Beute in Sicherheit zu bringen. Die drohende militärische Niederlage des Großdeutschen Reiches ließ eine rasche »Verlagerung« der in den noch besetzten Gebieten Osteuropas arbeitenden Konzernbetriebe und aller im Zusammenhang damit dort »übernommenen« Werte ratsam werden.

Über das hinaus, was Herr Fretsch darüber schon berichtet hatte, fanden sich in der Akte keine Anhaltspunkte dafür, *wer* im einzelnen dem Flügel & Polter-Konzern des Dr. Ries dabei behilflich gewesen war, die in Polen und in der Sowjetunion erbeuteten Millionenwerte westwärts zu schaffen. Wohl aber gab es einige interessante Hinweise, *wie* dies geschehen war und *was* die glänzenden Beziehungen des Konzernchefs alles möglich gemacht hatten.

Mit hohen Prämien, häufig in Form von Sachwerten, zumeist Textilien und anderen Mangelwaren, hatte sich Dr. Ries die Dienste eines »Stabskapitäns« im »Transportkorps Speer« gesichert; daneben waren Reichsbahn-Bedienstete dazu bewogen worden, Eisenbahnwaggons, die eigentlich für Verwundetentransporte und anderen dringenden Wehrmachtbedarf reserviert waren, für die »Verlagerung« des Riesschen Beuteguts bereitzustellen. Und mitunter wurden sogar zunächst Transporte vom Rhein nach Leipzig organisiert, um mit den so erhaltenen Waren Tauschgeschäfte machen zu können, die zur Rettung der letzten noch in Trzebinia und Lodz ihrer »Verlagerung« harrenden Millionenwerte dienten.

Ein Schreiben dieser Art – adressiert an *»Herrn Stabskapitän Lederer, Dienststelle Transport-Corps Speer, Berlin-Charlottenburg, Postfach 19«* – hatte Herr Fretsch offenbar für besonders bemerkenswert gehalten, obwohl darin nur kurz um Mitteilung gebeten wurde, *»ob Sie Gelegenheit haben, 15 000 Flaschen Sekt im Gewicht von 30 t aus Eltville am Rhein nach Leipzig zu befördern. Mit freundlichen Grüßen und Heil Hitler! Dr. Ries.«*

»Was ist daran so erstaunlich?« erkundigte sich Hartnell und betrachtete das nur fünf Zeilen lange Schreiben. »Dies hier«, erwiderte Christa und wies auf das von Herrn Fretsch bereits mit Rotstift dick unterstrichene Datum des Briefes: *»Leipzig, den 23. Februar 1945.«*

»Als dieses kurze Schreiben von Dr. Ries diktiert worden war«, erklärte sie Hartnell, »hatten die sowjetischen Armeen schon die Oder erreicht, Ostpreußen abgeschnitten und Breslau eingeschlossen; die US Army stand bereits am Rhein und begann gerade den Angriff nördlich und südlich von Köln. Die meisten Städte lagen in Schutt und Asche; Halbwüchsige mußten die Flakgeschütze bedienen; Bomben- und Tieffliegerangriffe wechselten sich ab. Zwischen Oder und Rhein waren Hunderttausende von Flüchtlingen, vor allem Frauen und Kinder, zu Fuß oder mit Fahrrädern, Pferdefuhrwerken und Ochsenkarren unterwegs. Es gab kaum noch Lastwagen, und die wenigen Autos, die Verwundete, Munition und Lebensmittel transportierten, blieben häufig unterwegs liegen, weil es ihnen an Treibstoff fehlte. Und zu dieser Zeit, mitten im Chaos des totalen Zusammenbruchs, organisierte Herr Dr. Ries die Beschaffung von fünfzehntausend Flaschen Sekt!«

»Woher wissen Sie über diese Zeit so genau Bescheid, Christa?« fragte Hartnell. »Übrigens, Sie sollten mich auch beim Vornamen nennen. Ich heiße Donald, und meine Freunde nennen mich Don. OK?«

»OK, Don«, gab Christa lächelnd zur Antwort. Sie überlegte dabei, ob dieser Wechsel der Anrede für einen Amerikaner wie Donald Hartnell mehr bedeutete als eine belanglose Freundlichkeit, kam zu der Überzeugung, daß es wohl nur eine nette Geste war, und fuhr fort: »Was meine ziemlich genauen Kenntnisse der Lage am 23. Februar 1945 angeht, so vergessen Sie, Mr. Hartn..., ich meine: Don, daß ich mich beruflich mit Zeitgeschichte befasse. Übrigens« – sie blätterte kurz in der von Herrn Fretsch zusammengestellten Akte – »die Sektbeschaffung scheint nicht die letzte Aktivität des Herrn Dr. Ries gewesen zu sein – es sind hier noch mindestens dreißig Seiten über ihn.«

»Oh«, sagte Hartnell nur. Er dachte nach. »Dann ist er also davongekommen. Halten Sie es für möglich, daß er heute noch von den aus Trzebinia, Lodz und anderswo ›ausgelagerten‹ Millionenwerten zehrt?«

»Es würde mich nicht wundern, Don«, erwiderte Christa. »Es gibt eine ganze Menge Leute von seiner Sorte, die ungeschoren davongekommen sind. Er ist, falls er noch lebt, heute ...« Sie rechnete einen Augenblick und fuhr dann fort: »Genau 67 Jahre – vielleicht sitzt er als Pensionär irgendwo an einem der bayerischen Seen. Da findet man noch viele einstige Prominente, die während der Nazizeit auf ähnliche Weise reich geworden sind wie unser Dr. Ries.«

Sie gab sich Mühe, ihre Feststellungen ganz sachlich klingen zu lassen, aber Donald spürte, daß sie erbittert war. Es schien ihm angezeigt, eine Pause zu machen.
»Kommen Sie, Christa«, sagte er und erhob sich dabei, »lassen Sie uns Herrn Dr. Ries für eine Weile vergessen und erst mal zu Abend essen. Ich habe Hunger und Sie gewiß auch. Erzählen Sie mir inzwischen, wo Sie studiert haben, was Sie dazu veranlaßt hat, sich die Erforschung einer ziemlich düsteren Vergangenheit als Beruf zu wählen, und wie es kommt, daß Sie so phantastisch gut Englisch sprechen.«
Christa war ebenfalls aufgestanden.
»Gut, Don, gehen wir essen, und ich will Ihnen dann auch gern alle Ihre Fragen beantworten. Aber entschuldigen Sie mich noch für zwei Minuten - ich muß rasch mal, wie man im puritanischen Amerika sagt, meine Nase pudern gehen.«

Als Christa kurze Zeit später mit Hartnell an einem ruhigen Tisch des Hotelrestaurants Platz nahm, war ihr deutlich anzusehen, daß sie darauf brannte, Don etwas zu berichten. Sie wartete, bis Hartnell ihre Bestellungen aufgegeben hatte. Dann sagte sie:
»Sie dürfen dreimal raten, was ich eben entdeckt habe!«
»OK - aber sagen Sie mir erst, ob es hier in der Bundesrepublik etwas Ähnliches gibt wie unser ›*Who's who?*‹«, erwiderte Hartnell und mußte lachen, als er Christas Überraschung bemerkte.
»Ja, natürlich«, sagte sie. »Aber wie sind Sie darauf gekommen, Don, daß ich ... ?«
»Ich habe von weitem zugesehen, wie Sie den Portier um ein dickes Buch baten, das wie ein Nachschlagewerk aussah. Und dann habe ich kombiniert, *my dear Watson* - es war nicht sehr schwer«, sagte Hartnell. »So, und nun verraten Sie mir, was Sie über Dr. Ries herausgefunden haben!«
»Er steht tatsächlich im ›Wer ist wer?‹ und auch in der neuesten Ausgabe von ›*Hoppenstedt, Leitende Männer der Wirtschaft*‹, Don«, teilte Christa mit. »Ries, Fritz, Dr. jur., Geburtsort Saarbrücken, und das Datum stimmt auch überein, so daß eine Verwechslung ausgeschlossen ist. Und er ist verheiratet - seit 1949 - mit ... na, was meinen Sie, Don?«
Hartnell überlegte einen Augenblick lang. Dann meinte er zögernd:
»Etwa mit dieser Dora?«

»Stimmt genau! Mit Dora Apitzsch. Die beiden wohnen in Frankenthal/Pfalz, Rusdorfstr. 1, und dort ist auch der neue Sitz des Konzerns, als dessen Gründer und Mehrheitsaktionär Herr Dr. Ries sich bezeichnet. Die Firma nennt sich *Pegulan-Werke AG*. Herr Dr. Ries ist außerdem Ehrenvorsitzender des Verbands der Deutschen Bodenbelags-, Kunststoff-Folien- und Beschichtungsindustrie, Aufsichtsratsvorsitzender der Badischen Plastic-Werke in Bötzingen, Mitglied des Beirats der Commerzbank AG und königlich marokkanischer Konsul ehrenhalber für die Länder Hessen und Rheinland-Pfalz.«
»Sonst noch was?« fragte Hartnell. Er schien mit seinen Gedanken bereits nicht mehr bei Dr. Ries zu sein, obwohl ihn dessen stolze Nachkriegskarriere zunächst sehr beeindruckt hatte.
»Ja«, erwiderte Christa, »es ist noch ein halbes Dutzend Firmen aufgeführt, die sämtlich von Herrn Dr. Ries geleitet werden, und es sind seine Auszeichnungen erwähnt.«
»Auszeichnungen?« fragte Don.
»Es gibt bei uns den Verdienstorden der Bundesrepublik Deutschland, der an Persönlichkeiten verliehen wird, die sich um den Wiederaufbau und die Demokratie besonders verdient gemacht haben«, erklärte Christa. »Der Orden hat eine ganze Reihe von Abstufungen. Herr Dr. Ries erhielt 1967, wohl zu seinem sechzigsten Geburtstag, die schon sehr hohe Stufe, nämlich das Große Bundesverdienstkreuz. Damit gehört er zweifellos zur Prominenz unserer Wirtschaft.«
Christa hatte, während sie diese Erklärung gab, Don beobachtet und wartete auf seinen Kommentar. Doch er sagte zunächst gar nichts, sondern widmete sich seinem Seezungenfilet.
Christa nahm die Akte zur Hand, die Herr Fretsch über Dr. Ries zusammengestellt hatte. Sie blätterte darin und sagte plötzlich:
»Er gehört sogar zur Elite der Nation, denn 1972 ... – nein, diese Presseinformation der Pegulan-Werke muß ich Ihnen wörtlich übersetzen:
›*In Anerkennung seiner unternehmerischen Leistung und seines Engagements für die Gesellschaft überreichte der Ministerpräsident des Landes Rheinland-Pfalz, Dr. Helmut Kohl, dem Jubilar*‹ – das war Dr. jur. Fritz Ries, Vorstandsvorsitzender und Hauptaktionär der Pegulan AG, königlich marokkanischer Konsul, Begründer und Mehrheitsinhaber der Ries-Firmengruppe – ›*in Gegenwart zahlreicher prominenter Gratulanten den Stern zum*

Großen Bundesverdienstkreuz ... Dr. Ries dankte allen ... und betonte, daß dieser Tag für ihn nicht Ziel, nicht Abschluß, sondern Station in seinem Leben sei ... Das Mannheimer Streichquartett umrahmte den Empfang ... Eine heitere Unterbrechung brachten zwei Schornsteinfeger, die ... das Geburtstagskind in traditioneller Weise anschwärzten.‹ Hübsch, nicht?«
»Was glauben Sie, Christa«, fragte Hartnell nach einer Weile, »weiß mein Münchner Anwaltskollege, dessen Namen ich nicht aussprechen kann, daß es sich bei ›dem Herrn Doktor‹, der in Trzebinia damals der große Boß war, um Dr. Ries handelt?«
Christa überlegte.
»Es spricht manches dafür«, meinte sie, »am besten fragen Sie ihn selbst, Don. Wir sollen ihn ja am Sonntagabend besuchen.«
Hartnell schüttelte den Kopf.
»Das ist erst übermorgen, Christa! Bis dahin müssen wir - muß ich noch viel herausfinden.«
»Ich will Ihnen gern dabei helfen, Don, und - falls Sie das im Sinn gehabt haben sollten - ich schulde Dr. Steiglhöringer keinerlei Loyalität. Er hat mich lediglich in Ihrem Auftrag und für Sie engagiert. Außerdem ...« Sie zögerte. Dann fuhr sie entschlossen fort: »Wenn da ein Komplott dahinterstecken sollte mit dem Ziel, etwas zu vertuschen und Sie hinters Licht zu führen - da mache ich sowieso nicht mit, Don.«
Er blickte auf, sagte nur: »Danke, Christa, das freut mich - aber ich habe es eigentlich auch nicht anders erwartet.« Und nach kurzem Überlegen fuhr er fort:
»Wir haben noch viel Zeit bis Sonntagabend - da läßt sich noch einiges herausfinden. Übrigens, haben Sie eine Ahnung, wie weit es von München bis zu dem Ort ist, wo dieser Dr. Ries heute lebt?«
»Ja«, antwortete Christa, »Frankenthal liegt irgendwo bei Ludwigshafen am Rhein, gegenüber von Mannheim. Ich schätze, das sind drei, vier Stunden mit dem Auto, und mit dem Zug wird es auch nicht länger dauern. Denken Sie daran, dorthin zu fahren, Don?«
»Ich weiß es noch nicht«, erwiderte Hartnell, »vielleicht ... Aber lassen Sie uns erst noch den Rest der Akte lesen! Möglicherweise erübrigt sich dann ein Besuch bei Herrn Dr. Ries.«

Das nächste Blatt in der Akte enthielt Notizen von Herrn Fretsch über alle Erwähnungen des Konzernherrn im Nachrichtenmagazin *»Der Spiegel«* seit 1948. Der Name Ries war bis 1972 nur insgesamt dreimal in den Spalten dieser Wochenzeitschrift aufgetaucht: Einmal in Zusammenhang mit den Geschäften einer obskuren Grundstücksgesellschaft, die unter dem Motto *»Sonne in Privatbesitz!«* Ferienhäuser in Spanien an reiche Bundesbürger zu verkaufen bemüht gewesen war. 1967 war die Gesellschaft in Konkurs gegangen, und unter ihren Finanziers, die dabei einen Haufen Geld eingebüßt hatten, war auch Konsul Dr. Fritz Ries gewesen.

»Interessiert Sie das?« erkundigte sich Christa und trank einen Schluck Kaffee, den ihr Hartnell, nachdem sie wieder in die Hotelbar gegangen waren, bestellt hatte.

»Ich glaube, nicht«, erwiderte Hartnell. »Um was handelt es sich bei den anderen beiden Erwähnungen?«

Christa überflog die beiden kurzen Absätze und berichtete, daß die zweite *›Spiegel‹*-Meldung einen Rechtsstreit zwischen zwei Wirtschaftsverbänden beträfe. Der *Verband der Deutschen Bodenbelags-, Kunststoff-Folien- und Beschichtungsindustrie e.V.* *hatte Klage erhoben gegen die Europäische Teppich-Gemeinschaft für Deutschland e.V.* wegen angeblich unlauterer Werbemethoden für Teppichböden unter der Devise *»Klack-Klack, die Kugel der Wahrheit«*. Dr. Fritz Ries hatte sich über eine geplante, großangelegte Werbekampagne der Teppichböden-Hersteller ausführlich unterrichten lassen, die Pläne sehr gelobt, sich an den Kosten aber nicht beteiligen wollen, obwohl seine Betriebe, neben Kunststoff-Bodenbelag, auch Teppichböden in großen Mengen produzierten. Und er hatte dann in Kenntnis des Werbeplans der einen Wirtschaftsvereinigung als Präsident des Kunststoff-Konkurrenzverbands Klage erheben lassen, wenngleich vergeblich.

Die letzte Nennung des Namens Dr. Fritz Ries in den Spalten des Nachrichtenmagazins war noch banaler: Hier war er nur ganz am Rande erwähnt als Arbeitgeber eines gewissen Dr. Eberhard Taubert, ehedem hoher Beamter im NS-Reichsministerium für Volksaufklärung und Propaganda.

»Wait a minute ... « fiel Hartnell Christa ins Wort. Er schien zu überlegen.

Auch ihr kam der Name »Dr. Taubert« bekannt vor. Sie dachte ebenfalls nach, wo sie ihn wohl gehört haben mochte. Dann fiel es ihr ein:

»Natürlich«, rief sie, »so – oder jedenfalls so ähnlich – hieß doch der hohe Gast aus Berlin, der die Villa der Seligmanns im Sommer oder Herbst 1944 besucht, Frau Budweiser wegen der herrschenden Sauberkeit gelobt und das Bild von Caspar David Friedrich bewundert hat. Er war ein alter Freund ›aus der Kampfzeit‹ des SS-Standartenführers Herbert Packebusch und hatte vor 1933 irgendeinen hohen Posten bei der Berliner SA und im Büro des Nazi-Propagandachefs Dr. Goebbels.«
Hartnell nickte.
»Seltsam, daß dieser Taubert heute bei Dr. Ries beschäftigt sein soll – ist vielleicht noch mehr in der Akte über Herrn Dr. Taubert?«
Christa blätterte um, las ein paar Sätze, stutzte und blickte Hartnell an. »Allerdings«, sagte sie dann, »eine ganze Menge sogar... Aber hören Sie selbst, Don, was Herr Fretsch da ermittelt hat: *Eberhard Taubert, geboren 11. Mai 1907 in Kassel, Studium der Rechtswissenschaft an den Universitäten Kiel, Heidelberg und Berlin, promovierte im Juli 1930 an der Universität Heidelberg, trat im November 1931* – also noch während der ›Kampfzeit‹ – *der NSDAP bei, leitete von 1932 an die Rechtsabteilung der Berliner Gauleitung und war somit ein enger Mitarbeiter des Nazi-Propagandachefs Dr. Goebbels. Zu gleicher Zeit hatte Dr. Taubert den Rang eines Sturmführers im Stab der SA-Gruppe Berlin-Brandenburg*...‹ – genau wie Packebusch, Don!«
Hartnell sagte nichts. Er dachte: ›Noch einer, der in Heidelberg studiert und sein juristisches Doktorexamen gemacht hat...‹ Dann konzentrierte er sich wieder auf das, was ihm Christa aus der Dokumenten-Zusammenstellung des Herrn Fretsch übersetzte:
1933 war Dr. Eberhard Taubert Referatsleiter im neuen Ministerium für Volksaufklärung und Propaganda geworden, zuständig für allgemeine Innenpolitik, gegnerische Weltanschauung, kirchliche Angelegenheiten, Bolschewismus im In- und Ausland und die Sowjetunion. In den folgenden Jahren zeichnete er verantwortlich für die Tätigkeit der ›Antikomintern‹ – die antikommunistische Propagandazentrale des ›Dritten Reiches‹ – und für die sogenannte *Aktivpropaganda gegen die Juden,* womit die organisierte Hetze gegen die Juden zur Vorbereitung ihrer schließlichen Vernichtung gemeint war.
Von 1942 an hatte Dr. Taubert die Leitung des *Generalreferats Ostraum;* ihm unterstanden etwa 450 Beamte des gehobenen

und höheren Dienstes sowie sämtliche Propagandastellen in den besetzten Ostgebieten. Daneben war Dr. Taubert von 1938 an auch noch Richter am 1. Senat des berüchtigten Volksgerichtshofs und als solcher beteiligt an verschiedenen Todesurteilen gegen in- und ausländische Widerstandskämpfer.

Dem Personalbogen des Ministerialrats Dr. Eberhard Taubert hatte Herr Fretsch, wohl nur der Kuriosität halber, die Ablichtung eines Dokuments angeheftet. Es war eine mit dem Stempel *»Geheim!«* versehene Aufzeichnung, datiert *»Berlin, den 27. März 1942«, »betr. Einführung einer okkultistischen USA-G-Sendung«*. Der Verfasser, zuständig für Rundfunkpropaganda im Ausland, vor allem gegen die Juden und – seit der sogenannten ›Wannseekonferenz‹ vom 20. Januar 1942 – zur psychologischen Vorbereitung der geplanten Massenvernichtung, beschrieb darin sein Vorhaben, über einen geheimen Rundfunksender mit Richtstrahlern die USA zu erreichen und deren Bevölkerung mit Sendungen *»okkultistisch-abergläubischen Inhalts«* im nationalsozialistischen Sinn zu beeinflussen und *»günstige propagandistische Wirkungen«* zu erzielen. *»Der an sich gute Vorschlag geht von Dr. Taubert aus«,* dem für Judenhetze und Antikomintern zuständigen Generalreferenten. *»Dr. Taubert soll über eine große Menge einschlägigen Materials verfügen ...«* Und unter diesem Protokoll aus der Rundfunkpolitischen Abteilung, Referat B, stand in klarer Handschrift der Name des Verfassers: Kurt Georg Kiesinger.

»Der war bis vor kurzem unser Bundeskanzler«, bemerkte Christa trocken, und Donald Hartnell, den dieses Dokument besonders interessiert hatte, staunte.

»Dr. Taubert scheint schon frühzeitig für die richtigen Nachkriegsbeziehungen gesorgt zu haben«, meinte er dann, während Christa umblätterte und die nächste Seite der Akte überflog.

»Wo mag er das nur gefunden haben? Hören Sie, Don!«

Der Brief, den sie Hartnell nun übersetzte, trug das Datum vom 12. Dezember 1971 und war an einen in Madrid lebenden alten Bekannten Dr. Tauberts gerichtet. Der einstige Chef der ›*Aktivpropaganda gegen die Juden*‹ berichtete darin wehmütig, er habe nach dem Zusammenbruch der Nazi-Herrschaft *»zunächst viele Jahre außerhalb Europas, in Südafrika und Persien«* leben müssen. Denn daheim, bemerkte Christa, wäre er womöglich als Kriegsverbrecher vor Gericht gestellt und gehenkt

worden. Dann aber, nach dem Beginn des kalten Krieges und der damit verbundenen Rückkehr auch stark belasteter Naziführer an die Futterkrippen, habe er *»Verbindung zu nationalen Kreisen in der Bundesrepublik«* gesucht und gefunden. *»Jetzt«* – also Ende 1971 – sei er *»als Rechtsberater einer Industriefirma, des Pegulan-Konzerns, in der Nähe von Mannheim tätig«.*
Seine Anschrift hatte Dr. Eberhard Taubert mit *»671 Frankenthal/Pfalz, Am Kanal 3«,* angegeben, seinen Telefonanschluß mit *»0 62 33/81/5 13 (404)«,* wobei es sich, wie Herr Fretsch angemerkt hatte, um Rufnummer und Hausanschlüsse der »Pegulan-Werke AG« des Herrn Konsuls Dr. Fritz Ries handelte.

»Nun wissen wir also«, meinte sie zu Donald Hartnell und strich sich dabei die Haare glatt, »wo drei der in Frage kommenden Personen, nämlich ›der Herr Doktor‹ Ries, Dora Apitzsch und Dr. Taubert, zu suchen sind: in der neuen Konzernzentrale in Frankenthal.«
»Haben Sie eine Ahnung, Christa, ob es sich bei diesen ›Pegulan- Werken‹ um ein größeres Unternehmen handelt?«
Christa wollte die Frage schon verneinen, da sah sie, daß der gewissenhafte Herr Fretsch sie auf dem nächsten Blatt der Akte bereits beantwortet hatte, denn da stand:
»PEGULAN-WERKE AG, 6710 Frankenthal (Pfalz), Foltzring 35, über 2 000 Beschäftigte, zahlreiche Tochterfirmen. Umsatz im Geschäftsjahr 1972/73: zirka 400 Millionen DM, einschließlich der Dr.-Ries-Gruppe, zu der die Badischen Plastic-Werke in Bötzingen und das ›Roplasto-International Dyna-Plastik-Werk‹ in Bergisch- Gladbach gehören, mehr als 500 Millionen DM. Dividende: 14 Prozent auf 28 Millionen DM Stamm- und 16 Prozent auf 7 Millionen DM Vorzugsaktien. Großaktionär und Vorstandsvorsitzender: Konsul Dr. Fritz Ries; Vorsitzer des Aufsichtsrats: Ernst Rieche, Mitglied des Vorstands der Commerzbank AG, Frankfurt/Main; stellvertretender Vorsitzer des Aufsichtsrats: Dr. Hanns Martin Schleyer, Mitglied des Vorstands der Daimler-Benz AG, Stuttgart ... «
»Hallo«, rief Hartnell, »von dem habe ich schon mal gehört – sogar erst ganz kürzlich ... Aber wo?«
Im Hintergrund, an der Bar, läutete ein Telefon. Der Barmann meldete sich. Hartnell vernahm deutlich, daß sein Name genannt wurde, und drehte sich um.
Der Barmann kam auf ihn zu.

»Mr. Hartnell...? Sie werden am Telefon verlangt, Sir ... Kabine 2 in der Halle, gleich hier rechts um die Ecke...«
Donald und Christa sahen sich an. Dann meinte Don Hartnell: »Am besten nehmen Sie das Gespräch an, Christa – es kann ja eigentlich nur mein Kollege sein oder unser emsiger Herr Fretsch.«
Es war Herr Fretsch, der von einer Autobahn-Raststätte nahe dem DDR-Grenzübergang Hirschberg aus anrief und sehr erleichtert war, daß sich nicht Hartnell, sondern Christa meldete, so daß er nicht Englisch zu sprechen brauchte.
»Ich komme gerade von einem Treff mit meinem Kriegskameraden zurück«, berichtete er. »Ich glaube, ich weiß jetzt, wohin das Bild verschwunden ist! Wir haben wichtige Hinweise in alten Akten gefunden...«
»Fabelhaft! Allen Respekt, Herr Fretsch«, sagte Christa.
»Na ja«, bemerkte Herr Fretsch dazu nur ganz bescheiden, »wir hatten halt Glück. Aber nicht deshalb rufe ich so spät noch an. Ich möchte vielmehr Mr. Hartnell dringend bitten, ja nichts zu unternehmen, bevor er nicht mit mir gesprochen hat! Ich fürchte, daß er sonst womöglich einen nicht mehr zu reparierenden Fehler macht und in etwas hineintappt, von dessen Gefährlichkeit er nichts ahnt. Also, bitte, warnen Sie ihn, Fräulein Doktor!«
»Na, Herr Fretsch, übertreiben Sie da nicht ein bißchen?« meinte Christa, doch Herr Fretsch versicherte ihr, daß dies durchaus nicht der Fall sei. »Haben Sie meine Akte schon ganz gelesen und übersetzt?« erkundigte er sich dann.
»Nein«, erwiderte Christa, »wir haben die letzten zehn, zwölf Seiten noch vor uns... Hat das etwas zu tun mit Ihrer Warnung?« Herr Fretsch seufzte.
»Ich möchte das jetzt am Telefon nicht erörtern.«
Christa hörte, daß er zu jemand anderem etwas sagte. Anscheinend sprach er von einer Telefonzelle aus und wurde von einem Wartenden gedrängt, sich kürzer zu fassen.
»Hören Sie noch?« ließ er sich gleich darauf wieder vernehmen. »Bitte, richten Sie Mr. Hartnell aus, was ich Ihnen sagte! Und lesen Sie ihm den Rest der Akte vor – dann weiß er vielleicht, was ich meine. Ich melde mich in einer guten halben Stunde noch mal, aus der Gegend von Bayreuth. Ende!«
Und ehe Christa noch etwas fragen konnte, hatte er bereits aufgelegt.

»Höchst sonderbar«, meinte Donald Hartnell, nachdem ihm Christa alles genau berichtet hatte. Dann schaute er auf die Uhr. Es war 22.10 Uhr. Er sah Christa fragend an.
»Nein«, sagte sie lächelnd, »ich bin nicht zu müde; natürlich übersetze ich Ihnen noch den Rest der Akte, Don, und ich werde gern noch den nächsten Anruf von Herrn Fretsch entgegennehmen. Ich bin selbst sehr gespannt, was unser Frettchen meint mit seinen dunklen Andeutungen. Ich habe ihn *our ferret,* auf deutsch: unser Frettchen, getauft, unseren unermüdlichen, rotäugigen Stöberer«, erklärte sie.
Donald Hartnell fand die Bezeichnung sehr passend. Dann fragte er Christa, wie es mit einem Drink wäre.
»Ja, bitte«, erwiderte sie, »ich möchte einen Gin-Tonic mit viel Eis - denn vielleicht wird mir ja gleich die Kehle trocken vor Angst...« Es sollte scherzhaft klingen, aber Hartnell spürte den durchaus ernsten Unterton in ihrer Stimme. Es schien ihm, daß Christa den Warnungen des Herrn Fretsch mehr Bedeutung beimaß, als sie zugeben wollte.
Sie hatte die Akte wieder aufgeschlagen und studierte das Blatt, das nun an der Reihe war, eine offenbar von Herrn Fretsch selbst handschriftlich zusammengestellte Liste von Namen. Hartnell beobachtete, wie sich ihre Brauen hoben. Ihre klugen, manchmal etwas spöttisch blickenden grauen Augen wurden ernst.
»So ist das also«, sagte sie. Dann blickte sie auf und sah Hartnell an. »Ich glaube, unser Frettchen weiß schon sehr genau, warum er Sie zur Vorsicht mahnt. Und ich beginne auch zu ahnen, warum Ihr Kollege, der Herr Rechtsanwalt Dr. Steiglhöringer, so nervös geworden ist.«
»Was ist das denn für eine Liste?« erkundigte sich Hartnell.
»Es sind die wichtigsten damaligen, zum Teil wohl auch heutigen Freunde, Mitarbeiter und Förderer dieses Herrn Dr. Ries, der seinerzeit so fleißig ›arisiert‹, ›übernommen‹ und ›verlagert‹ hat, nebenbei auch als ›V-Mann‹ für die Gestapo vorgesehen war«, erwiderte Christa, »insbesondere diejenigen seiner Freunde, die mit den ›Verlagerungen‹ am ehesten etwas zu tun gehabt haben können... Sie werden erstaunt sein, Don, was aus diesen Leuten geworden ist!«

4. Alt-Heidelberg, du Feine...

Es war sehr still in der Hotelbar. Christa und Donald Hartnell waren die einzigen Gäste. Der Barkeeper, der Christa den gewünschten Gin-Tonic mit viel Eis und Hartnell einen schottischen Whisky *on the rocks* serviert hatte, war damit beschäftigt, Gläser zu polieren. Er hatte sein kleines Fernsehgerät eingeschaltet und verfolgte mit halbem Ohr die Spätnachrichten. Obwohl der Ton mit Rücksicht auf die Gäste leise eingestellt war, konnte Christa deutlich hören, was der Nachrichtensprecher gerade mitteilte:

»Der Präsident der Bundesvereinigung deutscher Arbeitgeberverbände, Dr. Hanns Martin Schleyer, erklärte zu dem Gesetzentwurf der Bundesregierung, daß dieser von keinem verantwortungsbewußten deutschen Unternehmer gebilligt werden könnte. Die von der sozialliberalen Koalition offenbar angestrebte weitere Beschneidung der unternehmerischen Freiheit und Stärkung der Macht der Gewerkschaften, so erklärte Schleyer, werde auf den entschlossenen Widerstand der Arbeitgeber stoßen. Mit allen zu Gebote stehenden Mitteln, so versicherte Dr. Schleyer...«

Hier brach der Ton plötzlich ab. Der Barkeeper, der an den Kämpfen um die paritätische Mitbestimmung offenbar nicht interessiert war, hatte das Gerät ausgeschaltet.

»Ja«, sagte Christa, die sofort bemerkt hatte, daß auch Donald Hartnell bei der wiederholten Nennung des Namens Schleyer aufmerksam geworden war, »Sie haben richtig gehört. Es handelt sich um Dr. Hanns Martin Schleyer, den sehr energischen und aggressiven Anführer der bundesdeutschen Arbeitgeber, der der Regierung Brandt das Leben sauer zu machen bemüht ist und, wie ich neulich erst gelesen habe, zu den engsten Freunden des Oppositionsführers Franz Josef Strauß gehört. Und ausgerechnet dieser Dr. Schleyer steht auf der Liste, die Herr Fretsch zusammengestellt hat...«

Sie blickte in die Akte und begann zu übersetzen: *»Hanns Martin Schleyer, geboren am 1. Mai 1915 in Offenburg (Baden) als*

Sohn eines Landgerichtsdirektors; Besuch des Gymnasiums in Rastatt; trat schon als sechzehnjähriger Schüler 1931 – also noch in der sogenannten ›Kampfzeit‹ – *der Hitlerjugend bei, kurz darauf auch der SS ...«*

»Verzeihen Sie«, unterbrach sie Hartnell, »ich verstehe nicht viel von diesen Dingen. Aber ich glaube mich zu erinnern, daß diese Nazi-SS von einem internationalen Gerichtshof zu einer verbrecherischen Organisation erklärt worden ist. Das hatte zur Folge, daß alle freiwilligen Mitglieder der SS ohne weiteres als mögliche Verbrecher anzusehen und zu verhaften waren – oder irre ich mich?«

»Durchaus nicht«, erwiderte Christa und ließ die Akte sinken. Es schien, daß sie sich über Hartnells Interesse freute. Zeitgeschichte war schließlich ihr Fachgebiet, und nun nutzte sie die Gelegenheit, sich als Expertin zu erweisen:

»Die SS – die Abkürzung steht für ›Schutzstaffel‹ und bezeichnete ursprünglich Hitlers Leibgarde und Privatpolizei – wurde nach dem Londoner Abkommen vom August 1945 und dem Kontrollratsgesetz Nr. 10 über Verbrechen gegen die Menschlichkeit vom Internationalen Militärtribunal der Alliierten unter Anklage gestellt und – zusammen mit der Gestapo, dem Sicherheitsdienst (SD) und dem Korps der politischen Leiter der NSDAP – für verbrecherisch erklärt, und zwar am 1. Oktober 1946 und aufgrund der gerichtlichen Feststellung, daß es sich bei der SS um eine Verschwörung zu kriminellen Zwecken gehandelt hat. Wer freiwillig der SS beigetreten war und ihr in Kenntnis ihrer verbrecherischen Ziele über den 1. September 1939 hinaus angehört hat, war demnach zu bestrafen.«

»Und ist dieser Herr Dr. Schleyer auch bestraft worden?« erkundigte sich Hartnell.

»Vielleicht, vielleicht auch nicht«, sagte Christa, »man hat sich bei der Strafverfolgung nicht übermäßig angestrengt. Und daran sind gerade die Amerikaner nicht ganz unschuldig.«

»Ich weiß, der kalte Krieg ... Da waren plötzlich alle Antikommunisten, also auch die Nazis, willkommene Verbündete ... Nun ja, es war nur eine Frage, und ich danke Ihnen für die erschöpfende Auskunft. Es wundert mich allerdings, daß ein ehemaliges Mitglied einer verbrecherischen Organisation zum Präsidenten des Spitzenverbands der Arbeitgeber aufsteigen konnte. Aber vielleicht war er ja nur ein ganz harmloser, unbedachter, jugendlicher Mitläufer – was hat denn dieser Herr Doktor Schleyer dann studiert?«

»Rechtswissenschaft«, erwiderte Christa prompt und lächelte. Dann nahm sie das Hanns Martin Schleyer betreffende Blatt aus der Akte und fuhr fort in der Übersetzung der rot unterstrichenen Textstellen:

». . . der junge Mann mit dem Goldenen Ehrenzeichen der Hitlerjugend und der Uniform eines SS-Führers *(SS-Mitgliedsnummer 227014)* scheint ein sehr aktiver Nazi gewesen zu sein. Schon zu Beginn seines Studiums in Heidelberg . . . «

»Der auch?« Hartnell sagte es beinahe ärgerlich, und Christa blickte überrascht auf.

»Ich mußte daran denken«, erklärte er ihr mit einer um Entschuldigung für die neuerliche Unterbrechung bittenden Handbewegung, »wie sehr der Professor in Harvard, den wir am meisten schätzten, von seiner Studienzeit in Heidelberg und von den Studenten dort zu schwärmen pflegte . . . ›*Wonderful fellows, wirklich sehr feine Burschen!*‹ sagte er immer, und dann zeigte er uns alte Fotos von akademischen Festen und lustigen Kneipabenden . . . ›*Alt-Heidelberg, du feine* . . . ‹, das war sein ständiger Lobgesang. Aber lesen Sie doch bitte weiter, Christa. Was hat Herr Schleyer in Heidelberg gemacht?«

»Was Sie da gleich zu hören bekommen werden, Don«, bemerkte Christa nur, die das Blatt schon kurz überflogen hatte, »ist zwar alt, aber weder romantisch noch fein. Von 1934 an – als gerade Herr Ries in Heidelberg, ebenfalls in der juristischen Fakultät, seine Doktorarbeit machte – war Hanns Martin Schleyer dort aktiv beteiligt an der Umwandlung der alten Ruprecht-Karl-Universität in eine ›*Forschungs- und Erziehungsanstalt nationalsozialistischer Geistesprägung* . . . ‹«

»Als Student?« wunderte sich Hartnell.

»Ja, das gab's damals«, erwiderte Christa. »Herr stud. jur. Hanns Martin Schleyer wurde nämlich Leiter des Heidelberger NS- *Reichsstudentenwerks,* und sein Einfluß erstreckte sich auch auf Nachbaruniversitäten.«

Herr Fretsch hatte als Beispiel für Schleyers damalige Betätigung ein Protokoll aus den Akten des Reichs- und Preußischen Ministeriums für Wissenschaft, Erziehung und Volksbildung *(WE 2334/37)* in Ablichtung beigefügt. Es handelte von einer Unterredung nationalsozialistischer Funktionäre mit dem damaligen Rektor der Universität Freiburg, Professor Dr. Friedrich Metz, und war datiert vom 29. Mai 1937. Die Gesprächspartner des Rektors hatten im Anschluß an diese sehr heftige Aussprache sofort ein Gedächtnisprotokoll angefertigt, unterschrieben und an die vorgesetzte Behörde des Rektors, das badische Kultusministerium, geschickt, offenbar nur zu dem Zweck, Seine Magnifizenz als Gegner des Nationalsozialismus anzuschwärzen.

So hieß es in diesem Protokoll, das dann vom badischen Kultusminister an den zuständigen Reichsminister in Berlin weitergeleitet worden war: *»Im Laufe der Unterredung wurde das Gespräch auf die Tatsache gelenkt, daß ein Teil der Universität Freiburg am Fronleichnamstag geschmückt war... Rektor Metz bemerkte dazu, er könne dagegen nichts machen; außerdem seien die katholischen Studenten und Dozenten auch Deutsche, die zu uns gehörten...! In diesem Zusammenhang ist noch zu bemerken, daß nach Aussagen von verschiedenen Männern die Universität Freiburg am 1. Mai* – dem nationalsozialistischen Staats-›Feiertag der Nationalen Arbeit‹ – *nicht geschmückt war...«* Sodann wurde in dem Gedächtnisprotokoll noch hervorgehoben, daß Rektor Metz am Tag dieser Auseinandersetzung die Dreistigkeit gehabt hätte, dem gerade in Freiburg anwesenden NS-Reichsstudentenführer zu verbieten, vor den Teilnehmern eines Sportwettkampfs zwischen den Universitäten Freiburg und Basel eine Ansprache zu halten. *»Zu dieser Frage äußerte sich Rektor Metz folgendermaßen: Der Reichsstudentenführer darf unter gar keinen Umständen zu den Studenten sprechen...* – es sei auf die Gefühle der Gäste aus der neutralen Schweiz Rücksicht zu nehmen! – *... Uns wäre es auch nicht recht, wenn wir in Basel von Sozialdemokraten (!) empfangen würden.«*

Unterschrieben war dieses denunziatorische Protokoll, mit dem Rektor Metz staatsfeindliche Gesinnung unterstellt wurde, von drei prominenten Nazi-Aktivisten: *Gaustudentenführer Dr. Oechsle, Studentenführer Gernot Gather, Amtsleiter Hanns Martin Schleyer.*

Im Jahre darauf, 1938, gleich nach dem Einmarsch der deutschen Truppen in Österreich – so berichtete Christa anhand der von Herrn Fretsch zusammengestellten Akte weiter –, war der bewährte Parteigenosse, SS-Führer und NS-Amtswalter Hanns Martin Schleyer, von höchster Stelle mit einer neuen wichtigen Aufgabe betraut worden, nämlich mit der »Gleich-

schaltung« der Studentenschaft und der Leitung des NS-Studentenwerks an der Universität Innsbruck.
Schleyer erhielt den Auftrag, mitzuwirken an der *»nationalsozialistischen Prägung«* der Innsbrucker Leopold-Franzens-Universität, die bis zum »Anschluß« Österreichs unter starkem katholischen Einfluß gestanden hatte. Diesen zu beseitigen, schien der fanatische ›Alte Kämpfer‹ Schleyer besonders gut geeignet, und wie dieser junge Mann seine Aufgabe angepackt hatte, ging aus einem Gesuch hervor, das er, gleich nachdem er ›Amtswalter‹ in Innsbruck geworden war, an den für seine Ausbildung zuständigen Landgerichtspräsidenten gerichtet hatte: Er war im Sommer 1938 vorstellig geworden mit der Bitte, ihn im Hinblick auf seinen Einsatz an der Universität *»der Polizeidirektion Innsbruck zuzuweisen«.*
Nach Ausbruch des Zweiten Weltkriegs diente der inzwischen zum Gerichtsreferendar und Dr. jur. aufgerückte NS-Studentenwerks-Leiter für kurze Zeit in einer Gebirgsjägereinheit. Dann erhielt er den Auftrag, in den besetzten Gebieten weitere Universitäten »gleichzuschalten« und zunächst die Leitung des NS-Studentenwerks an der alten Karlsuniversität zu Prag zu übernehmen. Dort wurde Schleyer bald auch Mitarbeiter der ›Reichsgruppe Industrie‹ und übernahm die Leitung des Präsidialbüros im ›Zentralverband der Industrie für Böhmen und Mähren‹, zuständig für die rasche und vollständige Eingliederung des tschechoslowakischen Industriepotentials in die Kriegswirtschaft des Hitlerreichs.
Da er aber seit dem 12. April 1938 als Referendar in das Beamtenverhältnis berufen worden war, hatte ihn die Verwaltung im ›Altreich‹ wiederholt zur Aufnahme seines ordnungsgemäßen Dienstes aufgefordert. Schließlich mußte sich Dr. Schleyer entscheiden, und er hatte dies mit einem naßforschen Schreiben an den Reichs- und Preußischen Minister des Innern getan: *»Ich bin alter Nationalsozialist und SS-Führer und darf für mich in Anspruch nehmen, daß mich keine äußerlichen Beweggründe hier festhalten. Der Präsident des Zentralverbandes der Industrie in Böhmen und Mähren und der Leiter der kriegswirtschaftlichen Abteilung haben mich aufgefordert, im Rahmen der Protektoratswirtschaft mitzuarbeiten und mich kriegswirtschaftlichen Arbeiten zur Verfügung zu stellen ... Die uns in jungen Jahren in der Kampfzeit anerzogene Bereitschaft, Aufgaben zu suchen und nicht auf sie zu warten, der ständige Einsatz für die Bewegung auch nach der*

Machtübernahme, haben uns früher als sonst üblich in Verantwortung gestellt. Diese Aufgabe glaube ich hier im Protektorat gefunden zu haben... Heil Hitler! gez. Dr. Hanns Martin Schleyer.«

Bis zum Zusammenbruch der deutschen Herrschaft über die Tschechoslowakei war Hanns Martin Schleyer Leiter des Prager Präsidialbüros geblieben, daneben der zuständige Mann für ›Verlagerungen‹ kriegswichtiger Industriebetriebe. Und so kam er, zumindest nach Ansicht von Herrn Fretsch, als möglicher Empfänger jener großen Kiste aus Trzebinia in Frage, mit der Dr. Ries im Herbst 1944 eine Teil-›Verlagerung‹ seiner wertvollen Maschinen nach Böhmen, in den Raum von Eger, vorzubereiten begonnen hatte. Unterstützt wurde dieser Verdacht - so jedenfalls fand Herr Fretsch, wie sich aus dessen Anmerkungen ergab - durch den Umstand, daß sich die Herren Ries und Schleyer aller Wahrscheinlichkeit nach bereits von der juristischen Fakultät der Universität Heidelberg her kannten und daß Dr. Schleyer heute stellvertretender Aufsichtsratsvorsitzer des Ries-Konzerns war.

»Also, ich finde das nicht sehr schlüssig«, sagte Hartnell, nachdem Christa den Bericht über Dr. Schleyer beendet hatte. »Es gibt meiner Ansicht nach keinen überzeugenden Grund, weshalb Ries einem Bekannten beim Prager Industrie-Präsidialbüro ausgerechnet ein altes Gemälde zum Geschenk machen sollte - es sei denn, Dr. Schleyer wäre in Trzebinia gewesen, hätte das Bild in der Villa gesehen und Gefallen daran gefunden. Aber für diese Voraussetzungen gibt es bisher keinerlei Beweise... Wenn Dr. Ries seinen alten Studienfreund Schleyer in Prag für bestimmte ›Verlagerungs‹-Pläne gewinnen wollte, wären ein paar Flaschen Cognac doch sicherlich zweckdienlicher gewesen - oder was meinen Sie, Christa?«

Christa nickte.

»Unser Frettchen ist nun einmal sehr gründlich und läßt keine Möglichkeit aus«, meinte sie. »Auch war in diesen letzten Kriegsmonaten, als es für Leute wie Dr. Ries um Kopf und Kragen ging, nahezu alles möglich - denken Sie nur an das schöne Meißener Kaffeeservice für zwölf Personen... Es wurde, Frau Budweiser zufolge, damals von Trzebinia aus an irgendein hohes Tier in Berlin geschickt. Warum denn nicht auch ein wertvolles altes Bild an den Freund in Prag? Aber schauen wir uns doch erst die anderen Herren an, die Herr Fretsch in Betracht

gezogen hat.« Sie nahm das nächste Blatt aus der Akte zur Hand, warf einen Blick darauf und rief:
»Ach, sehen Sie mal, Don, wer unser Nächster ist!«
Sie zeigte Hartnell das Blatt, und Don las einen Namen, den er, wie er verblüfft feststellte, ebenfalls kürzlich gehört hatte: *»Otto A. Friedrich ... «*
Aber woher wußte Christa, daß ihm dieser Name etwas sagte?
»Muß man diesen Herrn kennen?« erkundigte er sich.
»Als Amerikaner vielleicht nicht«, gab Christa zur Antwort, »aber Herr Dr. Friedrich ist bei uns mindestens so prominent wie Dr. Schleyer, dem er übrigens erst vor wenigen Monaten das Amt des Präsidenten der Bundesvereinigung der deutschen Arbeitgeberverbände übergeben hat. Bis Ende 1973 war Otto A. Friedrich unser bekanntester Industrieführer.«
»Tatsächlich ... ?«
Hartnell schien nachdenklich, während Christa nun berichtete, was Herr Fretsch über den Industriekapitän und früheren Arbeitgeberpräsidenten zusammengetragen hatte:
»Otto A. Friedrich, geboren am 3. Juli 1902 in Leipzig als Sohn des Chirurgen Professor Dr. Paul Friedrich«, war als Student ebenfalls in Heidelberg gewesen, jedoch etwas früher als Ries und Schleyer. Schon 1932 hatte er sein Universitätsstudium beendet und sogleich eine leitende Position bei der *Deutsche Goodrich Rubber Company* übernehmen können.
In den ersten Jahren der Naziherrschaft wurde Otto A. Friedrich dann Geschäftsführer verschiedener Wirtschaftsfachverbände der gummiverarbeitenden Industrie, und in dieser Eigenschaft hatte er einen guten Überblick, auch was die rasche Fortschritte machende ›Arisierung‹ der Branche betraf. Denn die von Otto A. Friedrich geleiteten Organisationen wurden von den Behörden oft zu Rate gezogen, wenn es um die Frage der Eignung desjenigen ›Ariers‹ ging, der eine noch in jüdischem Besitz befindliche Firma zu ›übernehmen‹ gedachte. Und auch zur Frage der Angemessenheit der ›Übernahme‹-preise hatten die Fachverbände damals Stellung zu nehmen. Daher – so war von Herrn Fretsch an dieser Stelle angemerkt worden – ließ sich mit großer Wahrscheinlichkeit annehmen, daß Herr Otto A. Friedrich spätestens 1937/38 die mindestens flüchtige Bekanntschaft des großen ›Arisierers‹ der deutschen Gummiwarenbranche, Dr. Fritz Ries, gemacht hatte.

Im Jahre 1939, als der Zweite Weltkrieg begann, wurde Otto A. Friedrich ordentliches Vorstandsmitglied der für die Rüstung des Großdeutschen Reichs sehr wichtigen *Phoenix-Gummiwerke AG* in Hamburg-Harburg. Und etwas später erhielt er eine neue, sehr bedeutsame Aufgabe und eine Schlüsselstellung in der Kriegswirtschaftskontrolle des Hitlerreiches: Er wurde kommissarischer *Reichsbeauftragter* für die gesamte Kautschuk-, Kunstgummi- und Asbest-Erzeugung und -Verarbeitung und übernahm die Leitung der *Reichsstelle für Kautschuk und Asbest* in Berlin- Grunewald, Oberhaardter Weg 28.
Der emsige Herr Fretsch hatte nun aus den Archiven eine Reihe von Dokumenten ausgegraben, aus denen klar hervorging, daß zwischen dem *Reichsbeauftragten* Otto A. Friedrich und dem zum Gummikonzern-Herrn aufgestiegenen Dr. Fritz Ries interessante Beziehungen bestanden hatten. Und ›das Frettchen‹, wie Christa ihn nannte, hatte sogar zwei mit dem Stempel *»Geheim!«* versehene amtliche Schreiben aufgestöbert, die für die Suche nach dem verschollenen Gemälde von beträchtlicher Bedeutung sein konnten.
Diesen beiden Dokumenten war zu entnehmen, daß sich im August und September 1944 niemand anderer als der Herr *Reichsbeauftragte* Otto A. Friedrich gegenüber dem *»Herrn Reichsminister für Rüstung und Kriegsproduktion – Rü A Rü II –«* mit Nachdruck dafür eingesetzt hatte, daß die *›Gummiwerke Wartheland‹ in Litzmannstadt* (Lodz) *sowie die ›Oberschlesischen Gummiwerke‹ in Trzebinia* eine *Rückverlagerung aus dem Osten* vornehmen durften. Ja, es war – so ergab sich aus einem Schreiben vom 29. August 1944 – Otto A. Friedrich selbst gewesen, der dafür gesorgt hatte, daß die Produktionsstätten des Ries-Konzerns und alles, was damals dazugehörte, nicht nach Crimmitschau in Sachsen ›rückverlagert‹ wurden, sondern noch einige hundert Kilometer weiter nach Nordwesten, genauer: nach Hoya an der Weser.
»Das kann nun allerdings wirklich etwas zu bedeuten haben«, meinte Hartnell. »Läßt sich aus den Dokumenten erkennen, ob der Zielort Hoya von Dr. Ries oder einem seiner Mitarbeiter vorgeschlagen worden ist, der Herr Friedrich dann den Vorzug gegeben hat, oder stammt bereits die Wahl des Platzes von Herrn Friedrich?«
»Das läßt sich nicht eindeutig feststellen«, erwiderte Christa, »denn in dem Schreiben heißt es zwar, der Herr Reichsbeauf-

tragte habe erklärt, er gebe dem ›Rückverlagerungs‹ort Hoya ›*den Vorzug*‹; aber, ob das seine eigene Idee gewesen ist, vermag man daraus nicht mit Sicherheit zu schließen.«

»Nun ja -vielleicht ist das ja auch gar nicht so wichtig«, sagte Donald Hartnell. »Was macht dieser Herr Otto A. Friedrich eigentlich heute? Wo lebt er? Ist er noch aktiv?«

»Er war, wie gesagt, bis Ende 1973 Präsident der Bundesvereinigung der deutschen Arbeitgeberverbände«, erwiderte Christa, »und er hat dieses Amt an Dr. Hanns Martin Schleyer abgegeben. Herr Friedrich ist aber weiterhin geschäftsführender Gesellschafter der Friedrich Flick KG - das ist die Holding eines der größten Industriekonzerne Europas und der einflußreichste Großaktionär der Daimler Benz AG, wo Dr. Schleyer Vorstandsmitglied und Personalchef der rund hunderttausend dort Beschäftigten ist... Dr. h.c. Otto A. Friedrichs Adresse hat Herr Fretsch mit einer Villa in Hamburg-Harburg - wohl noch aus seiner Zeit als Generaldirektor der Phoenix-Gummi - und einer zweiten Wohnung in Düsseldorf, wo die Flick-Gruppe ihren Verwaltungssitz hat, angegeben. Dr. Friedrich dürfte also noch aktiv sein... Übrigens«, fügte Christa dann noch hinzu, »der alte Herr wurde bereits 1951 mit dem Großen Bundesverdienstkreuz ausgezeichnet; 1964 erhielt er den Stern dazu und 1973 auch noch das Schulterband - das ist die höchste Stufe, abgesehen von dem Großkreuz für Regierungschefs und besonders verdiente Staatsmänner...«

»Wir haben es wirklich mit einem sehr erlauchten Kreis von Gentlemen zu tun«, bemerkte Don Hartnell und nahm bedächtig einen kleinen Schluck von seinem Whisky. Dann erkundigte er sich: »Und wer ist der nächste Würdenträger auf unserer Liste?«

»Der Nächste«, gab Christa zur Antwort, »ist seltsamerweise von Herrn Fretsch sowohl mit einem Ausrufe- wie mit einem Fragezeichen versehen worden, und er heißt Rudolf Tesmann, ›*...geboren am 29. März 1910 zu Stettin, Abitur, Studium der Rechtswissenschaft* - vermutlich auch in Heidelberg -, *Mitglied der NSDAP (Nr. 391609) und der SS (Nr. 277331), beides bereits lange vor 1933* - also ebenfalls ein ›Alter Kämpfer‹ -, *nach der ›Dienstaltersliste‹ des SS-Personalhauptamts zuletzt SS-Obersturmbannführer beim Stab des SS-Oberabschnitts Spree; seit 1. Januar 1937 persönlicher Adjutant des Chefs der NSDAP-Auslandsorganisation, Reichsleiter Bohle...*‹ An bemerkenswerten, da von dem umsichtigen Herrn Fretsch mit Rotstift angestrichenen Daten und Fakten sind zu erwähnen: ›*Einsatz in Rumänien im Herbst 1938, zusammen mit Gauamtsleiter Gerhard Todenhöfer ... 1939 Teilnahme an der Umsiedlung von Volksdeutschen aus den baltischen Staaten nach Polen ... März bis Dezember 1943: kommissarische Leitung der NSDAP-Landesgruppe Spanien ...*‹ Ja, und dann heißt es, besonders dick unterstrichen: ›... *von März 1944 an ist SS-Obersturmbannführer Tesmann eingesetzt als Verbindungsmann des Reichsleiters Bohle zur Parteikanzlei in Berlin ...*‹«

»Also«, meinte Don Hartnell, offenbar wenig beeindruckt, »ich kann da keinerlei mögliche Beziehungen zu Herrn Dr. Ries, zu dessen Gummi-Konzern oder gar zu den ›Verlagerungs‹aktionen aus Trzebinia und Lodz entdecken – allenfalls kann dieser Herr Tesmann ein alter Bekannter von SS-Führer Herbert Pakkebusch gewesen sein ...« Er überlegte einen Augenblick lang. »Oder ob Herr Fretsch etwa meint, daß dieser Herr Tesmann mit Dr. Ries bei dessen Reisen nach Spanien zusammengetroffen sein könnte, was aber für unsere Suche nach dem Gemälde ebenfalls ziemlich belanglos wäre ...«

»... es sei denn«, sagte Christa, »Dr. Ries hätte seine auf die eine oder andere Weise zustandegekommenen Beziehungen zu Tesmann 1945 auszunutzen versucht, als ... Aber Moment mal«, rief sie und nahm ein weiteres Blatt aus der Akte. »Ja, das erklärt es ja wohl! Es ist die Ablichtung einer Telefon-Notiz, datiert: ›*Leipzig, den 31. Januar 1945*‹ und bestimmt für einen ›*Herrn Wernecke*‹ – das ist sicherlich jener enge Mitarbeiter von Dr. Ries, auf den er damals, während der peinlichen Schiebungs-Affäre, seine Konzernanteile übertragen hat. Es scheint etwas sehr Wichtiges gewesen zu sein, denn es geht, schon damals dick unterstrichen, weiter mit: ›*EILT SEHR! Anruf Parteikanzlei, Berlin (Herr T., Auftrag Dr. Ries), 16 Uhr 30 ...*‹ – ich nehme an, mit Herrn T. ist wohl Tesmann gemeint, und jetzt kommt, was dieser Herr T. aus der Parteikanzlei im Auftrag von Herrn Dr. Ries am Nachmittag des 31. Januars 1945 telefonisch nach Leipzig gemeldet hat und was so sehr eilig war: ›*Herr Beckmann soll spätestens morgen früh nach Freienwalde fahren und dafür sorgen, daß viel Ware zum Versand gelangt. Die Maschinen sollen nach Hoya gebracht werden mit Ausnahme eines Doppelwalzwerks; die Stoffe nach Eggenfelden ... Jeden Waggon telegraphisch avisieren. Wenn Schwierigkeiten wegen der Waggons eintre-*

ten, Oberamtmann Wesemann anrufen (Reichsbahndirektion Berlin, Apparat 35959) oder Stabskapitän Lederer verständigen – es folgen dessen verschiedene Telefonnummern – ... Chemikalien nach Leipzig bringen; gez. Frese.‹ Das ist alles.«
»Es geht nichts über eine tüchtige Sekretärin«, bemerkte Hartnell, »zumal eine, die jedes Zettelchen aufhebt und ordentlich abheftet, damit man es auch nach dreißig Jahren finden kann, wenn man danach sucht... Was meinen Sie, Christa, was bedeutet diese Notiz?«
»Ich verstehe sie als ein nur leicht verschlüsseltes Alarmsignal, das melden sollte: ›Der Iwan kommt!‹ Wir wissen, daß in Bad Freienwalde an der Oder das Zwischenlager war, wohin man im Herbst und Winter 1944 die Beute aus Polen geschafft hatte. Ende Januar 1945 stand die Rote Armee schon am Ostufer der Oder, aber die deutsche Abwehrfront hielt zunächst noch. Herr Dr. Ries war offenbar zu dieser Zeit in Berlin und hatte dort – vielleicht über SS-Standartenführer Herbert Packebusch oder weil er den Herrn selbst von früher her kannte – Kontakt aufgenommen zu einem gewissen T. in der Parteikanzlei des Reichsleiters Martin Bormann...«
»Oh, Martin Bormann?« rief Hartnell. »Von diesem Bormann habe sogar ich schon gehört. War er nicht damals der nach Hitler mächtigste Mann und sozusagen die Graue Eminenz des Nazireiches?«
Christa nickte.
»Der Verbindungsmann bei Martin Bormann, dieser Herr T.«, fuhr sie in ihrer Erklärung fort, »hatte offenbar zuverlässige Informationen über einen bevorstehenden Durchbruch der sowjetischen Armeen an der Oderfront. Er gab diese noch streng geheimen Informationen an Dr. Ries weiter oder riet ihm zumindest, das Zwischenlager in Bad Freienwalde schnellstens zu räumen. Und weil es für Dr. Ries schwierig war, von Berlin aus seine Konzernzentrale in Leipzig anzurufen – es gab nur noch wenige Telefonleitungen, die für die Kommandostellen reserviert waren –, beauftragte Herr Dr. Ries seinen Informanten, Herrn T., der von der allmächtigen Parteikanzlei aus jedes Ferngespräch führen konnte, der tüchtigen Frese in Leipzig alle erforderlichen Anweisungen zu geben, wie es dann auch um 16 Uhr 30 geschah.«
»Ja«, sagte Hartnell, »genauso muß es gewesen sein. Allerdings wissen wir weder, ob T. mit diesem Tesmann identisch ist, noch

ob T. für seine guten Dienste von Dr. Ries belohnt wurde. Wir können beides nur als vage Möglichkeiten annehmen. Aber daß die eventuelle Belohnung des T. ausgerechnet unser verschollenes Gemälde von Caspar David Friedrich gewesen sein soll, ist kaum wahrscheinlich. Übrigens, was macht dieser Herr Tesmann heute? Der gründliche Herr Fretsch wird doch sicherlich auch darüber etwas vermerkt haben.«

»Allerdings«, erwiderte Christa und nahm einen dem Aktenblatt angehefteten Zettel zur Hand, »hier steht: › *Direktor Rudolf Tesmann, seit 1948 in leitender Position beim Kaufhaus-Konzern Horten, heute Generalbevollmächtigter der Horten AG sowie Geschäftsführer der Allgemeinen Deutschen Inkasso GmbH, auch Mitglied des Vorstands des Wirtschaftsrats der CDU e.V.*‹ ... Und da ist seltsamerweise auch noch ein kurzer Vermerk über Tesmanns Kollegen aus alten Nazi-Tagen: ›*Dr. jur. Gerhard K. Todenhöfer, geboren am 10. Juni 1913 in Wippersheim (Hessen), Mitglied der NSDAP (Nr. 223 095) seit 1930* – also ebenfalls ein ›Alter Kämpfer‹ –, *schon als Gymnasiast ein fanatischer Nationalsozialist und besonderer Günstling Martin Bormanns* – aha! –, *als dessen Vertrauensmann Dr. Todenhöfer nach beendetem Studium und Dienst in der NSDAP-Auslandsorganisation ins Auswärtige Amt kam. Dort wurde er zunächst stellvertretender Referatsleiter Deutschland III (Judenangelegenheiten), dann stellvertretender Leiter des Sonderreferats* – was immer das gewesen sein mag ... *SS-Hauptsturmführer Dr. Todenhöfer hielt bis Kriegsende engen Kontakt zu Reichsleiter Bormann. Heute ist Dr. Todenhöfer Generaldirektor der C. Baresel Bau-AG in Stuttgart – rund 2500 Beschäftigte –, und deren Aufsichtsratsvorsitzer ist Dr. Klaus Scheufelen, längjähriger Präsident des ›Wirtschaftsrats der CDU e.V.‹; der Neffe von Generaldirektor Dr. Gerhard K. Todenhöfer ist der CDU-Bundestagsabgeordnete Dr. jur. Jürgen-Gerhard Todenhöfer, geboren 1940 in Offenburg (Baden), der Heimatstadt Dr. Schleyers, und da sein Vater, heute Senatspräsident an einem Oberlandesgericht, damals Richter in Offenburg war, genau wie der Vater Dr. Schleyers, so ist es wahrscheinlich, daß die Familien miteinander bekannt waren. Was Generaldirektor Dr. Gerhard Todenhöfer selbst betrifft, so ist er seit rund vierzig Jahren sehr eng befreundet mit Rechtsanwalt Kurt Georg Kiesinger, dem früheren CDU-Vorsitzenden und Bundeskanzler von 1966 bis 1969; es dürfte kaum ein Zufall sein, daß Kiesinger, schon damals der engste Freund des Bormann-Günstlings Dr. Todenhöfer, dann auch*

stellvertretender Referatsleiter im Auswärtigen Amt und Verbindungsmann zum Reichspropagandaministerium wurde ...‹ Das ist alles, Don.«
Christa wartete einen Augenblick lang, doch da Donald Hartnell nichts sagte, sondern nur auf den Zettel starrte, den sie noch in der Hand hielt, erkundigte sie sich:
»Soll ich zum Nächsten auf der Liste übergehen? Oder haben Sie hierzu noch Fragen?«
Hartnell schüttelte den Kopf.
»Ich wüßte nur gern Ihre Meinung, Christa«, sagte er dann, »ist es nicht denkbar, daß der geheimnisvolle Verbündete des Dr. Ries, der Mann mit den guten Beziehungen zur Parteikanzlei des allmächtigen Martin Bormann und dem Anfangsbuchstaben T, gar nicht dieser Tesmann gewesen ist, sondern vielleicht Todenhöfer, der heutige Intimus von Ex-Kanzler Kiesinger?«
Christa sah ihn an.
»Sie haben recht, Don - das wäre durchaus möglich. Aber wir sollten vielleicht mit solchen Spekulationen besser warten, bis wir die übrigen Namen auf der Liste kennen.« Und da Hartnell nickte, fuhr sie fort:
»Unsere beiden nächsten Kandidaten haben je ein dickes Fragezeichen hinter ihrem Namen. Der erste ist ›*Dr. jur. Felix Alexander Prentzel, geboren 19. März 1905 in Koblenz, Studium der Rechtswissenschaft an der Universität Heidelberg, im Kriege zunächst Ministerialdirigent im Reichswirtschaftsministerium, 1944 zuständig für die besetzten Ostgebiete, dann dem Oberkommando der Wehrmacht zugeteilt als Spezialist mit besonderen Vollmachten für die rasche ›Rückverlagerung‹ kriegswichtiger Betriebe ... Nach dem Kriege Generaldirektor des DEGUSSA-Konzerns, langjähriges Präsidiumsmitglied des Bundesverbands der Deutschen Industrie und Mitglied des Vorstands des ›Wirtschaftsrats der CDU e.V.‹ ... 1966 wurde Dr. Prentzel mit dem Großen Bundesverdienstkreuz ausgezeichnet* ...‹ Das ist alles, soweit es Herrn Dr. Prentzel betrifft - nicht eben viel ... Über den anderen, ebenfalls mit Fragezeichen versehenen Herrn heißt es: ›*Hans-Joachim Götz, geboren am 20. Juli 1909 in Berlin, Studium der Rechtswissenschaft* - wo, ist nicht gesagt, vielleicht ausnahmsweise kein Heidelberger Jurist ...-, *Zulassung als Rechtsanwalt, im Kriege als SS-Hauptsturmführer (F)* im Stabshauptamt*

* Herr Hans-Joachim Götz legt Wert auf die Feststellung, daß er SS-Hauptsturmführer (F) war; F bedeutet »Fachkraft«.

des SS-Obergruppenführers Greifelt, damals ›Reichskommissar für die Festigung des deutschen Volkstums‹ in den angegliederten Ostgebieten – also auch zuständig für Trzebinia –, *und dort war SS-Hauptsturmführer (F) Götz 1944 verantwortlich für die rasche Rückverlagerung kriegswichtiger Betriebe nebst allem Drum und Dran ...‹* – mehr steht hier nicht über die Vergangenheit von Herrn Rechtsanwalt Götz, und was die Gegenwart betrifft, heißt es nur: ›*Heute ist Götz Vorsitzender der Geschäftsführung der Günther Wagner PELIKAN-Werke in Hannover, Präsident der Industrie- und Handelskammer in Hannover, Mitglied des Beirats der Deutschen Bank AG sowie ebenfalls im Vorstand des ›Wirtschaftsrats der CDU e.V.‹* – wir scheinen das Präsidium dieses Gremiums fast komplett auf unserer Liste zu haben, Don... Und es ist nur noch einer übrig, der für die ›Verlagerungen‹ aus Trzebinia von Bedeutung sein kann, möglicherweise sogar von ganz besonderer Bedeutung, denn Herr Fretsch hat mit Rotstift nicht gespart – der Name ist gleich dreimal unterstrichen!«

Christa nahm das nächste Blatt aus der Akte und begann mit der Übersetzung der wichtigsten Passagen: ›*Artur Missbach, geboren am 21. September 1911 in Radebeul bei Dresden, Studium der Rechtswissenschaft ... 1935 Eintritt in den Justizdienst ... später leitender Beamter im Reichswirtschaftsministerium ... im Kriege dann in verantwortlicher Stellung beim ›Sonderbeauftragten für die Spinnstoffwirtschaft‹* – jetzt nähern wir uns den Bezirken des Herrn Dr. Ries – *und dort ›federführend für den Einsatz von Herren der Wirtschaft in den besetzten Gebieten‹ ...* – *eine hübsche Umschreibung für* ›Räuberbande‹, finden Sie nicht auch, Don? – Ja, und ›*1942 übernahm Herr Artur Missbach die ›Wirtschaftsgruppe Textil-, Bekleidungs- und Lederindustrie‹ in Krakau als deren Geschäftsführer ... In dieser Eigenschaft arbeitete Missbach eng zusammen mit Herrn Dr. Ries, vermittelte diesem allerlei Aufträge und Sonderzuteilungen an knappem Material und machte ihn mitunter auch auf ›übernahmereife‹ Betriebe aufmerksam ... 1944 wurde Missbach* – So, jetzt kennen wir endlich den ›Direktor..i..‹, dessen Namen Frau Budweiser vergessen hatte! –, also: ›*... wurde Missbach Stellvertretender Betriebsführer der ›Oberschlesischen Gummiwerke‹ in Trzebinia, blieb dort bis zum Spätherbst 1944, ging dann mit Dr. Ries in die Konzernzentrale nach Leipzig* – unter Mitnahme von allem, was nicht niet- und nagelfest war, wie wir bereits wissen –, *verschwand von dort – laut Vermerk vom 10. März 1945 – mit einem der letzten Transporte, durch-*

geführt von einem Herrn Rettinghaus vom ›Rüstungsstab Leipzig‹, westwärts und tauchte nach dem Krieg wieder auf als Textilverbandsgeschäftsführer und CDU-Politiker. 1955 wurde Artur Missbach Mitglied des Landtags von Niedersachsen, auch ein gern gesehener Gast und Redner bei Veranstaltungen des ›Bundes der Vertriebenen‹, war von 1961 bis 1969 sogar CDU-Bundestagsabgeordneter und hat sein Domizil in – na, was glauben Sie, Don?«
Sie sah Hartnell an, und als der sie auch nur fragend anschaute, fuhr sie fort:
»Also, er wohnt in Altenbücken, einem Dorf dicht bei Hoya an der Weser!«
Hartnell wollte etwas dazu bemerken, aber Christa kam ihm zuvor:
»Warten Sie, Don, hier ist noch etwas Interessantes: die Ablichtung einer Transportanweisung, datiert ›*Leipzig, den 6. März 1945*‹ und versehen mit dem Diktatzeichen ›*Dr. R./Fr*‹, so daß man annehmen darf, Herr Dr. Ries hat sie seiner tüchtigen Frese diktiert, die übrigens auch mit vollem Namen unterschrieben hat. Im Text heißt es:
›*... Nach Hoya kommen in folgender Reihenfolge zum Versand:*
a) die Hälfte der sichergestellten Schreibmaschinen einschließlich zweier Schreibmaschinen von Apitzsch;
b) Rohgummi;
c) in ausreichendem Maße alle übrigen zum Anlaufen der Fabrikation nötigen Materialien;
d) Streichmaschine;
e) diverse gepackte Koffer und Kisten;
und nun passen Sie auf, Don:
f) drei Gemälde aus der Mariettastraße;
g) drei Teppiche;
und so weiter, bis zum Buchstaben
m) 40 Rollen Klosettpapier...‹ – der brave Mann denkt an sich selbst zuletzt – was sagen Sie nun, Don?«
Hartnell sagte zunächst gar nichts.
Dann bemerkte er, halb lachend, halb respektvoll:
»Ihr Deutschen seid wirklich sehr gründlich!« Wobei es zunächst offenblieb, ob er damit nun den an alles denkenden, auch im Chaos noch die Ordnung wahrenden Dr. Ries meinte oder den unermüdlichen Herrn Fretsch, der es fertiggebracht hatte, sogar noch diese vor rund dreißig Jahren in aller Eile diktierte ›Transportanweisung‹ aufzustöbern.

Es zeigte sich dann, daß er an den kleinen, grauhaarigen Mann dachte, denn er blickte auf seine Armbanduhr, stellte fest, daß es schon kurz nach 23 Uhr war und sagte: »Er wollte doch schon nach einer halben Stunde wieder anrufen ...«

»Vielleicht hat er noch keine Raststätte gefunden«, meinte Christa, »wir werden sicherlich bald von ihm hören. Inzwischen werde ich Ihnen noch die beiden letzten Blätter vorlesen. Das eine ist ein ›Aktenvermerk‹ vom 12. März 1945, und der Inhalt lautet:

Dem Anhänger nach Hoya wurden beigefügt:
2 Kisten Nr. 14 und Nr. 20 mit Elektrobedarf,
4 Kisten Nr. 243, 222, 242 und 244 mit Leder,
12 Kartons Gr. Berufsstiefel, sort. Größen,
3 Teppiche Kiste Nr. 38,
1 Teppich,
2 Kartons Klo-Papier,
1 Kiste Glühbirnen,
1 Radio Dr. Ries,
1 Reiserolle für Frau Rauch,
12 Wolldecken,
20 Ballen Seidentrikot, schmale Ware,
3 Gemälde Dr. Ries,
6 Schreibmaschinen Urania 256122, 254373, 254960, 263149, Triumph 261017, 259859,
2. Teil Fernschreiber 42887,
3 Rechenmaschinen: Astra Nr. 61400, Hamann-Delta 2338, Mauser 16103.
12.3.45 Be/O.K.

– da ging es also dahin, unser Gemälde zwischen zwanzig Ballen Seidentrikot und sechs alten Schreibmaschinen ...«

»Vielleicht«, erwiderte Hartnell. »Und was ist mit dem letzten Blatt?«

»Das ist ein – leider nicht datierter – Zeitungsausschnitt mit der Überschrift ›*Illustre Gäste auf Schloß Pichlarn*‹ ... Es scheint sich um ein österreichisches Provinzblatt zu handeln, denn das Schloß wird darin als ›*Perle unserer schönen Steiermark*‹ bezeichnet. Und offenbar gehört diese Perle, wie so vieles andere, zum Multimillionenvermögen des Herrn Dr. Fritz Ries, denn es ist mehrfach von ihm als ›*Schloßherrn*‹ und ›*liebenswürdigem Gastgeber*‹, einmal auch als einem ›*Grandseigneur*‹ die Rede. Es folgt dann eine sehr lange Liste ›*illustrer Gäste des Herrn Kon-*

suls Dr. Ries auf Schloß Pichlarn‹, und Herr Fretsch hat freundlicherweise für uns ein Dutzend Namen mehr oder weniger dick unterstrichen, so beispielsweise ›*... Herr Generalbevollmächtigter Tesmann (Horten) ... Herr Generaldirektor Dr. Felix Prentzel ... Herr Dr. Alfred Dregger, Vorsitzender der hessischen CDU, mit Frau ... Herr Dr. Hanns Martin Schleyer, Vorstandsmitglied der Daimler-Benz AG, mit Frau ... Bundesminister a.D. Dr. Franz Josef Strauß, Vorsitzender der bayerischen CSU, mit Frau ... Herr Dr. Richard Stücklen, Fraktionsvorsitzender der CSU im Deutschen Bundestag, mit Frau ... Herr Bundestagsabgeordneter Dr. Friedrich Zimmermann (CSU) ... Herr Bundestagsabgeordneter Siegfried Zoglmann (FDP)*‹ – der Ausschnitt muß mindestens zwei, drei Jahre alt sein, denn Herr Zoglmann ist längst aus der F.D.P. ausgetreten und ist seitdem Gast der CSU – ja, und hier ist noch eine handschriftliche Anmerkung von Herrn Fretsch, die sich auf Frau Marianne Strauß, die Ehefrau des CSU-Vorsitzenden Franz Josef Strauß, beziehen muß, denn auf ihren Namen, der zudem dick unterstrichen ist, deutet der Pfeil. Der Text dazu lautet:
›*Frau Strauß ist an der Pegulan-Tochterfirma ROPLASTA-International Dyna-Plastik-Werk Inh. Dr. Fritz Ries KG in Bergisch-Gladbach mit 10 Prozent beteiligt, ebenso an der PEGULAN-Teppichboden GmbH in Otterberg.*‹ – Das ist offenbar die Schlußpointe des tüchtigen Herrn Fretsch, und falls zuvor noch irgendwelche Zweifel daran bestanden haben sollten, daß sich Herr Dr. Ries stets die allerbesten Beziehungen zu verschaffen versteht, so hat unser Frettchen diese Zweifel wohl ausgeräumt.«
Hartnell schwieg.
Erst nach einer ganzen Weile meinte er: »Wir haben es also mit lauter Leuten zu tun, die entweder selbst über sehr viel Geld, Macht und politischen Einfluß verfügen oder – wie der ehrenwerte Herr Dr. Taubert – unter den Fittichen dieser sehr Reichen und Mächtigen Zuflucht gefunden haben. Alle diese Leute sind Juristen; alle haben die Nazizeit, die Raubzüge in Polen und Rußland, die Judenausrottung und die Versklavung der Polen, Ukrainer und Russen offenbar recht gut überstanden ... Es fehlt nur der einst so schöne und stattliche Einsatzgruppen-Leiter Herbert Packebusch, aber vielleicht hören wir auch von ihm noch, daß er Vorsitzer eines Aufsichtsrats oder Bundestagsabgeordneter ist ... Wo das Gemälde sein könnte, das wir suchen, wissen wir noch immer nicht. Es ist keineswegs

gesagt, daß es sich unter den drei als ›Gemälde Dr. Ries‹ bezeichneten Bildern befunden hat, die im März 1945 nach Hoya an der Weser ›verlagert‹ worden sind. Wir bleiben also weiter auf Vermutungen angewiesen, und die Leute, deren Namen wir jetzt kennen und die wir nun befragen könnten, sollen wir in Ruhe lassen – das jedenfalls scheinen, wenn auch aus unterschiedlichen Gründen, alle zu wünschen: die Betreffenden selbst, mein geehrter Herr Anwaltskollege, dessen Namen ich noch nicht auszusprechen gelernt habe, und auch Herr Fretsch, dessen deutliche Warnung – übrigens, es ist gleich 23.30 Uhr!«
Ehe Christa darauf etwas erwidern konnte, wurden sie von dem Nachtportier unterbrochen, der eilig hereingekommen und an ihren Tisch getreten war. An Don Hartnells Ohr gebeugt, flüsterte er aufgeregt:
»Mr. Hartnell? Entschuldigen Sie bitte die Störung, aber Sie werden am Telefon verlangt – von einer Landpolizei-Station in Oberfranken ... Es scheint sich um einen Unfall zu handeln.«

August Wilhelm Fretsch – dessen Vornamen, zusammen mit weiteren, ihnen bis dahin unbekannten Personalien, sie auf diese Weise erfuhren –, siebenundsechzig Jahre alt, verwitwet, wohnhaft in Percha, Kreis Starnberg, Größe: 1,65 Meter, Gewicht: zirka 55 Kilo, Haarfarbe: grau, Bart: keiner, Augenfarbe: blau, Gesicht: oval, besondere Kennzeichen: alte Einschußnarbe unterhalb des linken Schlüsselbeins, bekleidet mit einem ziemlich alten, dunkelblauen Zweireiher, grünem Lodenmantel, schwarzen Schnürstiefeln und so weiter, ein Mann also, den sie nach dieser Beschreibung – von der Narbe abgesehen – unschwer als ihnen bekannt erklären konnten, war bewußtlos aufgefunden und sofort in ein Krankenhaus gebracht worden.
Christa, die für Hartnell das Ferngespräch mit dem Landpolizisten führte, wurde wegen des Zustands von Herrn Fretsch an den diensttuenden Arzt eines Krankenhauses in Hof verwiesen, dessen Telefonnummer sie sich sogleich notierte.
Dann fragte sie noch rasch:
»Und wo, bitte, haben Sie ihn gefunden?«
Der Polizeibeamte gab bereitwillig Auskunft: Herr Fretsch hatte im Freien gelegen, im Gebüsch hinter der ersten Autobahn- Tankstelle auf der bundesdeutschen Seite dessen, was der Landpolizist noch immer ›die Zonengrenze‹ nannte.

Vielleicht, so berichtete er weiter, habe der alte Herr das WC gesucht, sei im Dunklen gestolpert und unglücklich gestürzt; vielleicht handele es sich auch um einen Schwächeanfall. Jedenfalls habe er das Bewußtsein verloren, und da die Nacht recht kalt sei, habe sich Herr Fretsch, neben einer Gehirnerschütterung noch unbekannten Grades, wahrscheinlich eine Lungenentzündung zugezogen.
Nein, ein Überfall sei nicht zu vermuten - es gebe weder Spuren eines Kampfs, noch habe der Verunglückte irgendwelche sichtbaren Verletzungen davongetragen. Außerdem führe Herr Fretsch eine Menge Bargeld mit sich, mehrere tausend Mark. Nein, man wußte nicht, wie lange er schon da gelegen hatte, und er sei nur durch einen glücklichen Zufall noch während der Nacht gefunden worden: Ein Autofahrer aus West-Berlin, der an der Tankstelle gehalten und seinem Hund, einem Dackel, etwas Auslauf gegeben hatte, während sein Wagen aufgetankt wurde, war durch das aufgeregte Bellen des Tiers auf den bewußtlos am Boden liegenden Mann aufmerksam geworden und hatte durch den Tankwart sofort den Rettungsdienst und die Polizei verständigen lassen.
Später, im Licht der Scheinwerfer des Sanitäts- und des Polizeiautos, habe man auch den Personenwagen entdeckt, den Herr Fretsch ohne Licht abgestellt zu haben schien: einen alten, dunkelblauen Ford mit Starnberger Kennzeichen. Herr Fretsch habe das Fahrzeug an einer sehr dunklen Stelle geparkt, außerhalb des hellen Lichtscheins einer öffentlichen Fernsprechzelle, die in der Nähe stand.
Die Polizei, so hatte der Beamte noch mitgeteilt, nehme an, daß Herr Fretsch wahrscheinlich die Absicht gehabt habe, ein Ferngespräch zu führen, denn in seiner Hand sei ein Zettel mit dem Namen ›Mr. Hartnell‹ und der Telefonnummer des Hotels in München gefunden worden. Deshalb habe man gleich angerufen- schließlich handele es sich bei dem Verunglückten ja um einen Kollegen ...
»Wie bitte?« hatte Christa daraufhin erstaunt gefragt, »Herr Fretsch ist Polizist?«
Sie war sicher, sich verhört zu haben.
Der freundliche Beamte hatte sie aufgeklärt: Ja, gewiß, in den Ausweisen des Verunglückten sei als dessen Beruf ›Polizeibeamter i. R.‹ vermerkt, und eine Rückfrage in Starnberg habe ergeben, daß Herr August Wilhelm Fretsch früher Polizeioffi-

zier gewesen sei; er habe bis 1942 im aktiven Dienst gestanden, sei wegen einer Augenverletzung mit bleibenden Folgen in die Verwaltung versetzt, nach dem Krieg für kurze Zeit reaktiviert worden und vorzeitig in Pension gegangen. Die Starnberger Kollegen hätten Herrn Fretsch, der 1958 aus dem Rheinland nach Bayern gekommen war, sehr gelobt als einen ›hochanständigen, sehr mutigen Polizeioffizier‹ mit bestem Ruf bei den Behörden. Es heiße, er befasse sich noch immer, wenn auch privat, mit besonders schwierigen Ermittlungen.

Das Auto des verunglückten Kollegen, so hatte Christa noch erfahren, war von der Landpolizei sichergestellt worden; das bißchen Gepäck – ›nur ein kleiner Koffer mit etwas Nachtzeug und eine große alte Aktentasche mit nichts darin als etwas Obst und sonstiger Reiseproviant‹ – hatte man Herrn Fretsch mit ins Krankenhaus gegeben.

Christa hatte sich bedankt für die Benachrichtigung und dann sogleich das Krankenhaus angerufen. Aber dort war ihr erklärt worden, daß man vor morgen früh nichts Genaues über das Befinden des Patienten sagen könnte; Lebensgefahr bestehe nicht.

»Erklären Sie ihnen, bitte, wer ich bin«, hatte Hartnell, der während Christas Gespräch mit dem Krankenhaus mit in die Zelle gekommen war, ihr zugeflüstert, »und bitten Sie darum, daß bei der Untersuchung von Herrn Fretsch auch die Möglichkeit einer Gewaltanwendung in Betracht gezogen und nach eventuellen Spuren davon gründlich gesucht wird. Außerdem möchte ich Herrn Fretsch bestens behandelt und untergebracht wissen. Ich übernehme sämtliche Kosten, und ich werde morgen vormittag da sein und alles regeln.«

Christa hatte dies ausgerichtet und, nachdem das Telefongespräch beendet gewesen war, Hartnell sogleich gefragt: »Wann sollen wir losfahren? Am besten wohl gleich oder . . . ?«

Doch Hartnell ließ sich zunächst über Lage, Entfernung und über Verkehrsverbindungen nach Hof unterrichten, bat dann den Portier, beim Flughafen nach einer kleinen Chartermaschine zu fragen, und nachdem er erfahren hatte, daß sowohl ein Flugzeug wie ein Pilot, auf Wunsch sofort, bei fester Reservierung aber auch morgen früh, zur Verfügung ständen, entschied er: »Sagen Sie ihm, wir möchten um 8.30 Uhr starten.« Und zu Christa meinte er: »So kommen wir vor 10.30 Uhr zu Herrn Fretsch und zugleich nicht um unseren Schlaf, den

besonders Sie brauchen. Sie hatten einen schweren Tag.«
Er begleitete sie noch zu einem vor dem Hotel wartenden Taxi und sagte zum Abschied: »Wir treffen uns also morgen früh am Flughafen. Gute Nacht, Christa, und vielen Dank für die große Mühe, die Sie sich gegeben haben. Sie waren einfach wunderbar!«
Er lächelte ihr freundlich zu und sah, daß sein Kompliment ihr Freude machte. Dann fiel ihm noch etwas Wichtiges ein; sein Gesicht wurde ernst:
»Geben Sie die Akte über Ries und seine Freunde bitte mir«, sagte er und nahm Christa den großen braunen Umschlag, den Herr Fretsch ihr gegeben hatte, aus der Hand. »Ich werde diese Unterlagen im Hotel-Tresor unterbringen.«
Christa blickte ihn fragend an, und als er nur nickte, sagte sie: »Vielleicht haben Sie recht, Don – in der großen Aktentasche des armen Herrn Fretsch waren nur noch ein paar belegte Brote und etwas Obst...«
»Genau dieser Umstand ist mir auch aufgefallen«, erwiderte Hartnell.
Nachdem Christas Taxi abgefahren war und er den dicken Umschlag in ein Stahlfach des Hotels eingeschlossen hatte, ging Hartnell zurück in die Hotelbar. Er war noch nicht müde, nachdem er nachmittags so lange geschlafen hatte, wollte noch einen Whisky trinken und in Ruhe die Lage überdenken.
Die Bar hatte sich unterdessen gefüllt; der Barmann hatte mit den vielen mitternächtlichen Gästen alle Hände voll zu tun. Da die wenigen Tische schon alle besetzt waren, nahm Hartnell auf einem freien Hocker an der Bar Platz. Neben ihm saßen zwei Herren, die sich auf englisch ziemlich laut unterhielten. Der eine der beiden trug einen, wie Hartnell fand, abscheulich grell gemusterten, aber zweifellos maßgeschneiderten Glencheck-Anzug und saß mit dem Rücken zu Don. Der andere, dessen Hawaii-Schlips Hartnell ebenfalls mißfiel, sagte gerade: »Sie haben ja eine verdammt amerikanische Hicktown-Sheriffs-Moral für einen Chefredakteur, der angeblich ein anständiges Blatt für Millionen anständiger Bürger macht! Also, noch mal: Sie würden den Herrn Fabrikbesitzer, der im Vollrausch mit seinem Auto einen armen Schlucker oder – wie Sie sagen – einen ›lausigen Hippie‹ überfährt und einfach verbluten läßt...«
»Jawoll«, sagte der Mann im Glencheck-Anzug, »ich würde die Sache vertuschen! Denn meiner Meinung nach hat ein respek-

tabler Unternehmer und Brotherr von vielen tausend Familien das Recht, sich mal daneben zu benehmen ...«
»... und einen Menschen umzubringen?« fragte der andere, der offenbar Amerikaner war.
»... jawoll, einen völlig unbedeutenden kleinen Wicht«, korrigierte ihn der Mann im Glencheck, offenbar Chefredakteur eines deutschen Massenblatts. »Wer ist denn wichtiger für die Gesellschaft? Der Unternehmer, der etwas geleistet hat und ohne den Tausende arbeitslos wären, oder dieser jämmerliche Strolch, der nichts anderes kann als ...«
Hartnell wandte sich angewidert ab.
Er dachte, daß möglicherweise eine Reihe von Herren, deren Namen und Werdegang er heute erfahren hatte, ganz ähnliche Anschauungen haben mochten - vielleicht nicht gerade in bezug auf überfahrene und liegengelassene Hilfsarbeiter, aber hinsichtlich lange zurückliegender Vorkommnisse in einem galizischen Städtchen namens Trzebinia.
Es dauerte ziemlich lange, bis der Barmann die Gäste im Raum mit Getränken versorgt hatte. Die beiden Herren neben Hartnell, die miteinander Englisch gesprochen hatten, waren bereits gegangen, und Donald hatte noch immer keinen Drink bestellen können. Endlich näherte sich ihm der Barkeeper, doch noch ehe Hartnell einen Wunsch äußern konnte, sagte der Mann:
»Noch mal Telefon für Sie, Sir! Zelle zwei, draußen in der Halle.«
Hartnell bat ihn, seinen Platz freizuhalten und ihm einen Scotch hinzustellen. Dann ging er rasch zum Telefon. Jetzt würde er wohl Deutsch sprechen und - was noch schlimmer war - verstehen müssen ...
Aber er irrte sich.
Der nächtliche Anrufer sprach fließend Englisch.
»Hallo, Mr. Hartnell? Mein Name ist Hauser«, sagte er leise, aber sehr eindringlich. »Sie kennen mich nicht, noch nicht. Ich möchte Ihnen eine überflüssige Reise ersparen. Das Krankenhaus in Hof, wo der arme Herr Fretsch heute nacht eingeliefert wurde, erwartet Sie morgen früh dort, wie man mir sagte. Doch bemühen Sie sich bitte nicht erst dorthin! Dem Patienten geht es gut, zumindest den Umständen entsprechend. Und auf dringenden Wunsch seiner Frau hin wird er sobald wie irgend möglich nach Hause entlassen, wahrscheinlich schon morgen im Laufe des Vormittags ...«

»Auf Wunsch von Frau Fretsch?« fragte Hartnell, leicht verwundert.
Der Mann, der sich Hauser nannte, sagte nur: »Ja, gewiß«, und fuhr fort: »Wie Sie sehen, ist es also nicht nötig, daß Sie nach Hof reisen, wirklich nicht! Ich melde mich morgen im Laufe des Tages bei Ihnen, so gegen 15 Uhr...«
»Wohin soll denn Herr Fretsch gebracht werden?« fragte Hartnell noch rasch.
»Nach Hause natürlich«, gab Herr Hauser zur Antwort und schien sehr erstaunt. »Also, bis morgen, Mr. Hartnell, und gute Nacht, Sir!«
Und ehe Hartnell noch etwas sagen konnte, hatte der Mann, der sich Hauser nannte, bereits den Hörer wieder aufgelegt.

5. Nachtflug – und was in Obst stecken kann

Es war kurz vor 4 Uhr früh, als es Hartnell endlich gelang, den Arzt vom Nachtdienst zu sprechen, der bis dahin mit den Schwerverletzten eines Autounfalls voll beschäftigt gewesen war und einen übermüdeten Eindruck machte. Zum Glück sprach der Arzt, ein jüngerer Mann, ganz gut Englisch.
Hartnell erklärte ihm kurz, wer er sei und daß er vor einer Stunde mit einer Charter-Maschine aus München eingetroffen wäre; daß er eigentlich erst am späten Vormittag hätte kommen wollen, aber durch besondere Umstände veranlaßt gewesen wäre, umzudisponieren. Dann fragte er, wie es Herrn Fretsch gehe und ob er ihn mitnehmen könne.
Zu Hartnells Erleichterung machte der Arzt keine Einwände. Das Krankenhaus, sagte er, sei momentan ohnehin überfüllt, und der Patient, den er sich eben noch mal angesehen habe, scheine ihm transportfähig. Sofern Herr Fretsch selbst damit einverstanden sei, könne er wieder entlassen werden, brauche aber bis auf weiteres strenge Bettruhe und ärztliche Überwachung.
Hartnell erklärte daraufhin dem Arzt, daß für den Transport des Patienten vom Krankenhaus zum Flugzeug und vom Landeplatz in München zum Hotel je ein Sanitätswagen bereitstehe; daß im Hotel ein besonders ruhiges Zimmer reserviert sei und von 8.30 Uhr an eine private Krankenschwester die Pflege des Patienten übernehmen werde. Einen Arzt habe die Hotelleitung auf seine Bitte hin ebenfalls bereits benachrichtigt, und dieser stehe gleich nach der Ankunft zur Verfügung.
Herr Fretsch, den sie dann gemeinsam aufsuchten, war, kaum daß er Don Hartnell erkannt hatte, mit der Verlegung einverstanden und sogar, wie es schien, darüber sehr erfreut. Er wollte sich aufrichten und Hartnell die Hand drücken, was der Arzt jedoch verhindern konnte. So lag denn der kleine grauhaarige Mann ganz still auf seinem schmalen Bett; er sah recht blaß aus, und seine Nase schien noch spitzer geworden zu sein.

Aber man merkte ihm deutlich an, daß er nun keine Sorgen mehr hatte. Er schien sehr erleichtert, ja, in seinen Augen blitzte so etwas wie Triumph, als er Hartnell zuflüsterte: »Ich habe es - wir sind am Ziel!«
Don Hartnell, der an die bis auf den Reiseproviant leere Aktentasche dachte, von der Herr Fretsch offenbar annahm, sie berge noch alle seine neuen Ermittlungsergebnisse, nickte dem kleinen Mann nur freundlich zu und sagte:
»Sie sind großartig, Herr Fretsch - aber das hat jetzt alles Zeit, bis es Ihnen wieder etwas besser geht.«

Von da an hatte sich Herr Fretsch ganz still verhalten. Als ihn die Sanitäter zum Wagen trugen, zeigte er sich nur einen Augenblick lang besorgt um sein bißchen Gepäck. Aber nachdem er sich vergewissert hatte, daß der kleine Koffer und die alte Aktentasche neben seiner Trage im Auto standen, schien er wieder völlig beruhigt zu sein. Mit geschlossenen Augen, ein Lächeln auf den schmalen Lippen, ließ er sich ins Flugzeug tragen, und erst nachdem die Maschine gestartet war, Höhe gewonnen hatte und ruhig gen Süden flog, wandte er sich wieder an Hartnell, der neben ihm saß und mit seiner Müdigkeit kämpfte:
»Bitte«, flüsterte Herr Fretsch, *»can I have a banana, please, Mr. Hartnell!«* - Er zeigte dabei auf seine Aktentasche.
Hartnell sagte zögernd:
»Ich glaube, Sie sollten nichts essen, Herr Fretsch. Der Doktor...«
Herr Fretsch machte mit der Hand ein Zeichen und flüsterte:
»Please, give me a banana - it's very important, and I shall not eat it! Don't worry, Mr. Hartnell.«
Don öffnete also die alte Aktentasche, wobei er darauf achtete, daß Herr Fretsch nicht hineinsehen konnte. Der Patient sollte sich ja nicht aufregen.
In der Mappe fand sich, neben zwei Äpfeln und einigen säuberlich in Pergamentpapier eingepackten Butterbroten, tatsächlich eine Banane, die Hartnell kurz betrachtete und sie dann Herrn Fretsch reichte, wobei er neugierig war, was dieser wohl damit anzufangen gedachte.
Herr Fretsch machte indessen keine Anstalten, Hartnell die Banane aus der Hand zu nehmen. Er sagte vielmehr:
»Please, open it!«

Hartnell erfüllte ihm auch diesen Wunsch, wobei ihm erstmals Zweifel daran kamen, ob der Verstand des alten Herrn nicht doch etwas gelitten haben könnte. Kaum hatte er jedoch die Schale zur Hälfte abgezogen, da merkte er, daß solche Vermutungen ganz und gar unberechtigt waren.
Herr Fretsch wußte sehr genau, was er wollte.
Denn im weichen Fleisch der Banane sah er etwas metallisch glitzern, was sich bei genauerer Prüfung als eine runde, ziemlich flache Büchse erwies, die im Durchmesser etwas kleiner als ein Zehnpfennigstück und durch einen feinen, offenbar mit einer Rasierklinge ausgeführten Schnitt durch die dicke Schale tief ins Fleisch der Frucht hineingedrückt worden war. Und Hartnell ahnte bereits, was in diesem winzigen Behälter steckte.
»Is it a microfilm?« erkundigte er sich und sah dabei Herrn Fretsch an, der zufrieden lächelte und dann erklärte:
»Yes, Mr. Hartnell, and look for the other box, too, please!«
Hartnell entfernte die Schale nun ganz und fand ohne Mühe auch die zweite, etwas größere Hülse. Herr Fretsch bat ihn, diese zu öffnen, die andere mit dem Film dagegen nur gut in Verwahrung zu nehmen.
In der kleinen Dose, die er auf Wunsch von Herrn Fretsch öffnete, fand Hartnell zwei hauchdünne, ganz eng zusammengefaltete Blätter feinstes Luftpostpapier. Sie waren voll beschrieben, und zwar in einer Handschrift, die Don, nachdem er sie eingehend betrachtet hatte, für die eines schreibgewandten, gebildeten, aber noch recht kindlichen jungen Mädchens hielt. Für die Bildung der Schreiberin sprach auch die Tatsache, daß die Aufzeichnungen zwar in einer Sprache begannen, von der Hartnell annahm, daß es sich um Polnisch handelte; aber eingestreut waren einige korrekt geschriebene französische Wörter und Sätze. Es folgte ein Absatz in etwas ungelenken hebräischen Schriftzeichen, und dann ging es wieder auf polnisch weiter, wobei ganze Passagen – es schien sich um die Wiedergabe eines Dialogs zu handeln – in deutscher Sprache eingeschoben waren; ganz am Ende entdeckte Don auch noch ein kurzes Zitat in latein.
Mit einiger Mühe gelang es Hartnell, aus den zum Schluß, offenbar aus Platzmangel, immer kleiner gewordenen und am Ende winzigen Buchstaben den Namen der Schreiberin und das Datum zu entziffern: *Rebecca Seligmann, Chanukka 1942.*

Betroffen schaute er auf und sah zu Herrn Fretsch hinüber. Aber der war inzwischen eingeschlafen, atmete ruhig und hatte den schmalen Mund zu einem halb zufrieden, halb grimmig wirkenden Lächeln verzogen.
Also wandte sich Don Hartnell wieder den Aufzeichnungen zu, die Rebecca Seligmann vor zweiunddreißig Jahren gemacht hatte, zu Chanukka, das – wie er wußte – ein jüdisches Fest war, dessen Bedeutung er zwar nicht kannte, von dem er aber gehört hatte, daß es meist in die Weihnachtszeit fiel. Damals war – so erinnerte er sich aus dem Bericht von Herrn Fretsch – die jüngste Tochter der Seligmanns ungefähr fünfzehn Jahre alt gewesen.
Das meiste von dem, was um Weihnachten 1942 von dem Mädchen Rebecca in einer Art jener Kassiber, mit denen Gefangene sich heimlich, sowohl untereinander wie mit der Außenwelt, zu verständigen pflegen, an einen unbekannten Adressaten geschrieben worden war, blieb für Hartnell, der keinerlei Kenntnisse des Polnischen hatte und auch mit den hebräischen Schriftzeichen nichts anzufangen vermochte, völlig unverständlich – mit Ausnahme eines Wortes im ersten Absatz: *Trzebinia ...*
Immerhin konnte er sich aus den wenigen eingestreuten französischen Wörtern und Sätzen einiges zusammenreimen: Da war zweimal von *les boches* die Rede; einmal hieß es, und zwar in Zusammenhang mit dem deutschen Wort *Gummifabrik,* dem zwei für Hartnell unverständliche Wörter folgten: *»... comme des esclaves, comme des galériens!«* Danach kam ein ganzer Satz, den er lesen konnte: *Maman est trés fatiguée, je crains que la pauvre ne le supportera plus longtemps ...* An anderer Stelle war von *Schweinefutter* die Rede; dahinter war ein empörtes *quelle saloperie!* zu entziffern.
Für Hartnell ergab sich daraus, daß die Deutschen in Trzebinia, die für die fünfzehnjährige Rebecca Seligmann nur noch *boches,* Schweinehunde, gewesen waren, ihre zumeist jüdischen Zwangsarbeiter ›wie Sklaven, wie Galeerensträflinge‹ behandelt hatten. Und Rebecca war vor allem um ihre Mutter besorgt gewesen; sie hatte gefürchtet, daß die schon sehr erschöpfte Mama ›es‹ nicht mehr lange würde aushalten können, zumal bei der schlechten Kost, die ›eine Schweinerei‹ wäre.
Hartnell versuchte nun, die deutschen Textstellen zu entziffern, die sich, wie er rasch herausfand, auf ein Gespräch bezogen, das

das junge Mädchen mit zwei oder drei deutschen Herren geführt hatte, anscheinend sogar in dem ehemals Seligmannschen Haus, denn es war unmittelbar vor diesen Zitaten von der *Villa* die Rede.

Bei den Männern, die sich mit oder über Rebecca unterhalten hatten, hatte es sich wohl um Angestellte der Gummiwarenfabrik oder deren Besucher gehandelt, und einer von ihnen war offenbar ein SS-Führer gewesen. Ferner war herauszulesen, daß Rebecca beim Hausputz hatte helfen müssen, denn die Worte *Großreinemachen zum Weihnachtsfest* waren klar erkennbar. Einer der deutschen Herren, so konnte sich Hartnell aus dem weiteren Text zusammenreimen, schien auf Rebecca aufmerksam geworden zu sein; er hatte zu den anderen etwas gesagt, das von dem Mädchen in wörtlicher Rede mit *»Die kleine blonde Putze da scheint mir durchaus koitabel – oder was meinen Sie?«* wiedergegeben war. Aber der SS-Führer hatte sofort darauf aufmerksam gemacht, daß es sich bei Rebecca um eine *»Judensau«* handele, die *»nicht mal die Nähmaschine treten, nur fressen«* könne und daher *»mit dem Kindertransport gleich nach Weihnachten«* nach Auschwitz *»ausgesiedelt«* werden würde. Offenbar war der Herr, der Rebecca *»durchaus koitabel«* gefunden hatte, dann auf den Gedanken gekommen, sie zu fragen, ob sie tatsächlich noch ein unnützes Kind sei, in welchem Fall sie *»ab ins KZ«* müsse; oder ob Rebecca nicht doch schon ein großes, voll arbeitsfähiges, dann auch mannbares Mädchen sei und als solches *»zu schade für den Gasofen«*.

Was folgte, konnte Hartnell nicht lesen, nur ahnen, bis auf die vorletzte Zeile, die aus dem wörtlichen Zitat einer ängstlichen Frage Rebeccas *»Muß ich nun doch ins Gas?«* und der lakonischen Antwort *»Hau ab!«* bestand.

Die letzte Zeile aber lautete: *»Adieu, cheri! Maman ne sait rien de cela. Je t'embrasse, mon petit. Et in Arcadia ego.«*

Wahrscheinlich, überlegte Hartnell, war dieser Brief für David Seligmann bestimmt gewesen, den kleinen Bruder in Krakau, seinen heutigen Klienten. Dann war es möglich, daß sich der mit hebräischen Buchstaben geschriebene Absatz auf das Gemälde bezog, das Rebecca in der Villa gesehen hatte. Was aber mochte das Mädchen mit den vier letzten Worten gemeint haben, deren Übersetzung, ›Auch ich war in Arkadien...‹, mancherlei bedeuten konnte?

Während er noch grübelte, veränderte sich das Motorengeräusch. Offenbar setzte das Flugzeug bereits zur Landung in München an, denn als Hartnell aus dem Fenster sah, erblickte er im hellen Morgenlicht ein sich bis zum Horizont erstreckendes Häusermeer. Als er sich dann zu Herrn Fretsch umwandte, öffnete dieser gerade die Augen. Er schien sich gleich zu besinnen, wo er war, denn seine erste Frage an Hartnell lautete:
»Sind wir schon in München?«
Und nachdem Hartnell ihm geantwortet hatte, daß sie wohl in den nächsten Minuten dort landen würden, erkundigte sich Herr Fretsch: *»Have you read Rebecca's letter?«*
Hartnell nickte.
»Ja«, sagte er dann auf deutsch, »es ist ein sehr trauriger Brief. Sie haben ihn vermutlich aus Trzebinia?«
»Von einer alten Frau«, gab Herr Fretsch zur Antwort, »und sie kann auch bezeugen, daß Rebecca Seligmann seit Ende 1942 tot ist.«
»Aber, warum ...«, setzte Hartnell zu einer weiteren Frage an, überlegte es sich dann anders und sagte nur, mehr zu sich selbst:
»Lassen wir das. Sie werden gewiß Ihre guten Gründe dafür gehabt haben ... Übrigens sind wir eben gelandet. Man hat es kaum gemerkt. In zehn Minuten sind wir im Hotel und können uns ausschlafen.«

Es war 6.45 Uhr, als Don Hartnell endlich zu Bett gehen konnte, nachdem er für die Unterbringung und Pflege von Herrn Fretsch gesorgt und darum gebeten hatte, ihn nicht vor 16 Uhr zu stören, es sei denn, daß der Arzt, der gegen 9 Uhr den Patienten gründlich untersuchen wollte, irgendwelche ernsten Besorgnisse äußerte.
Gerade wollte er einschlafen, da schreckte ihn ein Gedanke noch einmal auf: Er mußte ja Christa benachrichtigen, die sonst zum Flugplatz fahren und dort vergeblich nach ihm Ausschau halten würde.
Gähnend nahm er den Hörer ab, ließ sich von der Hotelzentrale mit Christas Wohnung verbinden und hörte gleich darauf ihre noch sehr verschlafen klingende Stimme.
»Sie brauchen nicht aufzustehen, Christa«, kam er ihrer Frage zuvor, »unser Ausflug fällt aus, dem Patienten geht es prächtig, er ist hier im Hotel, und ich bin so müde, daß ich kaum noch

sprechen kann. Kommen Sie irgendwann am späten Nachmittag her – dann erzähle ich Ihnen alles...«

Und dann fielen ihm doch noch einige Dinge ein, die er Christa bat, im Laufe des Vormittags zu erledigen. Sie hatte dazu viele Rückfragen, denn es handelte sich um nicht gerade alltägliche Aufträge, und sie mußte sich einiges auch notieren. Als Hartnell schließlich wieder auflegte und zu Bett gehen konnte, war es fast 7 Uhr. Aber er konnte nun mit dem beruhigenden Gefühl einschlafen, alles geregelt und nichts versäumt zu haben.

Zehn Stunden später, gegen 17 Uhr, wurde Hartnell vom Läuten seines Telefons geweckt. Er fühlte sich frisch und ausgeruht, und Christa, die ihn von der Hotelhalle aus anrief, fand ihn sofort ganz bei der Sache.

»Ich habe alles wunschgemäß besorgt«, teilte sie ihm mit, »und es kann, wenn Sie wollen, gleich losgehen. Hoffentlich habe ich Sie nicht zu früh geweckt?«

»Keineswegs«, erwiderte er. »Ich brauche nur noch zwanzig Minuten für die mir allmählich zur Gewohnheit werdende abendliche Morgentoilette – dann bin ich bereit. Vielleicht statten Sie inzwischen Herrn Fretsch einen Besuch ab. Wir können uns dann dort treffen, sobald ich fertig bin. Er liegt auf Zimmer 608 im sechsten Stock, und es ist eine Krankenschwester bei ihm.«

»Ich weiß«, sagte Christa, »und ich war sehr überrascht, als ich feststellen mußte, daß Sie Herrn Fretsch allein besucht und hierhergeholt haben...«

Sie fühlte sich, so schien es Hartnell, etwas gekränkt, und so beeilte er sich, ihr die Umstände klarzumachen. Er erzählte ihr in kurzen Zügen, was sich nach ihrem Weggang noch ereignet hatte. »Ach so, jetzt verstehe ich Ihre Vorsichtsmaßnahmen«, sagte Christa.

Zwanzig Minuten später trafen sie sich im Zimmer von Herrn Fretsch, wo eine ältere, sehr energische Krankenschwester ihnen ›zehn Minuten und keine Sekunde länger‹ Besuchszeit gestattete. Der Arzt, so teilte sie mit, sei zwar mit dem Befinden des Patienten den Umständen nach zufrieden, hätte aber weiterhin strenge Bettruhe und das Vermeiden jeglicher Anstrengung oder gar Aufregung angeordnet.

So beschränkte sich denn Hartnell darauf, Herrn Fretsch mit Christas Hilfe nach nur einigen wenigen, ihm besonders wichtig erscheinenden Dingen zu fragen, als erstes nach den Umständen seines nächtlichen Unfalls. Herr Fretsch konnte sich aber nicht mehr erinnern, was nach seinem Telefongespräch mit Christa und bis zu seinem Erwachen aus der Bewußtlosigkeit geschehen war. Er hatte, so sagte er, schon selbst versucht, diese Gedächtnislücke zu füllen - leider vergebens. Dreier Dinge war er sich indessen völlig sicher: Sein Auto hatte er nicht unbeleuchtet abgestellt, sondern mit eingeschaltetem Standlicht; in seiner Aktentasche waren mehrere Bündel Akten gewesen, die ihm sein ›Kriegskamerad‹ am Abend zuvor übergeben hatte, und schließlich war in der oberen Außentasche seines Jacketts eine Minox- Kamera gewesen, die man ihm offenbar abgenommen hatte, denn sie war, samt dem Taschentuch darum, spurlos verschwunden.

»Machen Sie sich keine Sorgen deswegen«, beruhigte ihn Hartnell, »Ihre persönlichen Verluste werden selbstverständlich voll ersetzt, und was die abhandengekommenen Akten angeht, so werden wir sie wohl kaum noch benötigen.«

Christa vernahm dies mit Verwunderung, zumal sie bemerkte, daß auch Herr Fretsch Hartnells Ansicht zu teilen schien, man werde die mühsam aus Leipzig beschafften Akten kaum noch brauchen. Aber sie sagte nichts, denn die Krankenschwester, die sie bis dahin mit dem Patienten allein gelassen hatte, war wieder ins Zimmer gekommen und drängte auf ein Ende des Besuchs.

»Eine letzte Frage, Herr Fretsch«, übersetzte sie rasch noch, »Mr. Hartnell möchte wissen, ob Sie nahe Verwandte haben?«

»Nein«, sagte Herr Fretsch, »ich habe überhaupt keine Verwandten mehr, und von seiten meiner verstorbenen Frau gibt es nur noch einen Neffen, der in Saarbrücken lebt.«

Sie beendeten auf ein Zeichen von Hartnell hin die Befragung, wünschten ihm weiter gute Besserung und verabschiedeten sich. Als sie das Zimmer verlassen hatten, blickte sich Hartnell suchend um, schien aber auf dem langen Gang nichts von dem zu entdecken, was er dort vermutet hatte.

»Nanu«, sagte er, »ich dachte ...«

Christa lächelte.

»Die Herren«, sagte sie, »sind äußerst diskret.«

Dann nahm sie aus ihrer Handtasche ein kleines Funksprechgerät, drückte eine Taste und fragte leise, den Mund dicht am Mikrophon:

»Herr Liesegang? Hier ist Christa Trützschler. Können Sie mich verstehen? Mr. Hartnell und ich haben den Patienten eben wieder verlassen. Bitte kommen!«
Sie drückte die Empfangstaste, und sofort ertönte aus dem Gerät eine energische Männerstimme:
»Hier Liesegang. Habe Sie verstanden – und natürlich auch beobachtet. Alles ist ruhig. Keine besonderen Vorkommnisse. Ende.«
Es klickte. Christa schaltete das Gerät ab und steckte es wieder in ihre Handtasche.
»Sehen Sie«, sagte sie zu Don, »Herr Liesegang beobachtet alles und bleibt selbst unsichtbar. Er sitzt übrigens, zusammen mit einem Kollegen, im Aufenthaltsraum für das Etagen-Personal, gleich neben dem Lift, und mit Hilfe dreier Fernsehkameras kann er kontrollieren, was auf dem Korridor sowie in den zu überwachenden Zimmern vorgeht. Ein dritter Mann hält sich unten in der Halle auf, nahe dem Eingang und in Hörweite der Portierloge. Die Herren stehen untereinander sowie mit dem Einsatzleiter, der sich in der Telefonzentrale aufhält, mit dem Sicherheitsbeauftragten des Hotels und mit mir dauernd in Funksprechverbindung. Der Wachdienst vollzieht sich in drei Schichten rund um die Uhr; um 18 Uhr kommt die Ablösung. Das Ganze ist ziemlich kostspielig; die Polizei, die mir das Institut empfohlen hat, wäre sehr viel billiger, aber Sie wünschten es ja so, Don.«
»Gewiß«, erwiderte Hartnell, »ich möchte keinerlei Einmischung der Polizei, denn das bedürfte umständlicher Erklärungen und könnte uns unter Umständen nur hinderlich sein.«
Christa wollte etwas fragen, unterließ es aber, denn sie waren in der Hotelhalle angelangt, wo sich zahlreiche Leute aufhielten und sie hätten hören können. Erst nachdem sie im gerade geöffneten und noch fast leeren Restaurant einen ruhigen Tisch gefunden und ihre Bestellung für ein frühes Abendessen aufgegeben hatten, nahm Christa das Gespräch wieder auf:
»Wissen Sie eigentlich, Don«, fragte sie, »daß sich unsere Angelegenheit zu einer hochpolitischen Affäre zu entwickeln beginnt?«
»Nein«, sagte Hartnell, »das wußte ich bisher nicht. Ich habe es allenfalls geahnt. Aber reden wir nicht lange um die Sache herum: Was haben Sie herausgefunden, Christa? Ich bin sehr gespannt darauf.«

Christa überlegte, wo sie beginnen sollte. Don Hartnell war schließlich Amerikaner. Vieles von dem, was den Hintergrund der Dinge bildete, die sie ihm zu berichten hatte, würde ihm unverständlich sein.
Er schien ihre Gedanken zu erraten.
»Vielleicht geben Sie mir zunächst etwas Nachhilfeunterricht in bundesdeutscher Politik«, schlug er deshalb vor.
»Das ist eine gute Idee«, sagte sie. »Trotzdem müssen wir mit der Stunde Null anfangen, also im Mai 1945, als die Nazi-Herrschaft zusammengebrochen war und man noch keine Ahnung hatte, wie es in Deutschland weitergehen sollte. Damals sah es in allen vier Besatzungszonen zunächst so aus, als ob sich die gesellschaftlichen Strukturen und die bis dahin herrschenden Besitzverhältnisse grundlegend ändern würden. Der Kapitalismus schien erledigt zu sein, denn seine Vertreter waren durch ihre enge Zusammenarbeit mit den Nazis hoffnungslos kompromittiert.«
»Auch im Westen?« fragte Hartnell.
»Gewiß«, erwiderte Christa, »in den beiden ersten Nachkriegsjahren, bis 1947/48, waren alle, auch die Christdemokraten, für die Abschaffung des Kapitalismus. Im Ahlener Programm der CDU vom Februar 1947 hieß es wörtlich: ›*Das kapitalistische Wirtschaftssystem ist den staatlichen und sozialen Lebensinteressen des deutschen Volkes nicht gerecht geworden. Nach dem furchtbaren politischen, wirtschaftlichen und sozialen Zusammenbruch als Folge einer verbrecherischen Machtpolitik kann nur eine Neuordnung von Grund aus erfolgen. Inhalt und Ziel dieser sozialen und wirtschaftlichen Neuordnung kann nicht mehr das kapitalistische Gewinn- und Machtstreben, sondern nur das Wohlergehen unseres Volkes sein ...*‹ Ich kann diese Sätze aus dem Gedächtnis zitieren, weil ich darüber meine Doktorarbeit geschrieben habe.«
»Ich wunderte mich schon«, meinte Don lächelnd. Christa wartete, bis der Kellner das bestellte Essen serviert hatte. Dann berichtete sie weiter:
»Im einzelnen forderte das Ahlener Programm der CDU von 1947: die Enteignung und Sozialisierung des gesamten Bergbaus und der eisenschaffenden Industrie; die Entmachtung, weitgehende Entflechtung und strenge Kontrolle der Konzerne; eine rigorose Kartellgesetzgebung; die gesetzliche Begrenzung des privaten Aktienbesitzes in so starkem Maße,

daß keine Familie mehr nennenswerten Einfluß auf die Wirtschaftsunternehmen hätte ausüben können; innerbetriebliche Mitbestimmung der Arbeiter und Angestellten; entschädigungslose Enteignung aller Kriegsverbrecher und Rüstungsgewinnler, vor allem derjenigen, die ›arisiert‹ hatten, sowie eine durchgreifende Bodenreform mit dem Ziel, den Großgrundbesitz zu zerschlagen und in Gemeineigentum zu verwandeln ...«

»Das hört sich ja fast kommunistisch an«, rief Hartnell, »ich bin sicher, daß die USA niemals der Durchführung eines solchen Programms zugestimmt hätten. Es wurde dann ja auch fallengelassen. Wie und wann kam der Umschwung?«

»Schon im Herbst 1949«, erwiderte Christa. »Nachdem die Union unter Führung Adenauers eine antisozialistische Koalition mit allen bürgerlichen Parteien zustande gebracht hatte, wurde im Einvernehmen mit den Westmächten die Konzern-Entflechtung gestoppt; Bodenreform und Entnazifizierung endeten, noch ehe sie recht begonnen hatten; die Remilitarisierung wurde eingeleitet; die Wiedervereinigung der beiden Teile Deutschlands wurde ganz bewußt geopfert zugunsten einer vollen Integrierung der Bundesrepublik in das westlich-kapitalistische Bündnis; von Sozialisierung war keine Rede mehr, und es begann eine Restauration, bei der die alten Gesellschafts- und Besitzverhältnisse voll wiederhergestellt wurden: Dreihunderttausend Reiche und zweitausend Superreiche behielten die wirtschaftliche Macht in der Bundesrepublik und ließen das Land von den Unionsparteien regieren.«

»Das ist bei uns in den USA kaum anders«, meinte Hartnell, »und, ehrlich gesagt, Christa: Ich war stets der Ansicht, daß die Existenz einiger Superreicher der Preis dafür wäre, daß es der Masse des Volks, zumindest dem Mittelstand, gutgeht.«

»Mit dieser Ansicht, Don, befinden Sie sich in fast wörtlicher Übereinstimmung mit demjenigen bundesdeutschen Politiker, der sich der Wahrung der Interessen unserer rund zweitausend Superreichen am eifrigsten angenommen hat, nämlich mit Franz Josef Strauß. Aber ich will Sie noch kurz informieren über die politische Entwicklung, die mit dieser vollständigen Wiederherstellung kapitalistischer Verhältnisse bei uns einhergegangen ist. Sonst wird Ihnen nämlich nicht völlig klar, was wir beide bereits angerichtet haben und noch anrichten können.«

»Bitte«, meinte Don Hartnell, wenig beeindruckt und sogar vergnügt, wie es Christa schien, »man will schließlich wissen, wofür man seinen Kopf riskiert - oder zunächst den unseres armen Herrn Fretsch.«

»Also«, nahm Christa den Nachhilfeunterricht wieder auf, »Hand in Hand mit der Wiederherstellung des kapitalistischen Wirtschaftssystems, und diese kräftig fördernd, ging die politische Restauration vonstatten. Im Zuge des ›kalten Krieges‹, der bald nach 1945 aus den schon damals starken Spannungen zwischen den Westmächten und der Sowjetunion entstand, wurden bei uns die abgeurteilten Kriegsverbrecher begnadigt und Tausende von mittleren und hohen Nazi-Funktionären voll rehabilitiert. Diese Leute waren ja in den Augen der westlichen Verbündeten, speziell der Amerikaner, bewährte Antikommunisten. Sie durften deshalb wieder in Schlüsselstellungen einrücken. Und sie zeigten sich ihrerseits dafür dankbar, indem sie auf eine eigene politische Partei - vergleichbar den Neofaschisten in Italien - verzichteten; von Splittergrüppchen abgesehen, konnten die Regierungsparteien der Adenauer-Zeit, von denen am Ende nur die CDU/CSU und die FDP übrigblieben, die Masse der ehemaligen Nazi-Funktionäre integrieren.«

»Das leuchtet mir ein«, meinte Hartnell, »aber Adenauer selbst war doch sicherlich keiner von diesen alten Nazis oder auch nur deren Freund?«

»Ein Nazi war Adenauer gewiß nicht«, erwiderte Christa, »er gehörte zu den Konservativen des früheren katholischen Zentrums. Aber er integrierte ganz bewußt die Nazi-Funktionäre, soweit sie ihm noch eben vorzeigbar erschienen, in die von ihm geführte antisozialistische Front, die sich außenpolitisch als ›Bollwerk des Abendlands gegen den Bolschewismus‹ verstand, innenpolitisch als starker Schutzwall gegen alle Kräfte, die die Privilegien der Superreichen abbauen und die bundesdeutsche Gesellschaft gründlich reformieren wollten, also vor allem gegen die Gewerkschaften und die Sozialdemokraten. Und zwei Jahrzehnte lang konnte Adenauer, außenpolitisch in harter Konfrontation mit dem Ostblock, zugleich innenpolitisch Sieger über die SPD bleiben.«

»Bis zum Ende des kalten Krieges«, sagte Don.

»Ja«, bestätigte Christa, »bis die beiden Supermächte, die USA und die Sowjetunion, dazu übergingen, ihren Konflikt zu entschärfen und abzubauen. Da begann das von Adenauer so gern an die Wand gemalte Gespenst einer totalen ›Bolschewisierung‹ der Bundesrepublik im Falle eines Wahlsiegs der Sozialdemokraten allmählich seine Schrecken zu verlieren. Auch war inzwischen eine vom Nazismus nicht mehr infizierte, von Schuldgefühlen unbelastete Nachkriegsgeneration herangewachsen. Die bis dahin gänzlich unpolitische Studentenschaft der Universitäten entwickelte sich zu einem Unruheherd. Immer stärker wurde, vor allem bei der Jugend, die Unzufriedenheit mit den verkrusteten Gesellschaftsstrukturen...«

Christa fiel auf, daß Hartnell sie bei den letzten Sätzen aufmerksam beobachtet hatte. Sie hielt inne, doch als Hartnell nichts sagte, setzte sie ihren Bericht fort:

»Nach Adenauers Rücktritt, dem verhältnismäßig raschen Sturz seines Nachfolgers Ludwig Erhard und dem Kabinett der Großen Koalition unter Dr. Kurt Georg Kiesinger kam es schon im Herbst 1969 zur Bildung eines Regierungsbündnisses zwischen der liberalen FDP mit Walter Scheel an der Spitze und der SPD unter Führung von Willy Brandt. Gemeinsam konnte diese sozialliberale Koalition eine knappe Mehrheit erringen und die seit Bestehen der Bundesrepublik unangefochten regierenden Unionsparteien in die Opposition zwingen. Von da an fürchtete die kleine, aber äußerst mächtige Schar der Konzernherren, Großbankiers, Hocharistokraten und Großgrundbesitzer um ihre Privilegien. Sie organisierte den Widerstand gegen die Regierung Brandt, finanzierte ihn aufgrund von Absprachen, die im ›Wirtschaftsrat der CDU e.V.‹ getroffen wurden, und begann einen erbitterten Kampf mit dem Ziel, die Macht im Staat zurückzuerobern. Dabei war den Herren nahezu jedes Mittel recht: Sie starteten – im Bunde mit Teilen der Presse und mit Unterstützung des von Adenauer aufgebauten Apparats der Ministerien und Geheimdienste – immer neue Verleumdungskampagnen gegen Willy Brandt und seine engsten Mitarbeiter; sie bedienten sich diverser Deckorganisationen, die von ehemals führenden Nazi-Propagandisten geleitet oder aus dem Hintergrund gesteuert wurden; sie ließen die Spitzenmänner der Industrie- und Arbeitgeberverbände das Gespenst einer Wirtschaftskrise mit Massenarbeitslosigkeit und völligem Währungsverfall an die Wand malen und sie zugleich einen harten, auf Konflikt mit den Gewerkschaften gerichteten Kurs steuern. Und vor allem bemühten sie sich, die ihnen verhaßte Regierung Brandt/Scheel dadurch zu stürzen,

daß sie ihr die ohnehin sehr knappe Parlamentsmehrheit zu rauben versuchten, und zwar durch Abwerbung einzelner Abgeordneter des Regierungslagers ... Das ist, in groben Zügen zumindest, was Sie zum Verständnis des Hintergrunds unserer Angelegenheit wissen müssen, Don.«
»Vielen Dank, Christa«, sagte Hartnell, »ich ahne nun schon, was Sie gemeint haben, als Sie vorhin andeuteten, unsere Angelegenheit fange an, eine hochpolitische Affäre zu werden. Aber was steht denn nun in den Dokumenten aus der Banane?«
Christa sah ihn verblüfft an.
»Wollen Sie damit sagen, der Mikrofilm sei in einer Banane versteckt gewesen?« fragte sie.
Hartnell mußte lachen, und dann erzählte er Christa, wo Herr Fretsch den Film aufbewahrt hatte und wie die kleine Hülse der Aufmerksamkeit derer entgangen war, die sich so brennend dafür interessierten.
Christa hörte schweigend zu. Erst nachdem der Kellner, der ihnen gerade ein Dessert brachte, wieder außer Hörweite war, nahm sie einen Notizblock aus ihrer Handtasche und sagte:
»Ich konnte heute, am Samstag, keine Abzüge von den auf Mikrofilm aufgenommenen Dokumenten machen lassen, aber ich war in unserem Institut, wo wir die nötigen Geräte haben und ich eine Menge davon lesen und das Wichtigste für Sie notieren konnte. Bei den ersten zwanzig Dokumenten handelt es sich um einen Herrn namens Hugo Wellems, ›*seit 1930 Mitglied der Hitlerjugend, leitender Funktionär in der Reichsjugendführung, seit 1936 Referent im NS-Reichsministerium für Volksaufklärung und Propaganda, im Kriege von Dr. Taubert reklamiert und bis 1944 Chef des NS-Propagandaamts für Litauen in Kauen (=Kaunas oder Kowno)*‹ – übrigens, mir ist dabei etwas aufgefallen.«
»Ja«, sagte Hartnell, »von dieser Stadt war im Bericht von Herrn Fretsch irgendwo die Rede – ich glaube, im Zusammenhang mit den Reisen des Herrn Dr. Ries ins besetzte Gebiet zum Zweck der ›Übernahme‹ weiterer Betriebe ... Oder irre ich mich?«
Christa schüttelte den Kopf.
»Nein«, sagte sie, »Sie irren sich keineswegs. Genauso war es. Es hieß im Bericht: *Besprechungen mit den örtlichen Gestapo-, SS- und Propagandastellen in Kaunas, Lida und so weiter* ... Und was diesen Hugo Wellems betrifft, so ist er heute Chefredak-

teur des für eine bundesweite Rechtspartei eintretenden Vertriebenen- Organs *Ostpreußen-Blatt* in Hamburg, außerdem Vorsitzender der als gemeinnützig anerkannten *Staats- und Wirtschaftspolitischen Gesellschaft e.V.* sowie geschäftsführendes Vorstandsmitglied des *Verbands für Eigentumsförderung e.V.*, beide mit Sitz in Köln, Händelstraße 53. Bis 1973 gab er auch noch die rechte Wochenzeitung *Das Deutsche Wort* heraus.«

»Was sind das für Zeitungen und Organisationen«, erkundigte sich Hartnell, »haben sie etwas zu tun mit den Kampagnen gegen Willy Brandt und seine Regierung?«

»Allerdings«, erwiderte Christa, »aus den Dokumenten geht eindeutig hervor, daß es Hugo Wellems war, der schon 1960 mit seiner Zeitung *Das Deutsche Wort* eine Diffamierungskampagne gegen Brandt geführt hat. Willy Brandt war übrigens damals noch Regierender Bürgermeister von West-Berlin. Die von Herrn Fretsch auf Mikrofilm aufgenommenen Unterlagen lassen klar erkennen:« - sie nahm ihre Notizen zur Hand und begann vorzulesen - *»Mit Wissen und Zustimmung des damaligen Staatssekretärs im Bundeskanzleramt, Dr. Hans Maria Globke* - das war übrigens auch ein hoher Ministerialbeamter, der schon den Nazis gedient hatte. Globke war unter Hitler im Reichsinnenministerium und dort speziell zuständig für die judenfeindlichen Ausnahmegesetze! –, *erhielt ›Das Deutsche Wort‹ schon seit 1958 eine regelmäßige finanzielle Förderung aus Bundesmitteln, vor allem vom Bundespresse- und Informationsamt. Diese Gelder stammten hauptsächlich aus dem sogenannten ›Reptilienfonds‹ Dr. Adenauers, dem Titel 300 des Kanzleramts, der strengen Geheimhaltungsvorschriften unterliegt. Die Zahlungen gingen Jahr für Jahr weiter* - Herr Fretsch hat die Belege dafür sorgfältig gesammelt, und zwar bis zur Monatsrate für Dezember 1968, überwiesen am 2. Januar 1969 –; *die Überweisungen wurden vorgenommen ›im Auftrag des Bundespresseamts‹ durch die Bundeshauptkasse, von deren Konto Nr. 10/119 bei der Deutschen Bundesbank auf das Konto der Verlagsgesellschaft mbH Das Deutsche Wort, Nr. 14-111910 bei der Dresdner Bank AG in Köln.* Das damals den Weisungen des Adenauer-Intimus und Kanzleramts-Staatssekretärs Dr. Globke unterstehende Bundespresseamt war aber keineswegs der einzige Förderer des Herrn Wellems. Das ergibt sich aus einem alten ›*Aktenvermerk über eine Unterredung mit Herrn Sagner am 20. Juni 1958, 15.00 Uhr, in Bonn*‹, den Herr Hugo Wellems diktiert und abgezeichnet hat. Oberstleutnant Fred Sagner war damals der engste Mitarbeiter des Bundesverteidigungsministers Franz Josef Strauß und leitete dessen Ministerbüro. In dem Aktenvermerk heißt es: ›*Eingangs stellte Herr Sagner fest, daß hinsichtlich der Überweisung des Betrages von DM 10 000 für die Monate April und Mai eine Verzögerung dadurch eingetreten sei ... daß die Unterstützung des gleichen Objekts aus zwei Haushaltstiteln nicht gestattet sei ...*‹ Diese Schwierigkeit wurde dadurch gelöst – das geht aus dem Aktenvermerk hervor –, daß man die vom Bundespresseamt gewährte Finanzhilfe einfach um den bereits vom Verteidigungsminister Strauß bewilligten Betrag erhöhte. Und andere Ministerien – das zeigen die von Herrn Fretsch abgelichteten Belege – zahlten dem Unternehmen des Herrn Wellems ebenfalls sehr namhafte Summen aus Haushaltsmitteln, ganz zu schweigen von der finanziellen Unterstützung, die die diversen Aktivitäten des Hugo Wellems von seiten der bundesdeutschen Industrie erhielten. Herr Fretsch hat zahlreiche Spendenbescheinigungen fotografiert ...«

»... und ich darf annehmen, daß auch Herr Konsul Dr. Ries zu den Förderern des Herrn Wellems gehört?« warf Hartnell ein, aber Christa sagte:

»Darum geht es nicht, Don, es ist viel mehr dahinter als bloß finanzielle Unterstützung! Sie werden es gleich bemerken. Doch gehe ich am besten der Reihe nach weiter. Also, nach dem Wechsel im Kanzleramt, der 1966 die Große Koalition unter Dr. Kurt Georg Kiesinger an die Macht brachte, setzten – so scheint es jedenfalls – die Sozialdemokraten beim Kanzler durch, daß die Subventionierung der Aktivitäten des Herrn Wellems durch das Bundespresseamt eingestellt wurde. Zwar hatte noch am 18.1.1968, nachdem das Regierungsbündnis zwischen CDU/CSU und SPD über ein Jahr lang bestand, der Chef der CSU-Landesgruppe im Bundestag, Dr. Richard Stücklen dem Herrn Wellems einen Brief geschrieben, den unser Frettchen abgelichtet hat und worin es heißt: ›*Im Einvernehmen mit dem Landesvorsitzenden der CSU, Bundesfinanzminister Franz Josef Strauß, und dem Parlamentarischen Staatssekretär im Bundeskanzleramt, Freiherr von und zu Guttenberg, habe ich heute den Leiter des Presse- und Informationsamtes der Bundesregierung* – das war damals Staatssekretär Günter Diehl, ein alter Bekannter Dr. Kiesingers aus Nazitagen beim Auswärtigen Amt – *gebeten, die Zeitung* ›*Das Deutsche Wort*‹ *aus dem Titel 300 zu fördern. Mit freundlichen Grüßen gez. Richard Stücklen‹*, und das ganze Jahr 1968 hindurch wurde diese für Wellems erbetene Finanzhilfe aus dem ›Reptilienfonds‹ auch tatsächlich gewährt. Aber die SPD-Führung intervenierte immer energischer gegen diese Besoldung ihrer Verleumder durch den Koalitionspartner, und in den sozialdemokratisch geführten Ministerien wurde der Geldhahn, soweit es Wellems betraf, zugedreht. Dann, nach dem Wahlsieg Willy Brandts, im Herbst 1969, gab es für Wellems überhaupt kein Geld mehr aus Bonn. Doch gleichzeitig kam ihm und seinen Zeitungen, vor allem aber der von Wellems geleiteten *Staats- und Wirtschaftspolitischen Gesellschaft e.V.*, eine neue Bedeutung zu: Die in die Opposition gedrängte CDU/CSU bediente sich dieser Einrichtungen, um auf einen Sturz Willy Brandts hinzuarbeiten, ohne selbst offen in Erscheinung zu treten. Es wurden neue Diffamierungskampagnen gegen Brandt gestartet, und die knappe Parlamentsmehrheit seiner Regierung versuchte man, durch Abwerbung einzelner Abgeordneter zu brechen ...«

»Gut«, unterbrach sie Don Hartnell, »das verstehe ich. Wellems wurde ein wichtiger Faktor im Kampf gegen Brandt - aber, was hat das alles mit unserer Angelegenheit zu tun?«

»Das zeigt dieser Brief«, erwiderte Christa prompt und deutete auf die Abschrift, die sie sich davon gemacht hatte. »Ich will Ihnen die wichtigsten Passagen vorlesen - zunächst ohne Kommentar: *»Über die immense Bedeutung der Publizistik sind wir uns wohl alle einig. Es muß gelingen, das Monopol der Linken in den Massenmedien zu brechen. Damit komme ich auf das ›Das Deutsche Wort‹. In unserem kurzen Gespräch in Frankenthal am 6. Juni bestand Übereinstimmung, das Blatt zu Ihrem Organ nördlich des Mains zu entwickeln. Ich habe Sie auch so verstanden, daß es besser sei, ›Das Deutsche Wort‹ nicht einfach zur Filiale des ›Bayernkurier‹ zu machen (wie es der ursprünglichen Konzeption von Marcel Hepp entsprochen hatte), sondern die Zusammenarbeit geheimzuhalten. Inzwischen ist nun ein halbes Jahr vergangen. Wir haben die Zeitung, die nach Verlust der Bundeszuschüsse eine allzu schmale finanzielle Basis hat, wider Erwarten immer wieder erscheinen lassen können. Jetzt ergeben sich zwei Möglichkeiten: Es ist möglich, daß ›Das Deutsche Wort‹ in Ihrem Konzept nicht mehr figuriert... Dann würden wir das Blatt auf monatliches Erscheinen umstellen müssen. Wenn ihre ursprüngliche Idee aber fortbesteht, müßten wir nun Schritte zur Realisierung unter-*

nehmen ... In alter Verehrung und mit allen guten Wünschen! Ihre sehr ergebenen ... ‹ – na, wer, meinen Sie, Don, hat diesen Brief unterzeichnet?«

»Hugo Wellems, nehme ich an, und einer seiner engsten Mitarbeiter, der zu dem offenbar sehr einflußreichen Empfänger dieses Briefs den besseren Kontakt hatte ... An wen ist das Schreiben denn gerichtet?«

»Es ist adressiert an *Herrn Bundesminister a.D. Franz Josef Strauß, Vorsitzender der bayerischen CSU und Herausgeber des ›Bayernkuriers‹*. Und die Absender sind die Herren Hugo Wellems und Dr. Eberhard Taubert«, erwiderte Christa. »Ihr Vorstoß hatte übrigens Erfolg: Bald darauf begann eine enge, vor der Öffentlichkeit sorgsam geheimgehaltene Zusammenarbeit zwischen der Zeitung des Herrn Wellems und dem Organ des CSU-Chefs Strauß; *Das Deutsche Wort* wurde zu einer Art Kopfblatt des *Bayernkuriers* ... – aber das ist nicht so wichtig. Von wirklicher Bedeutung ist die auch aus der übrigen Korrespondenz deutlich hervorgehende Tatsache, daß Dr. Taubert der eigentliche Vertrauens- und Verbindungsmann von Strauß war und ist, wogegen Wellems bald in den Hintergrund gedrängt wurde; man brauchte ihn nicht mehr.«

»Wollen Sie damit sagen, Christa«, erkundigte sich Hartnell, »daß Dr. Taubert, der ehemalige Nazi-Chefpropagandist, eine nicht ganz unwichtige Rolle spielte und noch spielt bei den Versuchen, unter heimlicher Führung von Strauß eine rechte, außerparlamentarische Opposition zu bilden und Willy Brandt zu stürzen?« Als Christa daraufhin nur mit dem Kopf nickte, fuhr er fort: »Gibt es irgendeinen Beweis dafür, daß Tauberts Chef, unser Dr. Ries, davon gewußt und es gebilligt hat?«

Christa schlug ein neues Blatt ihres Notizblocks auf und sagte: »Auf dem Mikrofilm war auch die Ablichtung dieser Aktennotiz vom 14. Mai 1970, in der es heißt: *›Am 2. Mai 1970 führte Herr Wellems mit Herrn Dr. Taubert ein Gespräch ... Herr Wellems erhielt von Herrn Dr. Taubert die Mitteilung, daß Konsul Ries, Vorstandsvorsitzender der Pegulan AG, Herrn Dr. Taubert ... zugesagt hat, uns in nächster Zeit einen größeren Geldbetrag zukommen zu lassen. Es gilt noch abzuklären, ob der Betrag über PR-Beiträge oder Anzeigen eingebracht wird ...‹* Das ist aber nur der erste Hinweis, den ich gefunden habe. Es gibt andere, weit deutlichere Indizien. Aber ich müßte Ihnen dazu erst die innenpolitische Lage im Jahre 1970 etwas genauer erläutern ...«

»Bitte«, sagte Don Hartnell, »ich werde, wenn Sie so weitermachen, bald zu einem Spezialisten für bundesdeutsche Innenpolitik.«

Christa spürte, daß Don ungeduldig wurde. Er wollte endlich wissen, was das alles mit seiner eigentlichen Aufgabe, die Erbansprüche seines Klienten zu klären, zu tun haben sollte.

»Ich will es kurz machen«, sagte sie, »der Angriff auf die Regierung Brandt begann im Juni 1970, und in den darauffolgenden Wochen veröffentlichten rechtsstehende Boulevardzeitungen und Illustrierten die geheimen Protokolle der Verhandlungen Bonns mit Moskau und Ost-Berlin. Gleichzeitig wurde ein Versuch gestartet, die FDP zu spalten. Dies mißlang, aber drei FDP-Abgeordnete scherten aus der Regierungskoalition aus und verringerten die ohnehin knappe Bundestagsmehrheit des Kabinetts Brandt/Scheel dadurch, daß sie fortan mit der Opposition stimmten. An der Spitze dieser Abtrünnigen stand der nordrhein-westfälische Abgeordnete Siegfried Zoglmann. Die auf dem Mikrofilm festgehaltenen Dokumente zeigen, daß auf Zoglmann nicht zuletzt Hugo Wellems, gelenkt von Dr. Taubert, eingewirkt hat. Und auf einen anderen Überläufer, den ehemaligen FDP-Vorsitzenden Erich Mende, dessen Ruf als Politiker dadurch stark gelitten hatte, daß er von einer amerikanischen Schwindelfirma, *Investors Overseas Services,* abgekürzt IOS, in deren hochbezahlte Dienste genommen und als Aushängeschild benutzt worden war, wirkte ein gleichfalls von der IOS eingekaufter Politiker ein: der 1969 aus dem Parlament ausgeschiedene ehemalige CDU-Bundestagsabgeordnete Artur Missbach ...«

»Tatsächlich?« murmelte Hartnell. »Also deutet alles darauf hin, daß der Geldgeber von Wellems und Dr. Taubert, unser Dr. Ries, eine nicht ganz unwesentliche Rolle gespielt hat bei den diversen Versuchen, Willy Brandt zu stürzen; daß er und seine Freunde ihre Hände mit im Spiel haben, wo es um die Bildung einer rechten außerparlamentarischen Opposition geht, und daß er aufs engste verbunden ist mit Herrn Strauß, dessen Ehefrau nebenbei auch noch am Ries-Konzern nicht unerheblich beteiligt ist. Wer sich mit Herrn Dr. Ries und dessen Freunden anlegt, kann es leicht zu tun bekommen mit Strauß, mit der Industrie unter Führung von Schleyer, mit großen Teilen der Presse, mit den Strauß-Sympathisanten in den bundesdeut-

schen Geheimdiensten sowie mit den Reichsten und Mächtigsten im Lande.«
Er seufzte.
»So ist es«, bestätigte Christa. »Wollen Sie hören, was sonst noch alles auf dem Mikrofilm ist, den Herr Fretsch Ihnen gab?«
Hartnell schüttelte den Kopf.
»Nur eins wüßte ich gern noch«, sagte er, »mehr der Kuriosität halber: Warum mußte Herr Wellems mit dem Abgeordneten Zoglmann sprechen, dessen Name übrigens schon irgendwo in einem anderen Bericht des Herrn Fretsch aufgetaucht ist - oder nicht?«
»Doch, das stimmt«, erwiderte Christa, »Zoglmann war genannt in dem österreichischen Zeitungsbericht, ›*Illustre Gäste auf Schloß Pichlarn*‹; damals war er noch FDP-Abgeordneter und zu Besuch bei Dr. Ries. Und was die Beziehungen des Herrn Wellems zu Herrn Zoglmann angeht, so deutet Herr Fretsch an, daß Wellems, ehe er ins Nazi-Propagandaministerium geholt wurde, eine hohe Funktion im Propagandaamt der Reichsjugendführung der Hitlerjugend hatte - genau wie Zoglmann, der dann im Krieg zum obersten Chef der Hitlerjugend im ›Protektorat Böhmen und Mähren‹ mit Sitz in Prag aufrückte, dort auch gewiß mit Hanns Martin Schleyer bekannt wurde, denn auch Zoglmann war als SS-Untersturmführer...«
Sie brach ab.
Ein Hotelpage näherte sich ihrem Tisch.
»Mr. Hartnell?« wandte er sich an Don. »Da ist ein Herr für Sie, Sir. Er möchte Sie einen Moment unter vier Augen sprechen und wartet in der Halle. Sein Name ist Hauser.«
Christa sah Don fragend an.
»Soll ich Sie allein lassen? Oder gehen Sie zu dem Herrn hinaus?« erkundigte sie sich dann.
Hartnell schüttelte den Kopf.
»Weder das eine noch das andere«, sagte er, »wir werden uns zunächst gemeinsam anhören, was dieser Herr mitzuteilen hat, und das Weitere wird sich finden.«
Dann gab er dem wartenden Pagen ein Trinkgeld und bat ihn, Herrn Hauser auszurichten, er werde im Restaurant erwartet, ihn herzuführen und in etwa einer halben Stunde wiederzukommen mit der Nachricht, Mr. Hartnell werde dringend am Telefon verlangt.

»Ich wunderte mich schon«, sagte Don zu Christa, als sich der Junge wieder entfernt hatte, »daß ich von diesem Herrn Hauser so lange nichts gehört habe ... «, und dann gab er ihr rasch einige Instruktionen. »Aber, Vorsicht«, schloß er, gerade noch rechtzeitig, bevor der Page wieder an ihrem Tisch erschien, gefolgt von einem schmächtigen Endvierziger mit schütteren blonden Haaren, sehr hellen Augen und tiefen Falten beiderseits seines zu einem Lächeln verzogenen Mundes. Er trug einen maßgeschneiderten Anzug, dessen grelles Glencheck-Muster Hartnell schon mißfallen hatte, als er diesem Herrn gestern abend zum ersten Mal begegnet war.
Es war derselbe Mann, der kurz vor dem mitternächtlichen Anruf in der Nähe von Hartnell und mit dem Rücken zu ihm an der Bar gesessen und in geläufigem Englisch jene seltsamen moralischen Maximen aufgestellt hatte, denen zufolge reichen und ›gesellschaftlich wertvollen‹ Unternehmern erlaubt sein müsse, ungestraft jemanden umzubringen, der nur von geringem Wert für sie und ihnen im Wege war.

6. Ein Anderthalb-Millionen-Dollar-Mißverständnis

»Sie gefallen mir, Hartnell«, begann der Mann, der sich Hauser nannte, das Gespräch, »Sie gefallen mir wirklich! Sie sind einer von der ganz schnellen Truppe – alle Achtung! Ich habe Sie und Ihre raschen Reaktionen unterschätzt...«

Er hatte, von Hartnell dazu höflich aufgefordert, am Tisch Platz genommen, sich Christa vorstellen lassen und sie dabei in einer Weise gemustert, daß sie sich vorgekommen war wie Lebendware auf einem Viehmarkt. Zugleich war er von Hartnell in wohlgesetzten Worten darüber informiert worden, daß seine persönliche Assistentin absolut verschwiegen sei und daß er, Hauser, sein Anliegen daher ohne Scheu vortragen könne. Herr Hauser hatte dies mit verständnisvollem Grinsen zur Kenntnis genommen, sich auf Hartnells Vorschlag hin einen doppelten Scotch bestellt und dann gesagt:

»Also, nochmals, Hartnell: Mein Kompliment! Und was Ihre wirklich ganz, ganz reizende Assistentin angeht, um die ich Sie aufrichtig beneide...«

»Kommen wir zur Sache, *Mister* Hauser«, unterbrach ihn Don, »Sie sind doch gewiß nicht ausschließlich dazu hergekommen, uns Komplimente zu machen – oder?«

»OK«, erwiderte Hauser, und das Grinsen verschwand; sein Mund wurde schmal. »Also, zur Sache: Ich bedauere aufrichtig das kleine Mißgeschick, das Ihrem Herrn Fretsch widerfahren ist.« Er lächelte wieder und fuhr fort: »Ich möchte Wiedergutmachung leisten, tätige Reue, sozusagen, obwohl ich persönlich ja gar nichts dafür kann, daß Herr Fretsch etwas unglücklich hingefallen ist. Also, ich übernehme alle entstandenen Kosten und Verluste – plus, na, sagen wir: zehn Mille Schmerzensgeld. Einverstanden? Ich zahle bar, ohne Quittung – Herr Fretsch braucht also das Geld nicht mal zu versteuern.«

»Einverstanden«, sagte Hartnell zu Christas Überraschung. Er schien einen Moment zu rechnen, und nach kurzer Pause, wäh-

rend der Herr Hauser einen Schluck Whisky nahm und Don mit seinen hellen, etwas wässrigen Augen scharf beobachtete, erklärte er:
»Sagen wir: insgesamt zwanzigtausend Mark, einschließlich der Flugkosten. Sie zahlen bar, und ich verbürge mich dafür, daß Herr Fretsch auf eine Strafanzeige verzichtet - so meinten Sie es doch?«
Hauser nickte, zog einen Umschlag aus der Brusttasche und überreichte ihn Hartnell, der ihn an Christa weitergab und sie mit einem Blick bat, sie möge das schmale Kuvert öffnen und seinen Inhalt prüfen.
»Stimmt«, sagte Christa einen Augenblick später, nachdem sie das dünne Bündel Tausendmarkscheine diskret gezählt hatte.
»Gut«, meinte Hartnell, steckte das Geld ein und wandte sich an Hauser: »Haben Sie sonst noch etwas auf dem Herzen, Sir?«
Hauser sah ihn an.
»Sie machen mir wirklich Spaß, Hartnell!« meinte er lachend. »Als ob ich nur gekommen wäre, um die Leiden des alten F. zu lindern, hahaha!«
Da weder Don noch Christa in sein Lachen einstimmte, wurde er wieder ganz sachlich, nahm einen weiteren Schluck Whisky und erklärte: »Ich bin ein Illustrierten-Macher, Hartnell, und ich verstehe etwas von dem Geschäft. Ich möchte etwas Bestimmtes haben - Sie wissen vielleicht schon, was -, und die Sache ist mir einiges wert...«
»Ja«, stimmte ihm Hartnell zu, »bisher war sie Ihnen einen Raubüberfall und zwanzigtausend Mark Schadensersatz wert. Wieviel noch?«
»Sehen Sie«, erwiderte Hauser, unbeeindruckt, »so gefallen Sie mir! Aber ich möchte das weitere Gespräch wirklich unter vier Augen führen. Bitte, mißverstehen Sie mich nicht«, wandte er sich an Christa, »aber es geht nur darum, daß ich...« Er zögerte.
»Mr. Hauser wünscht ohne Zeugen mit mir zu verhandeln«, sagte Hartnell, scheinbar ernst und verständnisvoll.
Christa war schon aufgestanden, kramte in ihrer Handtasche, legte sie dann auf den Stuhl zurück und wartete auf Instruktionen.
»Ja«, sagte Hauser, »bitte, lassen Sie uns ein Viertelstündchen lang allein, mein schönes Fräulein! Vielleicht darf ich Ihnen zum Trost einen Drink an der Bar bestellen...«

»Vielen Dank«, erwiderte Christa abweisend, und nachdem sie einen Blick von Hartnell aufgefangen hatte, meinte sie sachlich: »Ich muß ohnehin noch mal nach oben. Soll ich in fünfzehn Minuten wiederkommen, oder benötigen Sie mich heute nicht mehr, Don?«
»Oh, bitte, kommen Sie wieder«, sagte Hartnell, »ich brauche Sie noch, Christa.«
Hauser blickte ihr nach, während sie das Restaurant verließ. Dann sagte er leise zu Hartnell: »Aus dem Mädchen ließe sich was machen - hat die richtige Titelblatt-Figur...«
Hartnell überhörte das scheinbar. Er wartete schweigend, und Hauser blieb nichts anderes übrig, als mit einem leisen Seufzer zur Sache zu kommen:
»Es geht«, begann er, »um eine Angelegenheit im Wert von einer Million Dollar - ist das richtig?«
Hartnell ließ sich seine Überrraschung nicht anmerken. Nach kurzem Zögern meinte er:
»Ich möchte mich dazu noch nicht äußern. Erzählen Sie mir erst mal, was Sie wisssen und vor allem, was Sie wollen.« Doch im Stillen verfluchte er die Sparsamkeit seines Onkels Ben, der den deutschen Anwaltskollegen gegenüber einen Streitwert von nur einer Million Dollar angegeben hatte, um nicht gar soviel vom Erfolgshonorar abgeben zu müssen, wo es doch tatsächlich um rund sechs Millionen Dollar ging, vom Wert des verschollenen Gemäldes ganz zu schweigen.
»Also gut«, sagte Hauser und sah Hartnell scharf an, »Sie werden gewiß Ihre Gründe haben. Ich jedenfalls spiele mit offenen Karten, im Vertrauen darauf, daß wir - das heißt: Sie und ich und die Leute, die jeweils hinter uns stehen - genau die gleichen Interessen haben, wie ich inzwischen erfahren habe.«
»Woher wissen Sie das denn?« fragte Hartnell, ehrlich erstaunt.
»Ich habe Erkundigungen eingezogen, Hartnell«, erwiderte Hauser fröhlich grinsend. »Ich will Sie nicht mit den Einzelheiten langweilen, doch eins ist sicher: Ihre Firma, die Anwaltssozietät McClure, Clayton, Fergusson, Fergusson & Dew, will ebensowenig wie ich, daß in der Bundesrepublik die Roten herrschen. Schließlich ist Ihr Onkel und Seniorpartner, Mr. Benjamin Clayton, der Generalbevollmächtigte von Mrs. Cornelius Tandler und deren Treuhänder für das von ihr gegründete und finanzierte Institut zur Bekämpfung des internationalen Sozialismus.«

»Das ist allerdings richtig«, bestätigte Don Hartnell, »doch sagen Sie mir bitte, was das mit unserer hiesigen Angelegenheit zu tun hat.«

»Na, hören Sie mal, Hartnell!« unterbrach ihn Hauser. »Sie müssen doch inzwischen gemerkt haben, daß durch Ihre Nachforschungen in dieser verdammten Erbschaftsangelegenheit gerade denjenigen Leuten schwerer Schaden zugefügt werden kann, die die wichtigsten Stützen des von Ihrem Onkel betreuten Instituts sind...«

»Meinen Sie Ihre Auftraggeber?« fragte Hartnell.

Hauser stutzte.

»Nein, ganz und gar nicht, Hartnell!« sagte er lachend. Dann setzte er ernst hinzu: »Damit eins ganz klar ist: Ries, Schleyer, Wellems, Taubert, Missbach und die anderen Herren, die auf den Mikrofilm-Dokumenten erwähnt sind, haben keine Ahnung von dem, was hier zwischen uns besprochen wird...«

»Auch nicht von Ihren recht zweifelhaften Arbeitsmethoden, Mr. Hauser?« unterbrach ihn Hartnell.

»Nein«, erklärte Hauser mit Nachdruck, »die Herren kennen mich gar nicht. Meine Freunde und ich haben unsere eigenen und sehr besonderen Gründe, warum wir im Augenblick keinerlei Ärger für die Förderer der Rechten wollen...«

Er brach ab und sah Hartnell beschwörend an. »Mensch, Hartnell, begreifen Sie doch!«, ließ er sich dann nochmals vernehmen, »Sie wollen doch nicht unsere besten Männer in Verlegenheit bringen!«

»Nun«, meinte Hartnell zögernd, »es liegt gewiß nicht in meiner Absicht, irgendwem zu schaden - schon gar nicht den Freunden eines unserer wichtigsten Mandanten...«

»Na also!« fiel ihm Hauser ins Wort, sehr erleichtert, wie es schien. »Jetzt fangen wir an, uns zu verstehen!«

Hartnell schüttelte den Kopf. »Keineswegs«, sagte er dann, »es ist mir noch immer ein Rätsel, was meine Suche nach bestimmten Dokumenten mit Ihres und meines Onkels Kampf gegen den Sozialismus zu tun haben soll. Vielleicht können Sie sich etwas deutlicher ausdrücken, Mr. Hauser, oder geht das nicht?«

Hauser seufzte.

»Also, gut«, sagte er, »ich will es Ihnen an einem Beispiel erklären: Im letzten Bundestagswahlkampf, dem vom November 1972, wo es darum ging, das sozialliberale Zwischenspiel zu beenden und die CDU/CSU wieder an die Macht zu bringen, wurden von Seiten der Großindustrie und der Banken rund hundert Millionen Mark für antisozialistische Propaganda ausgegeben...«

»Ohne Erfolg«, warf Hartnell ein.

»Ja«, sagte Hauser, »aber das lag nur daran, daß einige Leute die Propaganda so überzogen, daß sie das Gegenteil bewirkte. Zu diesen Übereifrigen gehörten neben anderen die Herren Wellems und Missbach.«

»Tatsächlich?« meinte dazu Hartnell nur. Es klang, als ob er, im Grunde gelangweilt, höfliches Interesse bekunden wollte.

»Missbach ging soweit«, fuhr Hauser fort, ohne sich um den Einwurf zu kümmern, »daß er unter einem Tarnnamen zu Tausenden Bettelbriefe verschicken ließ, die den Empfängern suggerieren sollten, ein Wahlsieg von Willy Brandt würde für uns ähnlich schreckliche Folgen haben wie der Sieg der Bolschewiki im Jahre 1918 für die Besitzbürger Rußlands. Er tischte den Leuten eine Schauergeschichte auf, die vom Geiz der reichen Bürger von Nischni Nowgorod handelte, von denen ein zaristischer General vergeblich ein paar Millionen Goldrubel gefordert hatte, um die Roten besiegen zu können. Später, nach der Niederlage der Zarentruppen, hätten dieselben Bürger ein Vielfaches der ihren möglichen Rettern verweigerten Summe an die Bolschewisten zahlen müssen und wären trotzdem von ihnen umgebracht worden... Kurz und gut: Missbach forderte die bundesdeutschen Bürger auf, nicht zu geizen mit Spenden für die CSU des Franz Josef Strauß...«

»... weil sie sonst von Brandt ausgeplündert und ermordet werden würden?« fragte Hartnell.

Hauser nickte, trank von seinem Whisky und meinte lachend: »So ähnlich. Jedenfalls hatte die CDU später alle Mühe, sich von solcher Propaganda zu distanzieren...«

»Aha«, sagte Hartnell, »es wäre also peinlich, wenn sich etwa herausstellte, daß diese und ähnliche Propaganda aus Giftküchen stammte, die von einigen Herren der Industrie eigens zu diesem Zweck eingerichtet und finanziert worden waren; daß sich Missbach und Ries, Wellems und Taubert, Schleyer und Zoglmann sowie einige andere Herren bereits aus alten Tagen kannten und daß Herr Strauß von alledem bestens unterrichtet war, Frau Strauß zudem sogar beteiligt an just dem Konzern, bei dem der Nazi-Propagandist Dr. Taubert Unterschlupf gefunden hat...«

Hauser winkte ab.
»Lassen wir das«, sagte er, »Sie haben ja nun erfaßt, um was es geht, und es ist überflüssig, die Beispiele fortzusetzen. Die Wände hier könnten Ohren haben ... « Er schaute sich vorsichtig um, sah aber niemanden in Hörweite. »Wie Sie wissen, haben wir die Wahlen vom November 1972 mit Pauken und Trompeten verloren«, fuhr er fort, »aber jetzt versuchen wir es auf andere Weise. Wenn wir Glück haben, schaffen wir damit nicht nur den Willy Brandt, sondern sprengen die ganze sozialliberale Koalition auseinander. Natürlich darf, bevor dieses Ziel erreicht ist, nichts von alledem bekannt werden, was Sie und Ihre Leute durch einen unglücklichen Zufall aufgestöbert haben. Das leuchtet Ihnen doch wohl ein, Hartnell?«
»Gewiß«, erwiderte Don, »zumindest begreife ich Ihre Sorge, und ich nehme an, daß Sie mir jetzt ein Angebot machen wollen. Ich will es mir gern anhören.«
»Gut«, sagte Hauser, sehr erleichtert, »ich will es kurz machen: Sie bekommen von mir den vollen Betrag, um den es geht, dazu einen Bonus für Sie persönlich, über dessen Höhe noch zu verhandeln wäre. Als Gegenleistung für diese, sagen wir: anderthalb Millionen Dollar verlange ich, daß Sie die weitere Suche einstellen und mir alle aufgefundenen Dokumente und Aufzeichnungen aushändigen oder sie in meiner Gegenwart vernichten. OK?«
»Das ist ein interessantes Angebot«, meinte Hartnell, »ich will es mir durch den Kopf gehen lassen. Aber machen Sie sich nicht allzu große Hoffnungen, Mr. Hauser, die Sache hat einige Haken ... «
Er brach ab, denn er sah, daß Christa in den Speisesaal zurückgekehrt war und ihn von der Tür aus fragend ansah. Er nickte ihr ermunternd zu, und während sie daraufhin langsam näher kam, sagte er zu dem gespannt wartenden Hauser:
»Die Viertelstunde ist um; meine Assistentin kommt gerade. Ich will Ihnen noch kurz erklären, was mich an Ihrem Angebot am meisten stört, nämlich, daß ich nicht weiß, wer Sie eigentlich sind und in wessen Auftrag Sie mit mir verhandeln.«
Hauser schien diesen Einwand zu billigen.
Er stand auf.
»Bitte, nehmen Sie wieder Platz, schönes Kind«, sagte er zu Christa, die an den Tisch getreten war. Und zu Hartnell, der sich ebenfalls erhoben hatte, meinte er lächelnd:

»Was Ihren berechtigten Einwand betrifft, so wird er wohl in aller Kürze entkräftet werden. Und dann sollten wir schleunigst ins Geschäft kommen - die Zeit drängt!«
Und als Don Hartnell darauf nichts erwiderte, nahm er einen Zettel aus der Brusttasche seines Jacketts.
»Hier ist meine Telefonnummer, Hartnell. Ich erwarte Ihren Anruf bis, sagen wir, 21.30 Uhr, und ich nehme an, daß Sie bis dahin eine Sie befriedigende Auskunft über mich erhalten haben. OK?«
»OK«, erwiderte Hartnell und übersah geflissentlich die Hand, die ihm Hauser entgegenstreckte.

Kaum waren sie wieder allein am Tisch, erkundigte sich Hartnell: »Haben Sie alles mitgehört, Christa?«
»Nicht jedes Wort - der Empfang war ein paarmal etwas gestört«, erwiderte Christa, »aber wir haben ja die Bandaufnahme ...«
Sie nahm ihre Handtasche, die während ihrer Abwesenheit auf dem freien Stuhl gelegen hatte und schaltete die darin verborgenen Geräte aus. Dann meinte sie:
»Dieser Herr Hauser scheint es mächtig eilig zu haben. Glauben Sie, Don, daß er es tatsächlich heute abend noch schafft, Ihre Zweifel zu zerstreuen?«
Hartnell konnte ein Lächeln nicht unterdrücken.
»Machen Sie sich keine Sorgen, Christa«, sagte er dann, und es blieb offen, was er damit meinte, denn es erschien der kleine Page, der Hartnell mitteilte, er werde dringend am Telefon verlangt.
»Danke, mein Junge, es ist nicht mehr nötig - der Herr ist bereits gegangen«, erklärte Don und blieb ruhig sitzen, in der Annahme, der Page führe nur den Auftrag aus, den er ihm vor Hausers Erscheinen selbst erteilt hatte.
Doch der Junge erwiderte:
»Nein, wirklich, Sir, Sie werden aus New York verlangt!«

Als Don einige Minuten später vom Telefon zurückkehrte, sah er Christa in ihre Notizen vertieft. Zwei steile Falten an ihrer Nasenwurzel zeigten an, daß sie mit dem Ergebnis ihrer Überlegungen ganz und gar nicht zufrieden war. Als Hartnell sich wieder an den Tisch setzte, blickte sie auf.
»Entschuldigen Sie, Don, ich habe Sie gar nicht kommen hören - wissen Sie jetzt Bescheid über diesen Herrn Hauser?«

»Ja«, antwortete Hartnell, und es klang alles andere als erfreut. »Es war mein Onkel Ben, der mich sprechen wollte. Er war ziemlich aufgeregt, weil irgendein hohes Tier aus Washington ihn angerufen hatte. Offenbar wünschte man dort, daß ich mich bei meinen Nachforschungen zurückhalte und mich auf keinen Fall in innerdeutsche Angelegenheiten einmische - was immer das bedeuten soll ... Ja, und was diesen Herrn Hauser betrifft, so wurde mir mitgeteilt, Mrs. Cornelius Tandler, eine Klientin unserer Firma, bürge für die Integrität dieses Herren, der von ihrem Institut zur Bekämpfung des Sozialismus einen Sonderauftrag erhalten habe ...«

»Was ist das für ein Institut?« erkundigte sich Christa. Hartnell zuckte mit den Achseln.

»Nichts Offizielles«, meinte er, »ich schätze, es handelt sich um bloße Wichtigtuerei. Mrs. Tandler jedenfalls ist völlig harmlos. Sie hat zu viele Millionen geerbt - ihr verstorbener Mann war einer der größten Bierbrauer der USA -, und irgend jemand hat ihr eingeredet, sie müsse die Welt vor dem Sozialismus bewahren.«

»Ich finde die Sache gar nicht so harmlos«, sagte Christa, »und ich denke dabei nicht nur an das, was Herrn Fretsch letzte Nacht widerfahren ist ...« Dann fragte sie: »Und was werden Sie jetzt tun, Don? Werden Sie den Instruktionen Washingtons folgen?«

»Es war nichts als eine höfliche Bitte«, erwiderte Don, »und ich habe sie - wie ich auch meinem Onkel sagte - mit gebührendem Respekt zur Kenntnis genommen. Aber ich werde selbstverständlich nur das tun, was mir im Interesse unseres Mandanten notwendig erscheint.«

Christa schien dazu etwas bemerken zu wollen, besann sich aber anders. Sie sah Don nur scharf an, und so saßen sie sich einen Augenblick lang schweigend gegenüber.

»A penny for your thoughts«, ließ sich Hartnell plötzlich vernehmen.

Christa lächelte. »Wenn Sie wissen wollen, was ich gerade denke, brauchen Sie mir keinen Penny für die wahrheitsgetreue Auskunft zu zahlen. Ich will sie Ihnen umsonst geben: Ich dachte darüber nach, daß man Sie, lieber Don, ganz schön an der Nase herumgeführt hat. Und das gilt nicht allein für Ihren ehrenwerten Herrn Kollegen Dr. Steiglhöringer, sondern auch für unser tapferes Frettchen, wenngleich beider Motive

entgegengesetzter Art zu sein scheinen. Und wenn Sie auch noch den Rest meiner Gedanken wissen wollen: Ich bewundere Herrn Fretsch, und ich bin ganz auf seiner Seite, obwohl ich ihm hinter die Schliche gekommen bin - vielleicht sogar gerade deshalb ...«
Hartnell schien von ihrem Geständnis gar nicht überrascht zu sein. Er sagte ganz beiläufig:
»Ja, Christa, Sie haben die Lage richtig erkannt. Und ich danke Ihnen für die ehrliche Auskunft. Wollen wir hinübergehen in die Bar? Da ist es ganz leer, und vielleicht werden Sie mir ja jetzt auch noch erzählen, *was* Sie herausgefunden haben - oder wollen Sie das lieber für sich behalten?«
»Nein«, sagte Christa, »es ist besser, Sie wissen Bescheid. Lassen Sie uns in die Bar gehen!«

Nachdem sie in der noch völlig leeren Bar an einem kleinen Ecktisch Platz genommen und etwas zu trinken bestellt hatten, erkundigte sich Hartnell:
»Sie haben mir noch gar nicht erzählt, Christa, ob es Ihnen gelungen ist, den hebräischen Text zu entziffern. Um den geht es doch - oder nicht?«
»Ja und auch nein, wie man es nimmt«, meinte Christa zögernd, »auf jeden Fall haben Sie meine Gedanken erraten, Don, denn ich wollte gerade, zur Einleitung meines Berichts, auf diesen Brief zu sprechen kommen, den Rebecca, die jüngste Tochter der Familie Seligmann, kurz vor ihrem Tode geschrieben hat.« Sie machte eine kleine Pause, überlegte und fuhr dann sachlich fort:
»Ich habe den mit hebräischen Buchstaben geschriebenen Absatz des Briefes fotokopiert und ihn zunächst einer vertrauenswürdigen Kollegin gezeigt, die aus Israel stammt und mit mir studiert hat. Sie konnte den Text nicht entziffern und hat mir erklärt, daß es sich zwar um vokalisierte hebräische Schreibschrift handelt, wie sie osteuropäische Juden verwenden, wenn sie Jiddisch schreiben, ihre normale, aus dem Mittelhochdeutschen stammende Umgangssprache. Aber die Buchstabenfolge ergibt überhaupt keinen Sinn - weder auf Jiddisch noch in irgendeiner anderen alten oder neuen Sprache, die mit hebräischen Buchstaben geschrieben wird. Aber immerhin haben wir eins herausgefunden: Die beiden ersten, von den übrigen deutlich abgesetzten Buchstaben, *Schin* und *Resch*,

sind so vokalisiert, daß sie wie *Scheh-rih* ausgesprochen werden müßten, und wir nehmen an, daß Rebecca damit ihren kleinen Bruder David gemeint hat, den sie in ihrem Brief mehrmals mit dem französischen Ausdruck für ›Liebling‹, *cheri,* angeredet hat.«

»Das scheint mir eine vernünftige Deutung zu sein«, meinte Hartnell, »aber bringt uns das weiter?«

Christa nickte.

Sie nahm einen Schluck aus ihrem Glas, ehe sie mit nur mühsam unterdrücktem Triumph erklärte:

»Stellen Sie sich vor, Don, was wir herausgefunden haben: Es muß sich um einen verschlüsselten Text handeln, und die beiden ersten, deutlich von den anderen abgesetzten Schriftzeichen stellen das Signalwort dar, das besagt: ›Hier beginnt die Code-Nachricht!‹, wobei zugleich die Sprache angegeben wird, in der die geheime Botschaft geschrieben und verschlüsselt wurde, nämlich Französisch!«

»Ja, so muß es sein!« rief Don dazwischen, erstmals ziemlich aufgeregt. Und nach kurzem Nachdenken meinte er: »Die beiden jüngsten Seligmann-Kinder haben offenbar daheim fließend Französisch sprechen gelernt – wahrscheinlich hatten sie ein Kinderfräulein, eine *Mademoiselle* aus Frankreich oder der Französischen Schweiz ... Das erklärte auch die vielen französischen Sätze in Rebeccas Brief an ihren kleinen Bruder, und dazu paßt auch, daß sich mein Klient, David Seligmann, nach dem Krieg nicht in den USA oder in den englischsprachigen Provinzen Kanadas niedergelassen hat, sondern in Quebec, wo man hauptsächlich Französisch spricht ... Haben Sie denn die Nachricht entschlüsseln können, Christa?«

»Noch nicht«, sagte Christa, »ich war deshalb heute vormittag bei einem Mathematikprofessor, den man mir empfohlen hat und dessen Hobby es ist, Geheimcodes zu entschlüsseln. Er hat mir einen langen Vortrag gehalten, von dem ich das meiste nicht verstanden habe, aber eins habe ich begriffen: Jede Sprache hat ihre bestimmte Charakteristik, und unter Berücksichtigung der spezifischen Buchstabenhäufigkeit läßt sich jeder Code brechen, auch wenn man das Schlüsselwort nicht kennt – es dauert nur seine Zeit! Der Professor meint, daß er es wahrscheinlich bis morgen nachmittag schaffen wird, den Text zu entschlüsseln.«

Hartnell nahm einen Schluck Whisky und starrte vor sich hin.

Christa verhielt sich ruhig und beobachtete ihn gespannt. So saßen sie sich etwa zwei Minuten lang schweigend gegenüber, bis Hartnell plötzlich ausrief:
»Ich hab's! Natürlich - das muß es sein!«
Christa starrte ihn an.
»Wollen Sie damit sagen, Don, daß Sie das Schlüsselwort gefunden haben?«
Hartnell nickte.
»Ja«, sagte er, »ich bin ganz sicher! Erinnern Sie sich noch an die letzte Zeile des Briefs, Christa? Genau unter *Adieu, cheri...,* von dem Ihr Experte meint, daß es das Signalwort sein müsse, steht dies für ein fünfzehnjähriges Mädchen recht seltsame lateinische Zitat: *Et in Arcadia ego*... Entweder die ganze Buchstabenfolge oder das eine Wort, *Arcadia,* gibt bestimmt den Code an! Wahrscheinlich ist die Verschlüsselung ganz einfach - ich erinnere mich, daß wir als Jungen von zwölf oder dreizehn Jahren unsere wichtigen Nachrichten auch immer mit einem vorher verabredeten Codewort chiffriert haben. Man schreibt einfach den Text, den man verschlüsseln will, Buchstaben für Buchstaben unter das Kennwort und tauscht dann nach einem ganz simplen System die Buchstaben aus - den ersten des einen Worts gegen den ersten des anderen - und so fort... Verstehen Sie, Christa?«
Christa war schon aufgestanden.
»Hören Sie, Don, das muß ich sofort meinem Professor mitteilen. Er kann sich und seinem Computer viel Mühe ersparen, denn Sie haben bestimmt richtig geraten - es kann gar nicht anders sein!«

Als Christa wenige Minuten später vom Telefon zurückkam, hatte sie glänzende Augen.
»Es hat auf Anhieb geklappt«, teilte sie Don mit, nachdem sie wieder Platz genommen hatte. »Mein Professor meinte, wenn ich ihm den ganzen Brief und nicht bloß die Ablichtung des einen, hebräisch geschriebenen Absatzes zur Prüfung überlassen hätte, dann wäre er längst selbst darauf gekommen... Nun, Dank Ihrem Genie, Don, ist das Rätsel jetzt gelöst! Hier, lesen Sie selbst!«
Sie nahm ein Blatt Papier aus ihrer Tasche, auf dem sie sich notiert hatte, was bei der Entschlüsselung herausgekommen

war, und reichte es Hartnell, der den französischen Text aufmerksam las.
Er lautete in deutscher Übersetzung:
»Habe Papas Versteck geleert für letzten Versuch mit Hilfe des Schecks. Chancen gering. Dein Affidavit nimmt Matka mit diesem Brief in Verwahrung.«
Don und Christa sahen sich an.
Dann sagte Christa etwas kleinlaut:
»Die ganze Suche nach dem Gemälde von Caspar David Friedrich war also überflüssig!«
Sie schien es noch gar nicht fassen zu können.
»Kein Grund zur Aufregung, Christa«, beruhigte sie Hartnell, »ich war mir dessen schon fast sicher, und Sie müssen es doch auch geahnt haben - oder?«
»Nein«, sagte Christa, »das nicht!« Und dann fragte sie: »Was bedeutet eigentlich *Affidavit,* Don?«
»Das ist bei uns eine juristische Fachbezeichnung für eine vor Gericht oder einem Notar beschworene schriftliche Erklärung. Während des Zweiten Weltkriegs wurde das Wort in einem weit engeren Sinne für jene Bürgschaften gebraucht, die ein amerikanischer Bürger für einen Flüchtling aus Europa zu übernehmen hatte, wenn er diesem zur Einwanderung in die USA verhelfen wollte. In unserem Fall kann *Affidavit* nur jene Bürgschaft bedeuten, die Markus Levinsky im August 1939 für jeden einzelnen seiner Verwandtschaft, also auch für David Seligmann, zu leisten hatte. Wenn dieses *Affidavit* ebenso erhalten geblieben ist wie der Begleitbrief, dann wäre meine Aufgabe erfüllt - auch ohne die Wiederauffindung des Gemäldes.«
Christa stutzte bei den letzten Worten. Dann fragte sie:
»Meinen Sie etwa...? Glauben Sie, daß *er* das Papier hat? Das wäre ja...«
Es blieb zunächst offen, was sie hoffte oder befürchtete und auch was Hartnell zu dieser Frage meinte, denn ehe er antworten konnte, begann es irgendwo an ihrem Tisch aufgeregt zu piepsen.
Hartnell sah sich um, konnte die Quelle des Geräuschs jedoch nirgendwo entdecken. Christa besann sich auf das Funksprechgerät in ihrer Handtasche, schaltete es eilig auf Empfang, und das Piepsen verstummte.
Sie waren zum Glück gerade ganz allein in der Bar; selbst der Barmann hatte seinen Platz hinter der Theke für einen Augen-

blick verlassen, und so konnte Christa die Botschaft entgegennehmen, sie Don übersetzen und dessen Instruktionen an die Einsatzleitung übermitteln, ohne befürchten zu müssen, damit unliebsames Aufsehen zu erregen.
»Es sind zwei Männer in Ihr Zimmer eingedrungen, Don!« teilte sie Hartnell mit. »Es scheint sich um Profis zu handeln, denn sie gingen sehr geschickt vor, so daß Herr Liesegang zunächst keinen Verdacht schöpfte: Es sah aus, als ob zwei Hausdiener eine Lampe reparieren wollten; der eine trug eine kleine Leiter, der andere eine Schachtel mit Glühbirnen. Erst als sie die Tür hinter sich schlossen, kam Herrn Liesegang die Sache seltsam vor, weil das Personal beim Betreten von Gästezimmern die Tür stets geöffnet lassen muß. Er schaltete deshalb die Fernsehkamera ein, und nun kann er sie beobachten, wie sie Ihr Gepäck, Ihre Anzüge, sogar Ihre Toilettensachen im Badezimmer sehr fachmännisch und rasch durchsuchen. Liesegang sagt, er habe den Eindruck, die beiden Herren fahndeten nach einem sehr kleinen Gegenstand, und er erbittet Bescheid, was er jetzt tun soll.«
Hartnell sagte: »Bitten Sie Herrn Liesegang darum, keinerlei Risiko einzugehen. Er soll Verstärkung holen, die beiden Burschen möglichst noch auf frischer Tat fotografieren, sie vorläufig festnehmen, ihre Personalien festzustellen versuchen, ihnen Fingerabdrücke abnehmen und ihnen dann ein Angebot machen: Wenn sie uns sagen, für wen sie arbeiten und was sie gesucht haben, lassen wir sie laufen und verzichten auf Strafverfolgung. Im Weigerungsfall übergeben wir sie der Polizei und erstatten Anzeige. Und natürlich müssen wir im ersten Fall sicher sein, daß sie uns die Wahrheit sagen.«
Christa gab Hartnells Weisungen weiter. Dann wandte sie sich an Don mit einer Frage, die sie sehr zu beschäftigen schien: »Glauben Sie, daß die Einbrecher hinter dem Mikrofilm her sind, den Sie mir gegeben haben?«
»Ja, bestimmt«, sagte er, »was sollten sie sonst suchen? Ich hoffe, man hat nicht auch schon Ihre Wohnung auf den Kopf gestellt, Christa! Haben Sie den Film zu Hause gelassen?«
Christa lächelte.
»Nein«, sagte sie, »ich habe ihn bei mir. Ich habe mir eigens zu diesem Zweck eine Puderdose angeschafft.«
»Gut«, lobte Hartnell, »aber ehe Sie heute das Hotel verlassen, schließen wir das Ding in den Panzerschrank ein. Was, zum

Teufel, mag an diesem Mikrofilm nur so wichtig sein? Wissen Sie es, Christa?«
»Tja«, meinte Christa, »es ist schwer zu sagen, was an den einzelnen Dokumenten, Briefen, Aktennotizen, Rechnungen, Überweisungsaufträgen und Spendenbescheinigungen so wichtig ist. Es handelt sich durchweg um Dinge, die einzeln und für sich genommen ziemlich harmlos erscheinen. Es sei denn ...«
Sie brach ab, denn das Funksprechgerät piepste wieder. Diesmal meldete sie sich sofort.
Herr Liesegang berichtete, daß er und seine Kollegen leider zu spät gekommen seien. Die Einbrecher müßten wohl die Fernsehkamera entdeckt und daraufhin das Weite gesucht haben - über den Balkon, von wo aus sie sich mit Hilfe der zurückgelassenen Leiter auf das Dach gerettet hätten. Sie seien so eilig verschwunden, daß einem von ihnen die - wahrscheinlich im Hosenbund steckende - Pistole entglitten wäre. Die mit einem Schalldämpfer versehene Waffe habe er sichergestellt.
»Es ist wirklich erstaunlich«, meinte Hartnell, »welch hohes Risiko die Herren einzugehen bereit sind, die sich für unseren Mikrofilm interessieren. Ich würde nun doch gern etwas mehr über die Dokumente wissen, die auf diesem Film festgehalten sind. Sie haben sich doch Notizen gemacht, Christa?« Sie hatte schon den Notizblock hervorgeholt und blätterte darin.
»Wie ich schon sagte, Don«, sagte sie leise, denn der Barmann war wieder an seinen Platz zurückgekehrt, »einzeln genommen sind die meisten der abgelichteten Dokumente ganz harmlos. Es handelt sich etwa« - sie blätterte um und las vor - »um ein Schreiben von *Horst Bentz, Inhaber der Melitta-Werke Bentz & Sohn, 4950 Minden (Westf.)* - das ist ein Großkonzern der Genußmittelindustrie - vom *22. Februar 1971* an die *Staats- und Wirtschaftspolitische Gesellschaft e.V. Köln 1, Händelstr. 53* mit dem schlichten Wortlaut: *Wir stellen Ihnen einen Betrag von DM 25.000 zur Verfügung, wofür wir einen Scheck beifügen. Ich bitte Sie, uns eine spendenabzugsfähige Quittung zugehen zu lassen. Mit freundlichen Grüßen gez. Bentz.* Dann folgt die Ablichtung eines Schecks, ausgestellt auf die Dresdner Bank in Minden, über fünfundzwanzigtausend Mark, unterschrieben von *Melitta-Werke Bentz & Sohn gez. Braun,* und dann ein Brief der *Staats- und Wirtschaftspolitischen Gesellschaft e.V.,* adressiert an *Herrn Horst Bentz, persönlich,* mit einer Bestätigung des Ein-

gangs der Summe von fünfundzwanzigtausend Mark. Der zweite Absatz des Briefs lautet: *Wir erlauben uns, Ihnen anbei eine steuerlich abzugsfähige Quittung zu übersenden und benutzen die Gelegenheit gern, um Ihnen für die Förderung unserer staatspolitischen Bildungsarbeit zu danken. Mit bester Empfehlung gez. Wellems, Köln, 3. März 1971.*
Es folgt dann ein Brief von Wellems vom gleichen Tage, ebenfalls auf Briefpapier der *Staats- und Wirtschaftspolitischen Gesellschaft e.V.* und gerichtet an den Verlag *Das Deutsche Wort*. Darin wird die Verlagsleitung gebeten, ›*nun seitens des Deutschen Wortes einen entsprechenden Dankesbrief an Herrn Bentz zu richten, aus dem er erkennt, daß Das Deutsche Wort den Betrag erhalten hat* ... ‹ Und so wie im Fall Melitta-Bentz, wurde - einigen Dutzend weiteren Ablichtungen nach zu urteilen - auch bei anderen Firmen verfahren. Zu den besonderen Förderern des nach den Wünschen von Herrn Strauß arbeitenden Herrn Wellems, sei es durch ›umgeleitete‹ Spenden, sei es durch fingierte Anzeigenaufträge, gehörten unter anderem: Die *BMW Bayerische Motoren Werke AG,* die *Friedrich Flick KG,* die Rüstungsfirma *Diehl* in Nürnberg und die *Daimler-Benz AG,* bei der Herr Dr. Hanns Martin Schleyer Mitglied des Vorstands ist ...«
»Dann geht es also bei den auf Mikrofilm aufgenommenen Dokumenten ausschließlich um die Aktivitäten des Herrn Wellems und deren Finanzierung?« fragte Hartnell etwas erstaunt.
»Nein«, erwiderte Christa, »die Schriftstücke handeln auch von anderen Personen und Gruppen, die nur eins gemeinsam haben, nämlich: sehr weit rechts zu stehen und der Regierung Brandt schaden zu wollen. Nach den Unterlagen wurden auch andere Blätter, mitunter auf allerlei interessanten Umwegen, finanziell kräftig gefördert, obwohl - oder vielleicht auch gerade weil - diese weit rechten Organe wiederholt versucht haben, Willy Brandt als Landesverräter und Ostagenten zu diffamieren. Die Verbindung zwischen der Daimler-Benz AG und diesen rechten Gruppen wird von dem Vorstandsmitglied der Stiftung, Dr. Fritz Burneleit, gehalten, der eine leitende Position in der Zentralabteilung der ›Mercedes‹-Herstellerfirma hat und als ein Protégé des Daimler-Personalchefs Dr. Hanns Martin Schleyer gilt. Burneleit, der in der ›Landsmannschaft Ostpreußen‹ des ›Bundes der Vertriebenen‹ ebenfalls eine Rolle spielt, hält auch Kontakt zu Hugo Wellems, der ja nicht nur *Das*

Deutsche Wort, sondern auch das *Ostpreußen-Blatt* leitet. Ja, und eine andere im Film abgelichtete Notiz besagt, daß ›*Kamerad Steiner, seinen Plaudereien nach ... einen günstigen Mercedes-Kauf*‹ getätigt habe.«
»Wer ist dieser Kamerad Steiner?« fragte Hartnell. »Von diesem Herrn war doch bisher noch nie die Rede - oder?«
»Nein«, erwiderte Christa, »aber ich nehme an, daß es sich um den ehemaligen CDU-Bundestagsabgeordneten Julius Steiner handelt. Er gehörte bis zum November 1972 dem Parlament an und war seit 1967 Landesbeauftragter des *Wirtschaftsrats der CDU e.V.* in Baden-Württemberg, wo auch die *Daimler-Benz AG* ihren Sitz hat.«
»Dann wäre doch auch daran nichts Besonderes«, meinte Hartnell, »daß ihm ein Gönner beim Kauf eines Wagens behilflich gewesen sein soll - oder sehe ich das falsch?«
»Nein, gewiß nicht«, gab Christa zur Antwort. »Das Besondere an der Sache ist nur, daß dieser Steiner 1973 im Mittelpunkt eines Skandals stand. Es ging um das Mißtrauensvotum vom 27. April 1972, mit dem Brandt gestürzt werden sollte. Es war eine dramatische Situation entstanden, weil der Regierung Brandt die ursprünglich schon sehr knappe Mehrheit durch Abwanderung mehrerer Abgeordneter zur Opposition genommen worden und dadurch ein Patt entstanden war, bei dem schon eine einzige Stimme den Ausschlag geben konnte. Der CDU-Abgeordnete Steiner bezichtigte sich nun im Sommer 1973 selbst, im April 1972 von der SPD Willy Brandts mit einer Summe von 50 000 Mark bestochen worden zu sein und damals durch seine Stimme bewirkt zu haben, daß der Mißtrauensantrag scheiterte. Und zu allem Überfluß gestand er auch noch, ein Doppelagent gewesen zu sein, der für den Bundesnachrichtendienst *und* den Geheimdienst der DDR gearbeitet hätte.«
»... womit offenbar bewiesen werden sollte, daß Willy Brandt seine Kanzlerschaft entweder massiver Bestechung eines Abgeordneten oder den Kommunisten oder gar beidem zu verdanken hatte - sehe ich das richtig?«
»Durchaus«, erwiderte Christa, »und deshalb legte Steiner auch seine freiwillige, aufsehenerregende Beichte vor den Redakteuren einer großen, weit rechtsstehenden und in heimtückischen Angriffen auf die Regierung Brandt sehr erfahrenen Illustrierten ab ... Und so ist es vielleicht doch nicht so unwichtig, wer

wann diesem Herrn Steiner was geschenkt hat - unser lieber Herr Hauser könnte uns sicherlich mehr darüber sagen.«
Don blickte bei der Nennung des Namens ›Hauser‹ erschrokken auf seine Armbanduhr. »Oh«, sagte er, »den Herrn hätte ich beinahe vergessen! Aber es ist noch genügend Zeit - er wollte ja bis 21.30 Uhr auf meine Antwort warten, und bis dahin sind es noch etwa acht Minuten.«
»Was werden Sie ihm sagen, Don?« fragte Christa. »Wollen Sie auf seine Vorschläge eingehen?«
»Was ich Herrn Hauser sagen will, das werden Sie gleich selbst mit anhören. Aber lassen wir ihn ruhig noch ein paar Minuten lang warten. Erzählen Sie mir währenddessen, was eigentlich *Ihr* Gesamteindruck von diesen Dokumenten ist, die Herr Fretsch auf Mikrofilm genommen hat. Finden Sie, daß sie für irgendwen wichtig genug sind, um zu ihrer Beschaffung das Risiko eines bewaffneten Einbruchs und eines Raubüberfalls mit Körperverletzung auf sich zu nehmen?«
Christa dachte nach.
Dann sagte sie, sehr bedächtig:
»Ich glaube, den Leuten, die sich durch Überfall und Einbruch in den Besitz dieses Films zu bringen versucht haben, geht es gar nicht darum, sich Einblick in die Dokumente zu verschaffen, denn die kennen sie selbst sehr genau. Sie wollen vielmehr verhindern, daß diese Briefe, Aktennotizen, Spendenbescheinigungen und Kassenanweisungen ihren Gegnern in die Hände fallen. Denn eine sehr genaue Analyse des ganzen Materials könnte ein für die Öffentlichkeit sehr interessantes Bild von dem ergeben, was Bundeskanzler Brandt einmal ›das Rechtskartell‹ genannt hat. Es wäre ein für die meisten Bürger ziemlich abstoßendes Bild, und es enthüllte auch die internationalen Querverbindungen dieser Leute. Von Dr. Taubert gibt es da zum Beispiel eine ausführliche Aktennotiz; ich habe zwar nur den Absatz über seine Verbindungen nach Spanien und zum Bonner Vertreter des griechischen Geheimdienstes gelesen sowie eine andere Passage, die durch Franz Josef Strauß weiter auszubauenden Beziehungen nach Südafrika betreffend, aber es reichte mir. Ergänzt werden diese Notizen durch einen interessanten Briefwechsel zwischen Taubert und Strauß. Kurz, es wäre, käme das ganze Material an die Öffentlichkeit, schon recht peinlich für die Hintermänner...«
Sie brach ab, denn Hartnell war aufgestanden.

»Sie haben mir wirklich sehr geholfen, Christa, etwas klarer zu sehen und eine Entscheidung zu treffen. Ich werde jetzt mit Herrn Hauser telefonieren, denn es ist gleich 21.30 Uhr, und wenn Sie mir die Freude machen wollen, noch ein wenig hierzubleiben, verspreche ich Ihnen gute Unterhaltung.«

Es dauerte nur etwa zwanzig Minuten, bis Herr Hauser die Bar betrat, vergnügt grinsend und in der Hand einen umfänglichen Aktenkoffer.
Christa war noch allein.
Sie hatte zunächst mit recht gemischten Gefühlen zugehört, wie Herr Hauser von Don telefonisch herbeigebeten worden war, wobei Hartnell, der vom Telefon in der Bar aus sprach, eine vollendete, ihr sehr übertrieben erschienene Höflichkeit an den Tag gelegt hatte.
Danach war zwischen ihnen kaum noch etwas gesprochen worden. Hartnell hatte sich einsilbig gezeigt und sich schon bald mit einer vagen Entschuldigung für, wie er sagte, ›nur ein paar Minuten‹ entfernt.
Und nun war bereits Herr Hauser erschienen, sichtlich erfreut, Christa zunächst allein anzutreffen.
»Bitte, nehmen Sie Platz«, sagte Christa, so kühl es eben ging, »Mr. Hartnell wird in wenigen Minuten wieder hier sein.«
Hauser lachte.
»Ich habe keine Eile, mein schönes Kind«, meinte er, setzte sich dicht neben Christa und stellte den Aktenkoffer unter seinen Stuhl, »ich bin sogar, offen gesagt, sehr froh, daß ich Sie erst einmal ganz für mich allein habe.«
Christa gab darauf keine Antwort. Sie lehnte auch die Zigarette ab, die Hauser ihr anbot, ehe er sich selbst bediente und dann, den Rauch schon genüßlich aus der Nase blasend, beim Barmann einen doppelten Scotch – »vom Besten, den Sie haben« – bestellte.
»Mr. Hartnell wird ja nun wohl bald wieder abreisen«, begann Hauser das Gespräch. »Ich schätze, am Montag wird er bereits in New York sein – sind Sie dann frei?«
Christa blickte ihn an.
»Wie meinen Sie das?« erkundigte sie sich vorsichtig.
»Na ja«, erläuterte Hauser, »ich meine in erster Linie das Berufliche – ich hätte einen tollen Job für Sie! Und, was die zweite, sozusagen private Linie anbelangt, da könnte ich ...«

»Einen Job?« fiel ihm Christa ins Wort.
»Ja«, sagte Hauser und grinste, »und was die Bezahlung betrifft, so dürfen Sie sicher sein, daß ich Ihre kühnsten Erwartungen übertreffen werde: Zehntausend bar auf die Hand bei Vertragsabschluß und achttausend netto monatlich, garantiert für zunächst ein halbes Jahr - was sagen Sie dazu?«
Christa hatte bei der Nennung der Zahlen nur die Brauen gehoben, obwohl ihr das Angebot fast den Atem verschlug. Aber sie ließ sich nichts anmerken und fragte ganz sachlich:
»Und was erwarten Sie dafür von mir?«
»Sie wissen doch, ich bin ein Illustrierten-Macher«, erwiderte Hauser, »und ich denke mir, Sie könnten für mich einen Tatsachenbericht schreiben: ›Die Jagd nach dem alten Gemälde‹ oder so ähnlich, natürlich mit allen Einzelheiten, wie und wo was gefunden wurde und so weiter ...«
»Und das wollen Sie dann veröffentlichen?« erkundigte sich Christa erstaunt.
Hauser lachte wieder.
»Na ja«, meinte er dann, »ich dachte mehr daran, es als Informationsmaterial zu verwenden, nur für mich privat und streng vertraulich - verstehen Sie?«
»Ja«, sagte Christa, »ich verstehe Sie jetzt. Und vermutlich soll ich auch für Sie - natürlich privat und streng vertraulich - alles über die Herkunft des Mikrofilms herausfinden und berichten.«
Hauser, der zur Tür geschaut hatte, wandte sich um und sah Christa voll ins Gesicht. Jedes Lächeln war verschwunden; er wirkte angespannt und beinahe gehetzt.
»Genau«, sagte er, sehr leise und deutlich, »und dafür gibt es sogar noch einen Bonus, dessen Höhe Sie selbst bestimmen dürfen - ist das ein Angebot?«
»Ich werde es bedenken«, erwiderte Christa nur. Sie hatte gerade Hartnell entdeckt, der vom Aufzug her quer durch die Halle auf ihren Tisch in der Bar zukam.

»Nun, wie steht's, Hartnell?« erkundigte sich Hauser mit breitem Lächeln, als sich Don an den Tisch gesetzt hatte, »können wir unser kleines Geschäft jetzt abschließen? Ich habe Ihnen meinerseits schon etwas mitgebracht.«
Er klopfte auf den Aktenkoffer unter seinem Stuhl und sah Hartnell dabei an, in der Hoffnung, herauszufinden, wie Don reagierte.

Doch Hartnell verzog keine Miene und schenkte dem Koffer nicht mal einen Blick. Statt dessen sagte er:
»Es ist sehr liebenswürdig, Mr. Hauser, daß Sie sich nochmals der Mühe unterzogen haben, mich aufzusuchen, und ich danke Ihnen dafür sehr. Inzwischen weiß ich auch, daß Sie für bestimmte Personen und Institutionen in den USA *persona grata* sind, und auch sonst kann ich mir jetzt ein weit besseres Bild machen als bei unserer ersten offiziellen Begegnung.«
»Fein«, sagte Hauser, schon etwas ungeduldig, »dann lassen Sie uns jetzt zur Sache kommen - ich habe es eilig!«
»Ich weiß«, erwiderte Hartnell, »und infolgedessen bin ich untröstlich, Sie doch noch ein wenig langweilen zu müssen mit meinen eigenen, vergleichsweise belanglosen Sorgen.«
Er brach ab, bestellte sich beim Barmann etwas zu trinken und wandte sich dann wieder Hauser zu, ernst und gesammelt. Nur Christa, die ihn schon besser kannte, sah, als er sich ihr eine Sekunde lang zuwandte, den Spott in seinen Augen, und sie spürte, wie die leise Angst, die sie beschlichen hatte, dahinschwand.
»Wie Sie wissen, Mr. Hauser«, begann Hartnell, »bin ich hier wegen einer Erbschaftsangelegenheit. Ich muß den Nachweis erbringen, daß unser Klient, ein gewisser Mr. Seligmann, Anspruch auf die Hinterlassenschaft seines verstorbenen Onkels hat. Ursprünglich sah es so aus, als könnte ich diesen Nachweis nur erbringen, wenn es mir gelänge, ein bestimmtes Gemälde wiederaufzufinden. Dies hat sich jetzt erübrigt, soweit es den Nachweis des Erbanspruchs betrifft; dieser kann auch so erbracht werden, und infolgedessen werde ich alle Ermittlungen in dieser Richtung sofort einstellen lassen. Anders ausgedrückt: Wir brauchen das alte Gemälde nicht mehr, um beweisen zu können, daß Mr. Seligmann Anspruch auf das Erbe seines Onkels hat, und daher besteht auch für mich und meine Beauftragten kein Anlaß mehr, uns um Dinge zu kümmern, die uns nichts angehen. Ich hoffe, Mr. Hauser, daß diese Mitteilung Sie und Ihre Freunde mit Genugtuung erfüllt und ein wenig beruhigt.«
»Ja, ja, gewiß«, meinte Hauser, etwas verwirrt, wie es Christa schien, »aber ich will ...«
»Ich bitte sehr um Vergebung«, unterbrach ihn Hartnell, ungemein höflich, aber sehr bestimmt, »lassen wir es bitte noch für einen Augenblick dahingestellt, was *Sie* möchten, Herr Hauser.

Ich muß Ihnen, ehe wir ins Geschäft kommen können, meine Situation genau erklären, damit keinerlei Mißverständnisse aufkommen können. Und deshalb ist es auch wichtig, daß meine Assistentin dabei ist und, wie ich hoffe, aufmerksam zuhört. Da wir keine schriftlichen Abmachungen treffen werden, sollte wenigstens ein unparteiischer Zeuge dabeisein, finden Sie nicht auch?«

Hauser nickte, mit einigen Bedenken, wie es schien, und Hartnell fuhr fort:

»Ich benötige, wie gesagt, keine neuen Beweise mehr, um die Erbschaftsangelegenheit regeln zu können. Und ich habe keinerlei Interesse an und keine Verwendung für die zahlreichen Informationen, Dokumente und so weiter, die im Zuge der Ermittlungen gefunden und zur weiteren Suche nach dem Bild benutzt worden sind. Ich habe deshalb keine Bedenken, sie Ihnen zu gegebener Zeit auszuhändigen, soweit Sie sie nicht schon selbst in Besitz genommen haben ...« Er hüstelte, wohl um ein Lächeln zu unterdrücken, und Hauser, gänzlich unbeeindruckt von dem versteckten Vorwurf, benutzte die Gelegenheit, endlich auch einmal zu Wort zu kommen.

»Wenn Sie das Zeug nicht mehr brauchen und abzugeben bereit sind, dann lassen Sie uns doch die Sache hier und jetzt erledigen - Zug um Zug!«

Don schien entsetzt.

»Um Himmels willen, Mr. Hauser! Das ist eine viel zu ernste Angelegenheit, als daß wir sie übers Knie brechen dürfen. Auch und gerade in Ihrem und Ihrer Freunde Interesse muß alles genau bedacht werden und absolut klar zwischen uns sein. Stellen Sie sich doch nur einmal vor, Sie kauften von mir für eine sehr stattliche Summe die bewußten Dokumente, und Sie müßten dann später bemerken, daß ich mir Kopien davon angefertigt und diese indiskret verwendet hätte!«

Er stellte mit einer gewissen Genugtuung fest, daß Hauser erschrocken war, lächelte begütigend und fuhr fort:

»Keine Sorge, Mr. Hauser! Ich als Jurist wollte Sie, den Nichtjuristen, nur auf die vielfältigen Tücken aufmerksam machen, die allzu hastig abgeschlossene Vereinbarungen haben können. Und ich versichere Ihnen als Mitglied der Anwaltskammer von New York und auf mein Ehrenwort - bitte, hören Sie sehr aufmerksam zu, Mr. Hauser, und auch Sie, Christa! -, daß ich Ihnen nichts vorenthalten und sämtliche in meinen Besitz gekommenen Dokumente, soweit sie nicht den Erbfall unmittelbar betreffen, aushändigen werde; daß ich keine Kopien davon besitze noch anfertigen oder anfertigen lassen werde. Dies bin ich auf Wunsch bereit, Ihnen schriftlich zu geben in Form einer vor einem Notar abgegebenen Versicherung an Eides Statt.«

»Danke«, sagte Hauser, sichtlich beeindruckt, »das ist nicht nötig. Ich gebe mich mit dieser Erklärung zufrieden.«

»Gut«, meinte Hartnell, »aber vielleicht ist es doch besser, wenn meine Assistentin den Wortlaut meiner ehrenwörtlichen Versicherung schriftlich festhält, von mir unterzeichnen läßt und selbst als Zeugin unterschreibt.«

»Bitte – wenn Sie es für richtig halten, Hartnell ... «, sagte Hauser achselzuckend. Die nächsten fünf Minuten vergingen mit der Anfertigung der schriftlichen Erklärung, die wörtlich übereinstimmte mit dem, was Hartnell bereits mündlich versichert hatte, und die er Hauser noch nicht übergab, sondern in seine Brieftasche steckte.

»Können wir jetzt das Geschäft abschließen?« fragte Hauser, der sich, während Hartnell seinen Text diktiert hatte, am Tisch überflüssig vorgekommen und zur Bar geschlendert war, wo er sich einen weiteren doppelten Scotch hatte geben lassen. Hartnell hob beschwörend die Hand.

»Bitte«, sagte er, »haben Sie doch noch etwas Geduld, Mr. Hauser! Nehmen Sie wieder Platz und hören Sie sich auch noch den Rest dessen an, was ich Ihnen unbedingt erklären muß; es gibt nämlich einen Aspekt, der bis jetzt noch gar nicht zur Sprache gekommen ist, ja, genaugenommen sind es sogar zwei Aspekte: Da ist zunächst einmal die Frage, ob ich überhaupt berechtigt bin, von Ihnen Geld anzunehmen. Es gibt da sowohl allgemeine ethische Gesichtspunkte wie Erwägungen, meine Standespflichten als Anwalt betreffend. Ich habe darüber nachgedacht, und ich sehe nur die Möglichkeit, daß Sie die Beträge, die Sie mir geben wollen, als eine Wiedergutmachung deklarieren, die Sie im Auftrage Ihrer Freunde leisten ... «

»Meinetwegen auch das«, unterbrach ihn Hauser ungeduldig, »nennen Sie es doch, wie Sie wollen!«

»Gut«, sagte Hartnell. »Übrigens, wer sind eigentlich Ihre Geldgeber?«

Hauser grinste.

»Sie kennen doch die Leute besser als ich«, sagte er, »jedenfalls darf ich wohl annehmen, daß Ihre New Yorker Firma keine Bedenken hat...«

»Ich möchte nur klargestellt wissen«, unterbrach ihn Hartnell, »daß keine der durch die Dokumente möglicherweise bloßgestellten Personen etwas mit der Zahlung zu tun hat, denn wir, mein Klient und ich, wollen uns keinesfalls dem Verdacht aussetzen...«

»Ach«, fiel ihm Hauser ins Wort, »jetzt verstehe ich! Also, ich versichere Ihnen, daß weder Strauß noch Ries, noch Schleyer, Taubert, Wellems, Missbach, Zoglmann oder irgendeiner ihrer deutschen Freunde auch nur das geringste mit unserem Handel zu tun hat. Zufrieden?«

Hartnell nickte.

»Ja«, sagte er, »und ich danke Ihnen für die Erklärung, die meine Assistentin jetzt bezeugen kann.«

Dann begann Hartnell, Christa ein weiteres Schriftstück zu diktieren:

»Vor mir, dem Rechtsanwalt Donald Clayton Hartnell, zur Zeit in München, Bundesrepublik Deutschland, erschien heute ein Unbekannter, der sich Hauser nannte und angab, Journalist zu sein. Er gab folgende Erklärung ab: ›Ich bin von Personen, die anonym bleiben wollen, beauftragt, Ihnen, dem Rechtsanwalt Donald Clayton Hartnell aus New York, die Summe von einer Million fünfhunderttausend US-Dollar in bar zu treuen Händen zu übergeben. Zwei Drittel dieser Summe, nämlich eine Million US-Dollar, sollen Mr. David Seligmann in Quebec, Ihrem Klienten, ausbezahlt werden als eine teilweise und freiwillige Wiedergutmachung des Schadens, der der Familie Seligmann, früher in Trzebinia wohnhaft, während des Zweiten Weltkriegs zugefügt worden ist. Das restliche Drittel des Betrages, nämlich fünfhunderttausend Dollar, sollen verwendet werden zur Bestreitung sämtlicher Kosten und Nebenkosten, die Mr. David Seligmann im Zusammenhang mit der Geltendmachung seiner Erbansprüche entstanden sind; auch die von Rechtsanwalt Donald Clayton Hartnell ausgelobte Belohnung für die Auffindung der die Erbansprüche beweisenden Dokumente soll davon bestritten werden. Der verbleibende Rest soll einer noch zu errichtenden Rebecca-Seligmann-Gedächtnis-Stiftung zugeführt werden, über deren Statuten und Aufgaben Mr. David Seligmann oder dessen Erben zu befinden haben.

Die Zahlung des Gesamtbetrages erfolgt ohne Anerkennung einer Rechtspflicht und ohne daß irgendeine Gegenleistung gefordert, gewährt oder versprochen wird. Die Ansprüche des Herrn David Seligmann auf sein Erbe und auf Wiedergutmachung aller ihm und seiner Familie zugefügten Schäden bleiben, von dieser Zahlung unberührt, bestehen ...«
Don unterbrach das Diktat und wandte sich an Hauser:
»Sind Sie mit dem Wortlaut einverstanden, Mr. Hauser, und bereit, dieses Dokument zu unterschreiben?«
Hauser, der gerade einen kräftigen Schluck aus seinem Glas genommen hatte, wischte sich mit dem Handrücken über den Mund und sagte gleichmütig:
»Von mir aus - ich habe keine Einwände. Ich bin sogar bereit, diesen Wisch sofort zu unterschreiben. Aber«, fügte er hinzu, und seine Stimme nahm einen so scharfen Ton an, daß Christa mit dem Schreiben innehielt und aufsah, »damit Sie ganz klar sehen, Hartnell: Das Geld gibt's nicht eher, als bis ich den Film und die Papiere habe, die von Ihnen im Panzerschrank des Hotels aufbewahrt werden - verstanden?«
»Gewiß, Mr. Hauser«, erwiderte Don mit unverminderter Liebenswürdigkeit, »zumal Sie sich mit bewunderungswürdiger Präzision geäußert haben. Erlauben Sie mir doch noch, ehe wir die Transaktion durchführen, kurz den letzten Aspekt zu beleuchten, dessen Behandlung noch aussteht, nämlich die Frage, ob ich überhaupt befugt bin, Ihnen die mit so viel Kosten, Mühe und - soweit es den armen Herrn Fretsch betrifft - persönlichen Opfern beschafften Dokumente auszuhändigen. Auf den ersten Blick muß diese Frage wohl verneint werden ...«
Hauser, der stirnrunzelnd zugehört hatte, brauste auf:
»Also, jetzt reicht es mir bald! Was soll der Unsinn, Hartnell? Wollen Sie mich an der Nase herumführen?«
»Aber, nicht doch, Mr. Hauser! Nichts liegt mir ferner«, beteuerte Don, und Christa, die die Szene mit wachsender Spannung verfolgte, biß sich auf die Lippen. »Ich will Ihre Zeit nicht über Gebühr in Anspruch nehmen, Mr. Hauser, und ich werde Sie deshalb gleich mit der Lösung vertraut machen, die ich gefunden habe. Darf ich Ihnen noch etwas zu trinken bestellen?«
»Das mache ich schon selbst«, knurrte Hauser gereizt und winkte den Barmann heran, »kommen Sie endlich zum Schluß!«

»Nun ja«, nahm Hartnell seine Erklärungen wieder auf, »ich muß zwar etwas weiter ausholen, um mich klar verständlich zu machen, aber es wird nicht lange dauern. Wie ich Ihnen bereits sagte, benötige ich das verschollene Gemälde von der Hand des Malers Caspar David Friedrich nicht mehr, soweit es die Sicherung der Erbansprüche meines Klienten an den Nachlaß seines Onkels angeht, aber...«
Er unterbrach seine Rede und wartete, bis Hauser seine Bestellung aufgegeben hatte. Dann fuhr er fort:
»Aber, nachdem ich diesem wertvollen Bild einmal auf die Spur gekommen bin, muß ich es zu finden und meinem Klienten als dem rechtmäßigen Eigentümer zurückzugeben trachten. Nun trifft es sich ausgezeichnet, Mr. Hauser, daß Sie die Herren zu kennen scheinen, in deren gegenwärtigem, wenngleich unrechtmäßigem Besitz sich das gesuchte Gemälde möglicherweise befindet. Ich könnte Sie also beauftragen, es mir zu beschaffen, und zwar so rasch und diskret Sie dies zu bewerkstelligen vermögen. Und es wäre dann durchaus vertretbar, wenn ich Ihnen alle bisher aufgefundenen Dokumente übergebe, damit Sie selbst entscheiden können, welche Ihrer Bekannten Sie anzusprechen haben - können Sie mir folgen?«
»Ganz durchschaue ich Ihren Advokatentrick noch nicht, Hartnell«, meinte Hauser. »Was versprechen Sie sich davon, ausgerechnet mich zu Ihrem Beauftragten zu machen?« Er nahm einen Schluck von dem Whisky, den ihm der Barmann gebracht hatte, und betrachtete Hartnell mißtrauisch.
»Ich möchte einesteils einen legitimen Grund - oder nennen Sie es Vorwand - haben, Ihnen die Papiere und den Film auszuhändigen«, erläuterte Hartnell, »und ich möchte Sie andernteils verpflichten, mir das Bild zu beschaffen, das meinem Mandanten gehört.«
»Zum Teufel noch mal«, brummte Hauser, »wie soll ich Ihnen dieses Bild beschaffen? Ich habe keine Ahnung, wer es hat! Ich weiß nicht mal, wie es aussieht oder auch nur, wie groß es ist!«
»Das weiß ich auch nicht«, meinte Hartnell, recht betrübt, wie es schien, »ich bin nur darüber informiert, daß es sich um ein Gemälde von Caspar David Friedrich handelt; daß es eine - wahrscheinlich schlesische - Gebirgslandschaft darstellt, mit einer Ruine oder etwas Ähnlichem im Vordergrund, und daß es ein ziemlich wertvolles altes Bild ist... Aber«, fuhr er fort, und seine Miene erhellte sich, »ich habe eine Ahnung, die mir sagt,

daß Sie keine große Mühe haben werden, das Bild zu finden und es mir bis, sagen wir, morgen gegen Abend zu übergeben. Ich werde dann im Hause meines Münchner Kollegen sein.«
»Bei Steiglhöringer?« fragte Hauser, und Christa bestätigte dies, während Don mit Muße seine Fingernägel betrachtete.
»Vielleicht«, schlug er Hauser vor, »rufen Sie meinen Kollegen mal eben an und fragen ihn, ob er Ihnen Chancen einräumt, das Bild zu finden. Dann könnten wir morgen abend bei ihm unseren Handel abschließen ...«
»Nein«, sagte Hauser, »ich will das heute noch über die Bühne bringen. Menschenskind, Hartnell, Sie können einem wirklich den letzten Nerv ...«
Er brach ab, kniff die Lippen zusammen und schien zu überlegen.
»Also, gut«, sagte er schließlich, »ich gebe Ihnen jetzt das Geld und die gewünschte Unterschrift; Sie rücken den Film und die übrigen Papiere heraus, die im Hotel-Panzerschrank liegen, und ich verspreche Ihnen, dafür zu sorgen, daß Sie bis morgen abend entweder Ihren verdammten Caspar David Friedrich bekommen oder den Wert des Bildes in bar - wieviel, meinen Sie, kann das kosten?«
»Das ist schwer zu sagen, Mr. Hauser«, erwiderte Hartnell nach kurzem Nachdenken, »denn zu dem erheblichen Marktwert, den das Bild hat, muß ich wohl auch noch den immateriellen Wert hinzurechnen, den mein Klient diesem teuren Familienandenken zweifellos beimißt. Jedoch, in Abwägung aller Umstände, die es zu berücksichtigen gilt, bin ich bereit, von Ihnen eine Kaution entgegenzunehmen - ein persönlicher Scheck über 250 000 DM würde mir genügen. Dann können wir sofort die Transaktion durchführen. Und Ihren Scheck bekämen Sie selbstverständlich morgen abend wieder zurück, sobald ich im Besitz des Gemäldes bin - einverstanden?«
»Sie sind verrückt, Hartnell«, knurrte Hauser, »aber, was bleibt mir übrig, als ja zu sagen?«

Fünfzehn Minuten reichten aus, den Handel zum Abschluß zu bringen. In dieser Zeit holte Hartnell die von Herrn Fretsch gesammelten Dokumente aus dem Hotel-Tresor und deponierte dafür den Aktenkoffer, dessen Inhalt vorher von Christa geprüft und in Ordnung befunden worden war. Herr Hauser hatte die kleine Hülse mit dem Mikrofilm, an der noch ein

Hauch von Parfüm und Puder haftete, gierig in Empfang genommen und war verblüfft gewesen, als er feststellen mußte, daß Christa den Film in Verwahrung gehabt hatte. Auch er war so vorsichtig, sowohl den dicken braunen Umschlag mit der Aufschrift ›Akte Dr. Fritz Ries u. a.‹ als auch mit einer starken Lupe den Mikrofilm daraufhin zu untersuchen, daß man ihm nichts Falsches gegeben hatte. Erst dann leistete er die gewünschten Unterschriften und überreichte Hartnell seufzend den als Kaution geforderten Scheck, dessen Unterschrift, wie Hartnell bemerkte, ziemlich unleserlich war, aber bestimmt nicht ›Hauser‹ bedeuten konnte.

Als alles erledigt war, atmete Hauser erleichtert auf, trank sein Glas leer und sagte:

»Sie sind ein zäher Knochen, Hartnell, aber Sie gefallen mir. Sie gefallen mir wirklich – und was Ihre Puppe angeht, so muß sie Gips im Kopf haben, aber sie gefällt mir auch! Prost!«

»Wenn Sie mir gütigst ebenfalls eine persönliche Bemerkung gestatten wollen, Herr Hauser«, erwiderte Don, sehr freundlich, aber so leise, daß Christa den Atem anhielt, um ja kein Wort zu verpassen, »so möchte ich Ihnen meinerseits versichern, daß Sie mir überhaupt nicht gefallen. In den letzten vierundzwanzig Stunden haben Sie einen Raubüberfall mit schwerer Körperverletzung und einen bewaffneten Einbruch durchführen lassen; Sie haben meine Assistentin zu bestechen versucht, und nun beleidigen Sie sie auch noch. Ich will gar nicht reden von Ihren sonstigen, noch um vieles schmutzigeren Praktiken und Anschauungen. Ich würde es ungemein begrüßen, wenn Sie sich möglichst rasch entschließen könnten, uns von Ihrer Gegenwart zu befreien. Es könnte sonst geschehen, daß ich mich angesichts Ihres abscheulichen Anzugs vergesse und ... Guten Abend, Sir.«

Hauser hatte bereits die Bar verlassen. Don bezahlte die Drinks, murrend auch die von Hauser, und Christa, die dessen Vertreibung mit Vergnügen verfolgt hatte, meinte:

»Nachdem Sie ihn so entnervt, geschröpft und schließlich beschimpft haben, Don, ist es nur gerecht, wenn Sie wenigstens diese Zeche bezahlen. Schade ist nur, daß der Mikrofilm nun nie mehr ans Licht kommen wird – ich hätte ihn gern genau analysiert und das Ergebnis unter die Leute gebracht.«

Hartnell schwieg.

Erst nach einer kleinen Weile, als sie die Bar bereits verlassen hatten und in der Hotelhalle standen, meinte er, ganz beiläufig:
»Man kann nicht alles haben, Christa, und vor allem nicht alles auf einmal.«
Es blieb offen, was er damit meinte, denn er wechselte das Thema und fuhr fort:
»Ihr Taxi kommt gleich, Christa, und ich werde Herrn Fretsch dann noch einen zweiten abendlichen Besuch machen. Ich war nämlich bei ihm, ehe Hauser kam, weil ich doch sicher sein mußte, daß unser tüchtiger Herr Fretsch auch das für David Seligmann bestimmte Affidavit zusammen mit Rebeccas Brief erhalten und sicher verwahrt hat. Denn nur mit dem Affidavit kann ich Mr. Seligmanns Erbanspruch beweisen. Übrigens, wollen Sie das Dokument mal sehen, Christa?«
Er nahm ein etwas vergilbtes, vielfach gefaltet gewesenes Blatt Papier aus seiner Brieftasche und reichte es Christa, die den teils gedruckten, teils handgeschriebenen englischen Text überflog.
Er lautete in deutscher Übersetzung:
»Vor mir, dem Notar des Staates New Jersey, erschien heute, dem 29. Tag des Monats August des Jahres eintausendneunhundertundneununddreißig der mir persönlich bekannte Kaufmann Markus Levinsky, gab das Folgende zu Protokoll und beschwor es durch Ablegung des Eides auf die Heilige Schrift:
Ich, der Kaufmann Markus Levinsky verbürge mich, jederzeit für den Lebensunterhalt meines Schwestersohns David Seligmann – es folgten dessen Personalien – *in gesetzlich vorgeschriebenem Umfang aufzukommen, sobald David Seligmann im Gebiet der Vereinigten Staaten von Nordamerika seinen Wohnsitz genommen hat, und ich hinterlege als Sicherheit für diese beschworene Bürgschaft bei dem hiesigen Notariat die Summe von zehntausend Dollar...«*
»Dann ist also Ihre Mission erfolgreich beendet?« sagte Christa, und die Fröhlichkeit, mit der sie dies vorbrachte, wirkte etwas gezwungen. Sie reichte Hartnell das Dokument zurück und wandte sich dem Ausgang zu, denn ihr Taxi war vorgefahren.
»Ja«, meinte Hartnell, »mein Auftrag ist erfüllt, und ich entlasse Sie hiermit aus meinen Diensten, Fräulein Doktor, denn für meinen Abschiedsbesuch bei meinem verehrten Kollegen, der für morgen abend auf dem Terminkalender steht und sehr

kurz sein wird, benötige ich Ihre Talente nicht. Hingegen«, fuhr er fort und öffnete für Christa die Tür, »würde ich mich sehr freuen, wenn Sie mir morgen ganz privat Ihre Freizeit opfern würden, liebe Christa, Sie haben ohnehin etwas gutzumachen, denn Sie haben einen wichtigen Teil Ihres Auftrages miserabel erfüllt ...«

»Was denn?« fragte sie, »was habe ich denn versäumt?«

»Die Gestaltung des Rahmenprogramms«, gab Hartnell ernst zur Antwort, stimmte aber sogleich in Christas Lachen ein. Und dann verabredeten sie sich zu einem gemeinsamen Frühstück in Dons Hotel mit anschließendem Ausflug in die Berge.

7. Ein Institut wird gegründet

»Ein wirklich seltsamer Mann, unser Herr Fretsch ...«, meinte Christa, als sie am Sonntagnachmittag gegen 17.30 Uhr auf dem Heimweg waren und auf allerlei Schleichwegen, fern der überfüllten Starnberger Autobahn, den Stadtrand von München erreicht hatten. Sie waren am Vormittag in Mittenwald und Garmisch gewesen, hatten in einem Dorfgasthof des Voralpenlands abseits des großen Stroms der Ausflügler zu Mittag gegessen und es dann so eingerichtet, daß sie auf dem Rückweg über Percha kamen, wo sie zu einer Kaffeepause eingekehrt waren und Erkundigungen über den dort wohnhaften Herrn Fretsch eingezogen hatten.

Es war ganz einfach gewesen.

Schon die Bedienung des Cafés, eine ältere Frau, nannte ihnen, als sie nach Herrn Fretsch fragten, die Anschrift ihrer Freundin, die, wie sie stolz berichtete, für den verwitweten Herrn Polizeihauptmann a.D. zweimal wöchentlich das Haus besorgte. Sie hatten diese Zugehfrau, eine rüstige Rentnerin, daheim angetroffen und ihr gesagt, sie seien vorbeigekommen, damit sie sich keine Sorgen zu machen brauche wegen des Ausbleibens von Herrn Fretsch, der zwar einen kleinen Unfall erlitten habe und zu Bett liege, aber schon auf dem Wege der Besserung und gut aufgehoben sei.

So waren sie mit der Frau ins Gespräch gekommen, und als Christa dann erklärt hatte, sie sei eine große Bewunderin des alten Herrn, den sie für sehr mutig und anständig halte, da war die zunächst recht zurückhaltende Frau aufgetaut und hatte sie gefragt, ob sie wüßte, wie tapfer Herr Fretsch im letzten Krieg gewesen sei. Da habe er nämlich 1942 als gerade nach Polen versetzter Polizeioffizier jüdische Frauen und Kinder unter eigener Lebensgefahr aus einer Gaskammer herausgeholt und sich dabei nicht nur eine Augenverletzung geholt, an der er heute noch leide, sondern auch den Haß der SS zugezogen, dazu eine Strafversetzung und, nach einem weiteren Zusammenstoß mit dem Führer eines Mordkommandos, die Entlassung aus der Polizei. Nach dem Kriege sei Herr Fretsch dann mehrfach als Zeuge in Kriegsverbrecherprozessen aufgetreten und habe allen Drohungen, ja, sogar zwei Mordversuchen zum Trotz, rückhaltlos ausgesagt. Man habe ihn dann wieder in den Polizeidienst eingestellt, und er wäre sicherlich bis zur Erreichung der Altersgrenze bei der Kripo geblieben, bei der er sich große Verdienste in der Bekämpfung des organisierten Verbrechens erwarb, wenn er nicht einen ehemaligen hohen SS-Führer und Einsatzgruppen-Kommandeur zum Vorgesetzten bekommen hätte. Da wäre er direkt beim zuständigen Innenminister in Düsseldorf vorstellig geworden, und als dieser nicht auf ihn hören wollte, hätte Herr Fretsch sich vorzeitig pensionieren lassen, denn - so war von ihm zu hören gewesen - »unter dem Befehl eines Verbrechers will ein anständiger Polizist nicht dienen«.

»Ein seltsamer Mann«, wiederholte Christa, während sie ihren Volkswagen durch den Verkehr auf dem Mittleren Ring lenkte, »warum nur mag er Ihnen den Brief der Rebecca Seligmann und erst recht das Affidavit so lange vorenthalten haben?«
Don, der neben ihr saß, warf ihr einen Blick zu und fragte: »Wissen Sie das wirklich nicht, Christa?«
»Nein«, sagte sie nach kurzem Nachdenken, »ich hatte allenfalls eine dunkle Ahnung ...«
»Nun«, berichtete Don Hartnell, »ich weiß es, denn er hat es mir erzählt. Als ihn meine ehrenwerten Münchener Kollegen mit den Ermittlungen betrauten, da sagten sie ihm nicht, daß es um eine Erbschaftsangelegenheit ginge, sondern beauftragten ihn nur mit der Suche nach dem verschollenen Gemälde. Einige Wochen später, als der für den Fall zuständige Herr mit dem unaussprechlichen Namen zufällig gerade in Urlaub war, gewährte man Herrn Fretsch volle Akteneinsicht, und er sah die Briefe meines Onkels, aus denen hervorging, *warum* wir nach dem Verbleib des Gemäldes forschen ließen. Bald darauf fuhr Herr Fretsch nach Trzebinia und erhielt dort - neben vielen anderen Informationen und Hinweisen - Rebeccas letzten Brief und das Affidavit ihres Bruders. Natürlich war ihm klar, daß damit die Suche nach dem Bild überflüssig geworden war,

aber er konnte sich mit gutem Gewissen auf seinen Auftrag berufen und gleichzeitig etwas tun, das ihm besonders am Herzen lag, nämlich Jagd auf jene alten Nazis machen, die bis heute unbestraft geblieben sind und in der Maske von Biedermännern eine glänzende Nachkriegs-Karriere gemacht haben ... Auf jeden Fall müssen wir alle - meine Firma, unser Klient, ich selbst und auch Sie, Christa - Herrn Fretsch sehr dankbar sein, denn ohne sein ebenso eigenwilliges wie mutiges Vorgehen wäre das für uns so vorteilhafte Geschäft mit Herrn Hauser nicht zustande gekommen. So haben wir wenigstens eine Million Dollar Sühnegeld herausgeholt, unserem Mandanten alle Kosten erspart, den Wert des Gemäldes ersetzt bekommen und den Grundstein für eine Rebecca- Seligmann-Gedächtnis-Stiftung gelegt, ganz zu schweigen von der Bereicherung unseres, sagen wir: zeitgeschichtlichen Wissens«, fügte er lächelnd hinzu. »Ich finde, unser Frettchen hat den Löwenanteil an der von mir ausgesetzten Belohnung - 40 000 Dollar - ehrlich verdient ...«
»Das freut mich aber sehr«, meinte Christa, »ich ahnte ja nicht, daß Sie eine so hohe Belohnung ...«
Don legte den Finger an den Mund. »Kein Wort darüber! Ich habe mich sehr kurzfristig dazu entschlossen, nämlich erst während unserer gestrigen Verhandlung mit dem so charmanten und zahlungswilligen Herrn Hauser. Aber das braucht niemand zu wissen.«
Sie waren schon vor dem Hotel angelangt, wo Hartnell wohnte. Christa parkte den Wagen, und nachdem sie beide ausgestiegen waren, fragte sie:
»Wollen Sie wirklich ohne mich zu Herrn Dr. Steiglhöringer fahren?«
»Ja«, sagte Don, sehr bestimmt. »Sie können inzwischen Herrn Fretsch besuchen und, wenn Sie wollen, später mit mir zu Abend essen, irgendwo in der Stadt, von der ich bisher herzlich wenig gesehen habe. Ich bleibe gewiß nicht sehr lange bei meinem Herrn Kollegen, und es ist besser, Sie sind nicht dabei, wenn ich ihm zum Abschied das sage, was mir ein Herzensbedürfnis ist, ihm mitzuteilen.«

Es war kurz nach 19 Uhr, als Hartnell an der Tür zur Villa seines Kollegen Dr. Steiglhöringer läutete. Den Fahrer des Taxis, mit dem er gekommen war, hatte er gebeten, auf ihn zu warten; es werde nicht sehr lange dauern.

Ein Dienstmädchen in kurzem, schwarzseidenem Kleid mit weißer Tändelschürze und weißem Häubchen öffnete ihm, doch noch ehe Don erklärt hatte, wer er sei, wurde er vom Hausherrn selbst in Empfang genommen.
»Herzlich willkommen, lieber Herr Kollege«, ließ sich Dr. Steiglhöringer dröhnend vernehmen, »ich freue mich, daß Sie gekommen sind – wir haben eine kleine Party in Gang, und alle brennen darauf, Sie kennenzulernen. Darf ich Ihnen mit dem Auspacken behilflich sein?« fragte er höflich und deutete auf das in weißes Seidenpapier gewickelte Paket, das Hartnell in der Hand hielt, »ich nehme an, Sie möchten die Blumen meiner Frau selber überreichen ...«
»Nein«, erwiderte Hartnell und drückte Dr. Steiglhöringer das ziemlich schwere Päckchen in die Hand, »das ist für Sie, verehrter Herr Kollege.«
»Oh, vielen herzlichen Dank, aber ... also, das war ... das ist doch wirklich nicht nötig!« stammelte der Anwalt.
Hartnell achtete nicht darauf, sondern fuhr fort:
»Ich kann leider an Ihrer Party nicht teilnehmen, denn ich fliege morgen früh zurück nach New York und habe noch einiges zu erledigen. Ich wollte mich nur von Ihnen persönlich verabschieden, für die wirklich großartige Unterstützung bedanken und Sie fragen, ob Sie das gesuchte Bild gefunden haben, ich meine, den Caspar David Friedrich?«
Dr. Steiglhöringer, der nicht recht wußte, wie er sich Hartnells Verhalten erklären sollte, rief mit gut gespieltem Erstaunen aus:
»Das Bild? Sie ... Sie sind ein Hellseher, Herr Kollege! Bitte, kommen Sie doch für einen Augenblick in mein Arbeitszimmer und nehmen Sie dort einen Drink mit mir ... Wie ... wie sind Sie nur darauf gekommen, daß ...«
Er führte Don eilig aus der Diele über einen Korridor, vorbei an hell erleuchteten Glastüren, hinter denen man lautes Stimmengewirr und fröhliches Gelächter hörte, und schob ihn förmlich in sein Arbeitszimmer. Und dort, an einen mächtigen Barock- Schreibtisch gelehnt, sah Hartnell ein altes, goldgerahmtes Gemälde.
»Es sollte eine Überraschung sein«, hörte Don seinen deutschen Kollegen sagen, »ich habe eine diskrete Umfrage gemacht, und siehe da! Gestern nachmittag brachte ein Bote dieses Gemälde – von wem, das weiß der Himmel! Aber die

Hauptsache ist schließlich, daß das Bild nun da ist und daß Sie nicht mit leeren Händen nach New York zurückkehren.«

Steiglhöringer hatte, während er so redete, das in weißes Seidenpapier verpackte Mitgebringe auf seinen Schreibtisch gelegt, aus einem Barockschrank eine Flasche Cognac und zwei Gläser geholt, diese eilig gefüllt und bei alledem lauernde Blicke auf Hartnell geworfen, der das Bild fasziniert betrachtete, etwas zerstreut das ihm gereichte Glas entgegennahm, daran nippte und, auf das Bild zeigend, meinte:

»Es ist wunderschön und - wie sagt man? - wirklich bezaubernd! Allerdings wirkt es etwas melancholisch, und ich verstehe, daß ein Haudegen wie Packebusch es nicht haben wollte,wogegen ein so musischer Mensch ... Übrigens, da fällt mir ein: Ist denn Herr Dr. Taubert heute hier auf Ihrer Party, Herr Kollege?«

Steiglhöringer verneinte dies. Er kenne den Herrn kaum, nur vom Hörensagen, fügte er hinzu, und es heiße, Taubert gehe wenig unter Menschen. »Er hat sich seinerzeit ziemlich stark exponiert, Herr Kollege, wenn Sie wissen, was ich meine«, erläuterte er Hartnell.

Don nickte.

»Ich wollte ihn Mrs. Cornelius Tandler und ihrem Institut zur Bekämpfung des Sozialismus empfehlen«, bemerkte er dann, sehr ernsthaft, »was meinen Sie dazu, Herr Kollege?«

Dr. Steiglhöringer wußte nicht recht, was er sagen sollte. »Tatsächlich?« murmelte er, »nun ja, warum nicht?«

Es wurde nicht ganz klar, ob er diesen Einfall Hartnells nun begrüßte oder mißbilligte. Statt einer Erklärung nahm er ein Blatt Papier aus seinem Schreibtisch, betrachtete es kurz und reichte es Don.

»Bitte«, sagte er, »geben Sie das Ihrem verehrten Herrn Onkel, Mr. Clayton. Diese Liste wird ihm gute Dienste leisten. Sie enthält alle die Institutionen, die ich für förderungswürdig halte ...«

Hartnell nahm das Blatt und las:

1. Wirtschaftsrat der CDU e.V., Bonn, Ölbergstr. 12;

2. Wirtschaftsrat der Union e.V., München, Arco-Palais, Brienner Straße;

3. Studiengesellschaft für staatspolitische Öffentlichkeitsarbeit, anerkannt gemeinnütziges Institut für Erwachsenenbildung, zu Händen von Herrn Karl Friedrich Grau, Amorbach/Odenwald;

4. Studiengesellschaft für staatspolitische Öffentlichkeitsarbeit, Zweigstelle Nord, zu Händen von Herrn Artur Missbach, Altenbükken Kr. Grafschaft Hoya;
5. Gemeinnützige Vereinigung zur Förderung der politischen Willensbildung, Bad Neustadt/Saale, Generalbevollmächtigter: Herr Karl Friedrich Grau, Amorbach/Odenwald;
6. Staats- und Wirtschaftspolitische Gesellschaft e.V., Köln, Händelstr. 53, zu Händen von Herrn Hugo Wellems;
7. Gesellschaft für konstruktive Politik e.V., Amorbach/Odenwald, zu Händen von Herrn Karl Friedrich Grau ...
»Wer ist denn dieser so konstruktive und gemeinnützige Herr Grau?« erkundigte sich Hartnell und steckte die Liste ein.
»Ein ungemein fleißiger und absolut zuverlässiger Mann«, erwiderte Dr. Steiglhöringer eifrig, »im letzten Bundestagswahlkampf sind enorme Summen durch seine Hände gegangen. Und er arbeitete engstens zusammen mit den anderen Herren – mit Herrn Wellems, bei dem er häufig Vorträge hält, und vor allem mit Herrn Missbach ... Wenn ich Ihnen noch sonstwie behilflich sein kann, Herr Kollege?«
Hartnell schüttelte den Kopf, und Steiglhöringer begann, Dons Mitgebringe auszuwickeln, hielt damit inne und fragte noch einmal:
»Kann ich wirklich nichts mehr für Sie tun? Sie wissen, daß ich ganz ...«
»Nein«, unterbrach ihn Hartnell, »ich benötige nichts mehr. Sie haben bereits, wenn ich das sagen darf, des Guten fast ein wenig zuviel für mich getan. Grüßen Sie Herrn Hauser von mir und geben Sie ihm, bitte, diesen Umschlag, in dem sich sein Scheck befindet, den ich nun nicht mehr brauche.«
»Herr Hauser?« fragte Steiglhöringer, etwas verlegen, wie es schien.
»Ja, so nannte er sich«, erwiderte Hartnell, »aber machen Sie sich keine Sorgen – er wird sich bestimmt bei Ihnen melden ... Ein sehr fähiger Mensch übrigens, dieser Herr Hauser, nur leider etwas skupellos und nicht sehr wählerisch in seinen Arbeitsmethoden ... Nun, mich geht das nichts an, Herr Kollege, und ich hoffe, auch Sie nicht. Apropos, erschrecken Sie bitte nicht, wenn Sie das Päckchen öffnen. Es ist eine Mauser-Pistole darin, Kaliber 7.65, mit Schalldämpfer – habe ich das richtig ausgesprochen? Ja? Sie ist in meinem Zimmer verloren worden. Behalten Sie sie, zum Andenken, bis der Verlierer sich meldet ... Ich darf

mich jetzt wohl verabschieden. Nein, Sie brauchen sich meinetwegen nicht zu bemühen – mein Taxi wartet draußen. Das Bild nehme ich mit, wie es ist. Danke schön, Herr Kollege – ich denke, Sie werden doch dafür keine Quittung benötigen?« Und damit verließ Hartnell den Raum.

Christa, mit der Don wenig später in einem italienischen Restaurant in der Münchener Innenstadt zu Abend aß, meinte, als er ihr seinen Abschiedsbesuch in der Villa des deutschen Kollegen schilderte:
»Schade, daß Sie mich nicht mitgenommen haben.«
Dann kam sie auf die Liste zu sprechen, die Don ihr gezeigt hatte:
»Dieser alerte Herr Grau«, erläuterte sie Hartnell, »der unter gleich drei verschiedenen Vereinsnamen die Hand aufhält, hat im letzten Bundestagswahlkampf eine besonders unrühmliche Rolle gespielt. Seine diversen, angeblich gemeinnützigen Organisationen verpulverten Hunderttausende, um Willy Brandt zu verunglimpfen. Mal bezeichneten sie ihn in Zeitungsanzeigen als Sympathisant der ›Baader-Mahler-Meinhof-Bande‹, weil der Rechtsanwalt Horst Mahler den Brandt-Sohn Peter 1968 einmal wegen eines Bagatelldelikts verteidigt hatte; mal inserierten sie, Brandt betreibe ›das allmähliche Eingliedern Deutschlands in den sozialistischen Völkerblock des Ostens‹. Und den Gipfel der Frechheit erreichte diese Grau-Kampagne mit einer kurz vor den Wahlen veröffentlichten ganzseitigen Anzeige in der *Welt,* worin es hieß, die von Willy Brandt geführte Bundesregierung sei nicht in der Lage, ›*Sicherheit auch für unsere jüdischen Mitbürger*‹ zu gewährleisten.«
»Phantastisch«, meinte dazu Don, »ausgerechnet die alten Nazis machen sich Sorgen um die ihren Mordkommandos entronnenen Juden!«
Dann blickte er auf die Uhr.
»Es ist höchste Zeit für mich, Christa. Bringen Sie mich noch zum Flugplatz?« Und als er ihre enttäuschte Miene sah, fügte er eilig hinzu: »Niemand außer Ihnen weiß, daß ich die Nachtmaschine nach New York benutze ... Es ist besser so. Regeln Sie alles für mich im Hotel und bei Herrn Liesegang. Wir sehen uns sicherlich bald wieder, Christa – ich hoffe es zumindest sehr. Und auf jeden Fall werden Sie sehr bald von mir hören!«

Tatsächlich erhielt Christa bereits wenige Tage später einen Luftpostbrief aus New York. Der Umschlag enthielt zwei verschiedene Schreiben, und als sie das erste zu lesen begann, wunderte sie sich über die Förmlichkeit der wenigen Zeilen, insbesondere der Anrede, die *Sehr geehrtes Fräulein Doktor* lautete. Dann sah sie die Unterschrift unter dem Brief, *Ihr sehr ergebener Benjamin A. Clayton,* und atmete erleichtert auf.
Der kurze Text besagte, daß sich die Herren McClure, Clayton, Fergusson, Fergusson & Dew glücklich schätzten, ihr ein Fünftel der in der Angelegenheit *David Seligmann (Erbansprüche nach Markus Levinsky)* ausgelobten Belohnung zusprechen zu können; ein Betrag von zehntausend Dollar werde an sie überwiesen, sobald sie bekanntgebe, wohin sie die Überweisung erbitte.
Der zweite Brief war erheblich länger, weit weniger förmlich und lautete:
»Liebe Christa,
seit einigen Tagen bin ich nun wieder in New York, und wenn ich Ihnen nicht eher geschrieben habe, so nur deshalb, weil ich erst einige Dinge klären wollte.
Mein Onkel Ben und die anderen Seniorpartner meiner Firma waren, wie nicht anders zu erwarten, außerordentlich zufrieden mit der raschen und weit über Erwarten günstigen Erledigung jener Angelegenheit, die uns ein Wochenende lang in Atem gehalten hat. Natürlich habe ich nicht verfehlt, darauf hinzuweisen, daß ohne die so gründliche Vorarbeit unseres tapferen Frettchens und ohne Ihre weit über das zu erwartende Maß hinausgehende Unterstützung die Aufklärung dieser so überaus komplizierten Angelegenheit unmöglich gewesen wäre. Meine Partner und unser Klient, Mr. David Seligmann, lassen Ihnen durch mich sagen, daß sie Ihnen überaus dankbar sind, und es wäre nun an mir, Ihnen auch noch meinen persönlichen Dank auf diesem Wege auszusprechen. Damit und mit einem Scheck, den Sie wahrlich verdient haben und hoffentlich gut gebrauchen können, hätte die Sache dann ihr Ende.
Dies scheint mir indessen sehr unbefriedigend, zumal ich inzwischen Zeit hatte, ein wenig über die Dinge nachzudenken, mit denen ich durch Sie, liebe Christa, erstmals in Berührung gekommen bin. Ich meine jene von mir, als ich nach Deutschland kam, für längst tot oder doch völlig entmachtet und bedeutungslos gehaltenen Personen und politischen Gruppen, die

schon einmal, wenn nicht gar zweimal, so großes Unheil über die ganze Welt gebracht haben. Ich erinnerte mich der ungeheuren Anstrengungen und Opfer, die nötig waren, diese Mächte daran zu hindern, ihr Schreckensregiment über die ganze Erde auszudehnen. Unter den Millionen Toten, die dieser Kampf forderte, war übrigens auch mein Vater; er fiel am 7. Juni 1944 in der Normandie im Nahkampf mit einem SS-Bataillon ... Ich will Sie, liebe Christa, nicht langweilen mit Dingen, von denen Sie seit längerem mehr verstehen als ich, und ich will Ihnen deshalb nur die Resultate meiner Überlegungen mitteilen, zu denen Sie und Herr Fretsch den Anstoß gegeben haben, als Sie mich konfrontierten mit der Tatsache, daß ehemalige Gestapo-Helfer, SS-Führer und ›Arisierer‹ nicht nur zu den Reichsten und Mächtigsten der Bundesrepublik gehören, sondern unheilvoll weiterwirken können im alten Nazi-Geist, getarnt hinter Bezeichnungen wie ›christlich‹, ›demokratisch‹ oder ›sozial‹, mit geheimen Giftküchen, die als ›gemeinnützig‹ anerkannt sind, und sogar noch mit dem Großen Bundesverdienstkreuz ausgezeichnet.
Ich habe mit Herrn David Seligmann eine lange Unterredung darüber gehabt, und er hat sich entschlossen, die Rebecca-Seligmann-Gedächtnis-Stiftung zu etwas Besonderem zu machen, das über den üblichen Rahmen konventioneller Wohltätigkeit hinausgeht. Er hat deshalb ein ansehnliches Stück seines unverhofften Erbes dieser Stiftung zusätzlich zur Verfügung gestellt und ihr einen Auftrag erteilt, der darin besteht, den als rechtskonservativ getarnten nazistischen Kräften in der Bundesrepublik und anderswo mit allen geeigneten legalen und demokratischen Mitteln entgegenzuwirken. Nachdem Herr Seligmann mich gebeten hat, das Amt des Schatzmeisters der Stiftung zu übernehmen, habe ich Sie, liebe Christa, für den Posten des Generalsekretärs vorgeschlagen – wie ich offen gestehe, nicht nur aus rein sachlichen Erwägungen, wobei ihre Kompetenz außer Frage steht, sondern auch in der persönlichen Hoffnung, sehr häufig das Vergnügen zu haben, Sie wiederzusehen. Sie sind hiermit herzlich eingeladen, zu einer detaillierten Besprechung der ganzen Angelegenheit nach New York zu kommen. Bitte, teilen Sie mir mit, wann Sie fliegen wollen, damit ich alles Weitere veranlassen kann. Es freut sich auf Ihren Besuch

Ihr Donald Hartnell

PS.
Bitte suchen Sie vor Ihrer Reise Herrn Fretsch auf, dessen Gesundheit hoffentlich wieder ganz hergestellt ist, und sichern Sie unserer Stiftung seine guten Dienste. Er hat übrigens sämtliche Originale der Dokumente, die auf dem Mikrofilm waren, und auch die aller anderen, irgendwo gut verwahrt. Jedenfalls äußerte er sich in diesem Sinne, als ich ihn an seinem Krankenbett aufsuchte, ehe der charmante Herr Hauser mit dem Geldkoffer kam. Ich hoffe, Sie verzeihen mir, daß ich Ihnen davon nicht eher etwas sagte. Herzlich Don.

Teil 2

Ein Buch, seine Entstehung und seine Wirkung

I. Die Bezeichnung eines Werks als *Tatsachenroman* scheint auf den ersten Blick einen *Widerspruch in sich* zu enthalten. Entweder, so meint man, handelt es sich um einen Roman; dann müßte er Erfundenes enthalten, keine wahren, beweisbaren Tatsachen. Oder es geht darin um echte Tatbestände und um wirkliche Personen, die unverschlüsselt dargestellt und bei ihren richtigen Namen genannt werden; dann aber scheint es abwegig, den Bericht als Roman zu bezeichnen.
Daß es dennoch Mischformen gibt und daß diese durchaus ihre - literarische wie journalistische - Berechtigung haben, soll der folgende Werkstattbericht zeigen. Es geht darin um die - für den Leser im Nachhinein gewiß nicht uninteressante - Geschichte der Entstehung des erstmals 1974 erschienenen Buches *Großes Bundesverdienstkreuz* sowie um die Auswirkungen dieser Veröffentlichung.
Einige der in diesem Buch behandelten Personen haben zwischen 1974 und heute wiederholt Schlagzeilen gemacht, zum Beispiel der zum BDA- und BDI-Präsidenten aufgestiegene, dann von Terroristen entführte und ermordete Ries-Intimus Dr. Hanns Martin Schleyer. Umgekehrt kommen einige Prominente, für die der »Arisierungskönig« Ries zur Schlüsselfigur ihres Aufstiegs wurde, im Buch noch gar nicht vor, zum Beispiel Bundeskanzler Helmut Kohl, der seinen »Entdecker« und langjährigen Förderer Dr. Fritz Ries mit dem Großen Bundesverdienstkreuz, später noch mit dem Stern dazu, auszeichnete. Denn von den Beziehungen zwischen Ries und Kohl erfuhr ich erst im Verlaufe eines Prozesses.

II. Der allererste Anstoß, der schließlich dazu führte, daß ich anderthalb Jahre später den Tatsachenroman *Großes Bundesverdienstkreuz* zu schreiben begann, läßt sich auf Tag und Stunde genau datieren:

An einem regnerischen Sonnabendmorgen, dem 11. November 1972, entdeckte ich beim Frühstück, gegen 8.30 Uhr, in einer Zeitung, die ich sonst nicht las und die mir an diesem Tag unverlangt zugestellt worden war, nämlich in Springers deutschnationalem Kampfblatt *Die Welt*, ein ganzseitiges Inserat, das sofort meine Aufmerksamkeit erregte. Die Schlagzeile dieser Anzeige behauptete nämlich, *»Sicherheit auch für unsere jüdischen Mitbürger«* könnten allein die Konservativen, die Unionsparteien CDU und CSU, gewährleisten, keinesfalls jedoch die Sozialdemokraten unter Führung von Willy Brandt!
Mit dieser ebenso absurden wie verleumderischen Behauptung, die den seit 1969 die Bundesrepublik regierenden Kanzler und Friedensnobelpreisträger des Jahres 1971, Willy Brandt, als »Sicherheitsrisiko« für die Überlebenden des Holocaust erscheinen lassen wollte, hatte eine ausgedehnte und gänzlich skrupellose Hetzkampagne das erreicht, was dann die *Frankfurter Rundschau* in einer Analyse der Wahlkampfmethoden den *»absoluten Tiefpunkt«* nannte. Die acht Tage später, am 19. November 1972, stattfindende Bundestagswahl ging indessen ganz anders aus, als es sich die - anonymen - Wahlhelfer der Unionsparteien erhofft hatten: Das sozialliberale Regierungsbündnis siegte, die Sozialdemokraten erhielten mehr Stimmen als je zuvor, wurden zur stärksten Partei im Bundestag, und Willy Brandt blieb Bundeskanzler.
Auch nach beendetem Wahlkampf, als in Bonn längst wieder geschäftiger Alltag herrschte, ging mir das seltsame, vorgeblich um die *»Sicherheit auch für unsere jüdischen Mitbürger«* besorgte Zeitungsinserat nicht aus dem Kopf. Ich bemühte mich darum, die Urheber und Hintermänner dieser offensichtlich aus der rechten Ecke, jedoch größtenteils anonym und mit Postfach-Adressen geführten Anzeigenkampagne gegen Willy Brandt ausfindig zu machen. Intensive Recherchen, bei denen mir befreundete Journalisten in den Pressehäusern auch des Springer-Verlags wertvolle Hinweise gaben, bestätigten dann, was ich von Anfang an vermutet hatte:
Die Manager und Ideologen der unter allerlei Tarnbezeichnungen geführten Kampagne waren fast durchweg alte Nazis, bewährte Fachleute aus dem einstigen ›Promi‹, dem Reichsministerium für Volksaufklärung und Propaganda des Dr. Josef Goebbels; ihre Geldgeber, soweit sie ausfindig zu machen gewesen waren, hatten ebenfalls eine tiefbraune Vergangen-

heit, und es handelte sich bei ihnen zumeist um die Inhaber mittlerer Industriekonzerne mit Jahresumsätzen von 300 Millionen bis etwa 1,5 Milliarden Mark. (Die Großkonzerne hatten ihre Spenden entweder auf allerlei Umwegen oder gründlicher getarnt in dieselben Töpfe fließen lassen oder aber in den offiziellen Wahlkampffonds der Unionsparteien gezahlt.)
Die detaillierten Ergebnisse meiner damaligen Recherchen wurden dann im Frühjahr 1973 unter dem Titel *Das Schwarze Kassenbuch. Die heimlichen Wahlhelfer der CDU/CSU* mit einem Vorwort von Heinrich Böll als *pocket 43* bei Kiepenheuer & Witsch veröffentlicht. Schon in dieser Dokumentation sind viele der »Helden« des späteren Tatsachenromans *Großes Bundesverdienstkreuz* namentlich genannt, beispielsweise der Chefideologe Dr. Eberhard Taubert, ehedem zuständig für die *Aktivpropaganda gegen die Juden* im Reichspropagandaministerium; Artur Missbach, Herausgeber der *Vertraulichen Mitteilungen* und bis 1969 CDU-Bundestagsabgeordneter; Dr. Hanns Martin Schleyer, damals Personalchef der Daimler Benz AG und auch schon Vizepräsident der Bundesvereinigung Deutscher Arbeitgeberverbände, oder auch Dr. Fritz Ries, der damalige Großaktionär und Vorstandsvorsitzende des *Pegulan*-Konzerns.
Auch konnte bereits in diesem *Schwarzen Kassenbuch* auf einige Querverbindungen hingewiesen werden: Dr. Taubert hatte nicht nur Spenden des *Pegulan*-Konzerns beschafft und den von ihm ideologisch betreuten Tarnorganisationen sowie deren – nur aus einem Postfach bestehenden – »Instituten« zukommen lassen; er war auch der Leiter des Persönlichen Büros von Dr. Fritz Ries. Dr Schleyer war nicht nur ›Mercedes‹-Personalchef und BDA-Vizepräsident (sowie in diesen Eigenschaften der Vertrauensmann des Großindustriellen Friedrich Flick), sondern auch stellvertretender Aufsichtsratsvorsitzender des *Pegulan*-Konzerns. Und schließlich hatte Dr. Fritz Ries bei *Pegulan* eine Mitgesellschafterin: die – später tödlich verunglückte – Ehefrau des CSU-Vorsitzenden Franz Josef Strauß, Marianne geborene Zwicknagl.
Indessen war in der als *Schwarzes Kassenbuch* 1973 veröffentlichten Dokumentation, soweit es sich um solche personellen Querverbindungen handelte, nur die Spitze des Eisbergs erkennbar geworden, denn mehr hatte ich damals noch nicht herausfinden können. Aber schon wenige Wochen nach

Erscheinen erreichten mich allerlei Leserbriefe mit neuen Informationen, die mich dazu bewogen, die Recherchen wiederaufzunehmen, diesmal sozusagen mit einer Zielvorgabe: Von der Arbeitshypothese ausgehend, daß – da alle Wege zu Dr. Ries zu führen schienen – dem *Pegulan*-Boß besondere Aufmerksamkeit zu schenken sei, konzentrierte ich mich ganz auf seine Person, weil er offenbar eine Art Katalysator war, will heißen: ein Faktor, der – obwohl, für sich genommen, ziemlich unbedeutend – unterschiedliche Kräftegruppen und Einzelpersonen des rechten politischen Spektrums zusammenzubringen und zu neuen, nunmehr sehr bedeutsamen Aktivitäten, etwa dem Versuch, Bundeskanzler Willy Brandt zu stürzen und seine Entspannungspolitik zu beenden, anzuregen verstand.
Unter den Informationen, die ich erhalten hatte, schien mir eine von besonderem Interesse. Sie besagte, Dr. Ries suche wirtschaftliche Kontakte zur Volksrepublik Polen, wage es aber nicht, selbst dorthin zu reisen, vermutlich aus Gründen, die mit seiner Tätigkeit zwischen 1939 und 1945 zu tun hätten. War er vielleicht während des Zweiten Weltkriegs im besetzten Polen gewesen und hatte sich dort irgend etwas zuschulden kommen lassen?
Der Zufall wollte es, daß mir, gerade als ich mich für diesen Dr. Ries stärker zu interessieren begann, eine Pressemitteilung des *Pegulan*-Konzerns zuging. Sie bat um Würdigung der unternehmerischen Leistung des Konzernchefs Dr. Ries anläßlich seines 65. Geburtstags und berichtete, daß dem Jubilar »in Anerkennung seines Engagements für die Gesellschaft« vom damaligen Ministerpräsidenten des Landes Rheinland-Pfalz, Helmut Kohl, der Stern zum Großen Bundesverdienstkreuz überreicht worden war.
Die Pressemitteilung enthielt auch einen kurzgefaßten Lebenslauf des Dr. Ries, und diesem war zu entnehmen, daß der Ausgangspunkt (und bis 1946 auch das Zentrum) der unternehmerischen Tätigkeit des nunmehr in Frankenthal in der Pfalz tätigen Industriellen die Leipziger Gummiwarenfabrik Flügel & Polter gewesen war.
Auf gut Glück fragte ich einen mir bekannten Historiker der DDR, ob es über dieses Leipziger Werk und dessen früheren Inhaber dort noch irgendwelche Unterlagen gebe und ob ich diese vielleicht einsehen könnte. Die Antwort ließ einige Wochen auf sich warten, war dann aber sehr positiv:

Die ehedem als Flügel & Polter firmierende Gummiwarenfabrik existiere noch, nunmehr als volkseigener Betrieb (VEB). In dessen Kellern lagere, unberührt seit Jahrzehnten, der gesamte Bestand an Geschäftspapieren, Firmenkorrespondenz, Personal-, Steuer- und sonstigen Akten seit der Gründung des Unternehmens, und ich könnte diese Unterlagen jederzeit einsehen oder durch einen Beauftragten einsehen lassen.
Da ich ohnehin vorhatte, nach Berlin zu reisen, nahm ich mir die Zeit für eine zweitägige Unterbrechung der Fahrt in Leipzig und zum Besuch der früher Herrn Dr. Ries gehörenden Fabrik. Die Aktenberge, die man mir dort bereitwillig zeigte, ließen mich fast verzagen: Es würde Monate dauern, alles durchzusehen!
Doch schon die ersten Stichproben ergaben dann, daß sich die Aufgabe etwas leichter bewältigen ließ, als auf den ersten Blick zu vermuten war: Von besonderem Interesse waren nämlich nur die Akten des ehemaligen Chefbüros, die zwei Dutzend Leitz- Ordner füllten. Diese Unterlagen ließen sich in der mir zur Verfügung stehenden Zeit flüchtig durchsehen. Ich konnte alle mir möglicherweise nützlichen Briefkopien und Notizen kennzeichnen und einen pensionierten Archivar damit beauftragen, alle dazugehörigen Vorgänge aus den Unterlagen der einzelnen Abteilungen herauszusuchen und mir von den neu zusammengestellten Dossiers Ablichtungen anfertigen zu lassen. Die Zeit, die diese Arbeit erforderte, benutzte ich zu Nachforschungen an anderen Stellen, zum Beispiel beim Westberliner *Document Center,* beim Münchner Institut für Zeitgeschichte sowie auf schriftlichem Wege bei der *Library of Congress* in Washington, wo Millionen von Dokumenten, die Vorgänge in Deutschland und in den von der deutschen Wehrmacht besetzten Gebieten während des Zweiten Weltkrieges betreffend, für jedermann zugänglich sind - man muß nur ihre Mikrofilm-Nummer angeben und die bescheidene Gebühr für einen vergrößerten und beglaubigten Abzug einsenden.
Nach drei Monaten hatte ich nicht nur alle Unterlagen zusammen, die ich für die geplante Dokumentation benötigte, sondern auch noch eine Vielzahl von zusätzlichen Informationen, beispielsweise die Personalakte des Dr. Eberhard Taubert aus der Zeit, da dieser nebenbei als ehrenamtlicher Richter beim 1. Senat des berüchtigten Volksgerichtshofs gewirkt hatte; und Dr. Tauberts damalige Korrespondenz mit dem späteren Bun-

deskanzler Kurt Georg Kiesinger, seinerzeit Verbindungsmann des Auswärtigen Amts zum Goebbels-Ministerium; oder auch die Personalakten des späteren CDU-Bundestagsabgeordneten Artur Missbach, der zu meiner großen Überraschung nicht nur ein ›Alter Kämpfer‹ der Nazi-Partei gewesen war, sondern auch – Direktor der Riesschen Konzern-Holdingfirma Flügel & Polter!

Es hatten sich auch diverse Dokumente gefunden, die Nazi-Vergangenheit des einen oder anderen Ries-Freundes oder Mitarbeiters betreffend, ferner Kopien von Auskünften, die im besetzten Polen tätige Leitstellen des Sicherheitsdienstes (SD) der SS über Dr. Ries erteilt hatten und worin er als »Arisierungs-König« bezeichnet worden war.

Schließlich hatte ich – und auf nicht eben alltägliche Weise – eidesstattliche Versicherungen über den Inhalt streng vertraulicher Gespräche erhalten, die von Spitzenpolitikern der Unionsparteien geführt worden waren und die mögliche Abwerbung von einigen FDP-Abgeordneten betrafen, mit deren Hilfe die Mehrheitsverhältnisse im Bonner Bundestag verändert werden sollten mit dem Ziel, die Regierung Brandt-Scheel zu stürzen. Und wiederum hatte Dr. Fritz Ries im Mittelpunkt dieser geheimen Machenschaften gestanden; sein steiermärkischer Landsitz, Schloß Pichlarn, war von ihm für diese heimlichen Begegnungen und Beratungen zur Verfügung gestellt worden; er hatte »geeignete« freidemokratische Abgeordnete dorthin eingeladen und mit »Herren der Wirtschaft« und führenden Unionspolitikern zusammengeführt, auch selbst auf unverfängliche Weise einige Hauptakteure der geplanten »Wende« sich und seiner Familie »verpflichtet«.

Kurz, ich befand mich nunmehr in einem *embarras de richesse,* in der Verlegenheit, plötzlich ein Übermaß an wichtigen Informationen zu besitzen! Hinzu kam, daß die höchst bedeutsamen Kreuz- und Querverbindungen zwar für einen Experten, zu dem ich inzwischen geworden war, ihren besonderen Reiz hatten und auch noch eben überschaubar waren, den normalen Leser politischer Dokumentationen jedoch weit überfordert hätten. Da es mir aber darauf ankam, mit meinen Enthüllungen ein möglichst breites Publikum und vor allem jüngere Leute zu erreichen, stand ich nun, da ich mein erstes Problem, den Mangel an Informationen, über Erwarten gut gelöst hatte, vor einem neuen, das zunächst unüberwindlich schien.

III. Da saß ich also vor meinen Aktenbergen, betrachtete mit Sammlerstolz die eine oder andere als Rarissimum zu bezeichnende Kostbarkeit, etwa eine Anfrage des Dr. Ries an einen Stabskapitän Lederer vom 23. Februar 1945, den Transport von 15 000 Flaschen Sekt im Gewicht von 30 Tonnen von Eltville bei Wiesbaden nach Leipzig betreffend, und begann gleichzeitig zu verzweifeln wegen der Unmöglichkeit, die vielen tausend interessanten Einzelheiten nicht nur schlicht zu dokumentieren, sondern auch ihre aktuelle Bedeutung und politische Brisanz deutlich zu machen, ohne gleichzeitig eine Enzyklopädie über die Wurzeln des erneuerten Machtanspruchs einer kapitalstarken konservativen Clique und ihres aus »Alten Kämpfern« der Nazi-Partei und ehemaligen SS-Führern bestehenden Anhangs zu verfassen, also ein Werk, dessen Umfang und dadurch bedingter Preis gerade diejenigen abschrecken würde, die ich damit erreichen wollte.
Um beim Beispiel des für Herrn Dr. Ries damals wie auch später branchenfremden Schaumweintransportes zu bleiben: Meine Frau, die ich als erste zu Rate zog und die zum Zeitpunkt des von Dr. Ries im Februar 1945 geplanten Sekt-Erwerbs noch zum Empfängerkreis winziger Sonderrationen für Kleinkinder gehört hatte, meinte zu meinem ihr mit Stolz präsentierten Dokumentenfund: »Was ist daran so verwunderlich? *Die* lebten doch damals wie die Maden im Speck - das weiß man doch!«
Meine Tochter Sabine, Jahrgang 1960 und als ein verständigen Lesens fähiges Haushaltsmitglied seinerzeit meist das zweite Opfer meiner Experimente zur Erprobung der Wirksamkeit mir sensationell erscheinender Entdeckungen, äußerte lediglich etwas Erstaunen über den offenbar enormen Durst des Dr. Ries und seiner Freunde im frühen Frühjahr 1945.
Es dauerte eine ganze Weile, bis meine - an sich hinlänglich geschulten - Familienmitglieder endlich begriffen, was es bedeutet hatte, am 23. Februar 1945 einen Transport von 30 Tonnen nicht eben kriegsentscheidend wichtiger Güter auch nur ins Auge zu fassen!
An jenem Tage hatten die sowjetischen Armeen schon die Oder erreicht und Breslau eingeschlossen; die US Army stand bereits am Rhein, und die Briten begannen gerade den Angriff auf das Ruhrgebiet. Die meisten größeren Städte Deutschlands lagen in Schutt und Asche; die Alliierten beherrschten den

Luftraum; Bomben- und Tieffliegerangriffe, vor allem auf Fernstraßen, Brücken, Bahnhöfe und Eisenbahnknotenpunkte hatten den Verkehr weitgehend zum Erliegen gebracht; Hunderttausende von Flüchtlingen, vornehmlich Frauen, Kinder und Greise, waren auf den deutschen Landstraßen unterwegs – mit den seltsamsten Fuhrwerken, mit hochbepackten Fahrrädern oder zu Fuß mit Schubkarren, Kinderwagen und schweren Koffern. Es gab kaum noch Lastwagen, und die wenigen Autos, die Verwundete, Munition und Lebensmittel transportierten, blieben häufig am Straßenrand liegen, weil es ihnen an Treibstoff fehlte. Und zu dieser Zeit, mitten im Chaos des totalen Zusammenbruchs, war der Gummiwaren-Konzernchef Dr. Fritz Ries damit beschäftigt gewesen, die Beschaffung von 15 000 Flaschen Sekt und deren Lastwagentransport vom Rhein nach Sachsen zu organisieren, hatte dazu, während schon Halbwüchsige die Flakgeschütze bedienten, Personal und Fahrzeuge einer militärischen Hilfsorganisation angefordert ...!
Nachdem ich diese Erläuterungen gegeben hatte, meinten meine Frau und meine Tochter, das sei nun allerdings wahrlich ein starkes Stück gewesen und für sie recht interessant und lehrreich. Sie betrachteten nun meine Fotokopie eines scheinbar belanglosen Sechs-Zeilen-Briefs von anno dazumal mit ganz anderen Augen. Ja, und dann wollten sie wissen, warum ich die zum Verständnis erforderliche Hintergrundinformation nicht auch, genauso wie ihnen, meinen Lesern geben könnte.
Ich erwiderte, daß dann zu einem Dokumententext von genau sechs Zeilen weitere dreißig Zeilen Erläuterungen kämen; daß aus der geplanten Dokumentation von höchstens dreihundert Seiten Umfang ein dicker Wälzer werden würde, annähernd 1800 Seiten stark und mehr an einen der Bände des Großen Brockhaus erinnernd als an das preiswerte Buch, das mir vorschwebte.

IV. Nach solchen und ähnlichen Diskussionen im Familien- und Freundeskreis beschloß ich, meine Probleme noch einmal ganz von vorn zu überdenken.
Was wollte ich eigentlich? Die Antwort lautete: Ein Komplott aufdecken, eine aktuelle Gefahr deutlich machen, die in vollem Umfang erst begreiflich wurde, wenn man die Wurzeln bloßlegte ...

Ein Wort von Bertolt Brecht fiel mir ein: *Realistisch heißt, den gesellschaftlichen Kausalkonnex aufdeckend...*
Die Dokumentenfunde, die Vergangenheit des *Pegulan*-Konzernchefs Dr. Fritz Ries betreffend, waren in diesem Sinn wahrlich realistisch. Obwohl es sich bei Ries um einen scheinbar nicht sonderlich wichtigen Gschaftlhuber handelte, enthüllten seine Geschäftspapiere aus der Nazizeit sowie die Informationen neueren Datums über seine politischen Verbindungen und Aktivitäten tatsächlich den »gesellschaftlichen Kausalkonnex«, im speziellen Falle: die Zusammenhänge zwischen einstiger »Arisierung« im großen Stil, Zwangsarbeiter-Ausbeutung und Profitmaximierung durch Terror sowie nunmehrigen Abgeordneten-Käufen zum Zweck eines Sturzes der Regierung Brandt und ihres Ersatzes durch ein konservatives, konzernfreundliches Bundeskabinett, womöglich unter der Kanzlerschaft eines ganz von Ries und seinen Freunden abhängigen CDU-Politikers.
Die Schwierigkeit, die es noch zu überwinden galt, lag darin, den Inhalt von Aktenbergen aufzubereiten; die ursächlichen Zusammenhänge breiten Leserschichten nicht nur begreiflich, sondern auch interessant zu machen; das Spannende, das der Wust von Dokumenten zweifellos für mich selbst besaß, anderen zu vermitteln.
So wie damals Herr Dr. Ries nach Lastwagen und Treibstoff Ausschau hielt, um die vielen in Wiesbaden lagernden Sektkisten nach Leipzig zu schaffen, so suchte ich nun nach einem Vehikel für den Transport meiner Informationen und Schlußfolgerungen; nach ein paar Wägelchen, die sich, hinreichend beladen, auf eine für den Empfänger, also den Leser, interessante, will heißen: seiner Interessenlage entsprechenden Weise dazu benutzen ließen, ein Spezialwissen als allgemeines Gedankengut auf möglichst viele Köpfe zu verteilen.
So entstand die Idee einer bescheidenen Rahmenhandlung zum Zweck eines portionsweisen Transports der vorhandenen Informationen und ihrer gleichzeitigen publikumsgerechten Aufbereitung. Bescheiden mußte die Rahmenhandlung sein, damit ihre Spannung nicht stärker würde als die der transportierten Informationen, auf die es allein ankam. Es mußte in Kauf genommen werden, daß ich mir damit die Rüge der Banalität einhandelte; daß mir von der Kritik vorgeworfen werden würde, ich hätte eine eigentlich ganz überflüssige, im Grunde

sehr dürftige Groschenheft-Handlung um eine hochinteressante, äußerst brisante Dokumentation gewunden. Tatsächlich kam dieser Vorwurf später in den bürgerlichen Feuilletons, und ich habe brav dazu geschwiegen, mich zugleich mit dem jesuitischen Grundsatz getröstet, daß *ad majorem dei gloriam* der Zweck die Mittel heilige.

Natürlich hätte ich die attraktive blonde Dolmetscherin Christa mit ihren profunden zeitgeschichtlichen Kenntnissen sowie den naiven, wie ein Tennis-Profi aussehenden New Yorker Rechtsanwalt Don Hartnell missen können, erst recht den aalglatten CSU- Advokaten Dr. Steiglhöringer und dessen ölige Sprüche. Umgekehrt war ich häufig versucht, die Rahmenhandlung ein wenig zu verstärken, etwa den sich anbahnenden Flirt zwischen Christa und Don rasch und zu beider wie auch der Leser Wohlgefallen zum Ziel zu führen. Ich hätte auch gern mal etwas Aufregenderes vor die entzündeten Augen des Detektivs geraten lassen als staubige Akten und alte Briefe - vielleicht Pläne für einen Staatsstreich, Koffer voll Gold, Juwelen und gebündelter Tausend-Dollar-Scheine - wie sie die an der »Endlösung der Judenfrage« Beteiligten als »Kriegsbeute« mit nach Hause brachten - oder wenigstens ein paar - hochkarätige Moralprediger aus der christlich-konservativen Ecke kompromittierende - Aktfotos.

Da ich mir dies und vieles weitere versagt habe - es gibt in dem Rahmen-Krimi weder einen Mord noch eine Schießerei, noch eine Großfahndung, noch eine wilde Verfolgungsjagd über Dächer, Feuerleitern und Hängebrücken, nicht einmal eine pikante Bettszene, und das Äußerste an krimineller *action* in dieser Story ist ein betäubender Schlag über den Kopf des grauhaarigen Schnüfflers, der jedoch an dessen antifaschistischer Einstellung nichts ändert -, so ertrage ich den Vorwurf der Trivialität und der Verwendung von Groschenheft-Effekten mit großer Gelassenheit.

V. Die bescheidene Rahmenhandlung ermöglichte es mir, die echten Dokumente in einer Auswahl und Reihenfolge einzuführen, die Spannung erzeugt, ja, das Hauptinteresse des Lesers rasch auf das lenkt, worauf es ankommt, nämlich auf den von Brecht als realistisch bezeichneten gesellschaftlichen Kausalkonnex.

Kaum, daß es da irgendwo noch einen Zweifel geben kann, weder an der Echtheit der aufgefundenen Dokumente noch an ihren aktuellen Bezügen und an der Realität der Anschuldigungen, die sie enthalten und die sich gegen zahlreiche Prominente der bundesdeutschen Politik und Wirtschaft richten, deren voller Name samt Adresse, Firma, Besitzstand an Ämtern und Würden, mitunter bis zur Telefon- und Nebenanschlußnummer genau, aufgeführt wird.
Wo Erläuterungen nötig sind - und das ist häufig der Fall -, werden sie dem Leser nicht direkt gegeben, sondern indirekt vermittelt: in einem Frage- und Antwort-Spiel zwischem dem ›natürlich‹ nur dürftig informierten Amerikaner, der an bundesdeutschen Polit-Kabalen und den Folgen der Renazifizierung unter Bundeskanzler Adenauer zunächst kaum interessiert ist, und seiner gründlich bewanderten, politisch motivierten und um Klärung aller Zusammenhänge bemühten Dolmetscherin.
Damit jeder Irrtum ausgeschlossen ist, wurden am Schluß des Buches in einem angehängten Verzeichnis alle wirklichen Personen, die in den Dokumenten genannt sind, in alphabetischer Reihenfolge namentlich aufgeführt und näher beschrieben - von BENTZ, Horst, dem ehemaligen SS-Führer und nachmaligen Inhaber des *Melitta*-Konzerns, der damals rechte, außerparlamentarische Gruppen förderte, bis zu ZOGLMANN, Siegfried, dem ehemaligen Untersturmführer der »Leibstandarte SS Adolf Hitler« und obersten Führer der Hitlerjugend im »Protektorat Böhmen und Mähren«, der seinerzeit gerade von der FDP- zur CSU-Bundestagsfraktion (und damit von der Willy Brandt stützenden Koalition zu der zum Kanzlersturz entschlossenen rechten Opposition) übergewechselt war und später, um die Mitte der 80er Jahre, als Ex-Parlamentarier und Lobbyist der südafrikanischen Apartheids-Fanatiker wieder von sich reden machte, als umfangreiche Kriegswaffen-Exporte, an deren Zustandekommen er beteiligt war, aufgedeckt wurden...
Auf dem Schutzumschlag der Originalausgabe von *»Großes Bundesverdienstkreuz«* wurde dann auf meinen Wunsch hin noch einmal ausdrücklich darauf hingewiesen, *»daß nur die Detektive erfunden sind. Die Dunkelmänner aber, denen sie auf die Spur kommen, sind unter uns lebende Personen des öffentlichen Lebens.«*
Es gibt indessen eine Person, die eine Zwitterstellung zwischen Realität und Fiktion einnimmt: den zwielichtigen Illustrierten-

Chefredakteur, der im Roman die Vermittlung übernimmt zwischen den erfundenen »Detektiven« Don Hartnell, Fretsch und Christa und den keineswegs fiktiven, real existierenden Prominenten aus Politik und Wirtschaft. Seine Identität mußte notgedrungen verschlüsselt werden (und das Pseudonym, das er sich in der erfundenen Rahmenhandlung zulegt, *Mr. Hauser,* war und ist wohl noch heute für Eingeweihte beziehungsreich genug).

An der Nahtstelle zwischen erfundener Rahmen-Story und echter Dokumentation erlaubt sich dieser Mr. Hauser einen Trick, noch genauer: Rechtsanwalt Don Hartnell erlaubt es aus juristischen Gründen dem Mr. Hauser, diesen Trick anzuwenden. Don will klargestellt wissen, *»daß keine der durch die Dokumente möglicherweise bloßgestellten Personen etwas mit der Zahlung zu tun hat, denn wir, mein Klient und ich, wollen uns keinesfalls dem Verdacht aussetzen ... «* Und sogleich fällt ihm der schlitzohrige Mr. Hauser ins Wort: *»Ach, jetzt verstehe ich! Also, ich versichere Ihnen, daß weder Strauß noch Ries, weder Schleyer noch Taubert, Wellems, Missbach, Zoglmann oder irgendeiner ihrer deutschen Freunde auch nur das geringste mit unserem Handel zu tun hat. Zufrieden?«*

Und Hartnell ist damit zufrieden. Wir, meine Anwälte und ich, waren und sind es auch, denn damit ist die gefährliche Nahtstelle zwischen fiktiver Rahmenhandlung und echtem, notfalls beweispflichtigem Dokumentarteil sauber aufgetrennt.

Es ist einwandfrei klargestellt, selbst für das Landgericht München und dessen für solche Veröffentlichungen zuständige 9. Zivilkammer, daß – wie Christian Morgensterns Palmström es formuliert hat – *nicht sein kann, was nicht sein darf,* nämlich daß die realen Gestalten, deren wirkliche Vergangenheit die Dokumente bekanntmachen, auch nur das Geringste mit der Rahmenhandlung und deren Figuren zu tun hatten. Denn für diese Rahmenhandlung könnte ich ja niemals den Wahrheitsbeweis antreten, weil sie von mir frei erfunden worden ist, wenngleich einzig und allein zu dem Zweck, die durchaus nicht erfundenen Dokumente einem breiten Publikum vorzulegen und ihre Bedeutung zu erklären.

VI. Der Tatsachenroman *Großes Bundesverdienstkreuz* erschien im Frühjahr 1974 in der – damals dem C. Bertelsmann Verlag angegliederten – AutorenEdition. Das Buch kostete, mit

einem Umfang von 236 Seiten und in Leinen gebunden sowie mit einem schönen, mit einem Ordensstern illustrierten Schutzumschlag versehen, 22 DM, und es erreichte in verhältnismäßig kurzer Zeit eine Auflage von annähernd neunzigtausend verkauften Exemplaren. Daneben gab es bereits kurz nach Erscheinen zwei kartonierte Raubdruck-Ausgaben zu 6 und 7 DM, so daß das Werk schon mindestens hunderttausend Käufer gefunden hatte, ehe im März 1976 eine ungekürzte *rororo*-Taschenbuchausgabe auf den Markt kam. Die Medien nahmen sich des Buchs erfreulich gut an, so daß sein Inhalt eine noch weit stärkere Verbreitung fand, als die Verkaufsziffern erkennen ließen. Insgesamt sind bis Ende 1986, einschließlich der bundesdeutschen Taschenbuch- sowie etlicher Lizenzausgaben, mehr als eine halbe Million Exemplare abgesetzt worden, nicht gerechnet die Übersetzungen, die in Schweden, der Sowjetunion, in Polen und in einigen anderen Ländern erschienen sind.
Im Sommer 1974, nachdem *Großes Bundesverdienstkreuz* längst einen Dauerplatz auf den Bestseller-Listen gefunden hatte, wartete ich ungeduldig auf eine Reaktion der Betroffenen, will heißen: der durch die im Buch veröffentlichten Dokumente bloßgestellten Prominenten. Doch keiner von ihnen ließ sich herbei, die Wahrheit der von mir erhobenen Anschuldigungen öffentlich anzuzweifeln oder gar gerichtliche Klage, etwa auf Unterlassung, Widerruf und Schmerzensgeld, zu erheben. Offenbar waren sich die Herren darin einig, daß es wohl am besten wäre, überhaupt nicht zu reagieren, sondern abzuwarten, bis das Buch und die darin veröffentlichten Dokumente wieder in Vergessenheit gerieten.
Endlich durchbrach einer, der nur ganz am Rande erwähnt war, die Mauer des Schweigens: Herr Generaldirektor Hans-Joachim Götz, damals Chef der Günter Wagner Pelikan-Werke, Hannover, und Mitglied des Beirats der Deutschen Bank AG, auch Präsident der Industrie- und Handelskammer zu Hannover, ließ durch seine Anwälte rügen, daß er nicht, wie es im Buch wörtlich hieß, im Zweiten Weltkrieg *»als SS-Hauptsturmführer im Stabsamt des ›Reichskommissars für die Festigung des deutschen Volkstums‹ in den eroberten Ostgebieten tätig«* gewesen sei; diese Behauptung sei unwahr. Wahr hingegen sei, daß Herr Generaldirektor Götz damals bei der angegebenen Dienststelle den Rang eines *SS-Hauptsturmführers (F)* – das F

stand für Fachkraft – bekleidet habe. Der gewiß bedauerliche, wenngleich völlig unerhebliche Fehler wurde selbstverständlich in der nächsten erreichbaren Auflage berichtigt.
Als nächster meldete sich der – damals gerade zum bundesdeutschen Arbeitgeber-Präsidenten aufgestiegene – Ries-Freund und »Pegulan«-Aufsichtsratsvizevorsitzer Dr. Hanns Martin Schleyer, zwar zunächst noch nicht bei mir, dem Autor, wohl aber in der Illustrierten »Stern« zu Wort. Auf die Frage eines »Stern«-Reporters, ob Dr. Schleyer gegen die Darstellung seiner früheren SS- Zugehörigkeit und seines Werdegangs im »Dritten Reich«, wie mein Buch »Großes Bundesverdienstkreuz« sie enthalte, gerichtlich vorzugehen gedenke, gab dieser zur Antwort:
»Warum sollte ich klagen? Es stimmt ja alles!«
Im ähnlichen Sinne äußerte sich Dr. Hanns Martin Schleyer dann auch mir gegenüber, als wir uns im Juli 1976 in einem Münchner Hotel trafen und ein längeres Gespräch miteinander führten. Was seine Nazi-Vergangenheit beträfe, so sagte Dr. Schleyer damals sinngemäß, so sei es ihm egal, daß die Öffentlichkeit darüber nun Bescheid wüßte. Er äußerte sich dann mir gegenüber noch sehr freimütig über seine Tätigkeit kurz vor und bei Kriegsende. Indessen sei auf die Wiedergabe seiner Mitteilungen hier verzichtet – aus Gründen, von denen noch die Rede sein wird.

VII. Dr. Schleyers Offenherzigkeit überraschte mich ebenso sehr, wie mich seine mangelnde Bereitschaft, gegen mich zu prozessieren, enttäuschte.
Ich hatte zunächst weder ein Interesse daran noch Gelegenheit, den Andeutungen Dr. Schleyers nachzugehen, auch nicht, als er vierzehn Monate später von RAF-Terroristen entführt und am 19. Oktober 1977 ermordet aufgefunden wurde.
Gewiß, bei der mit einem Staatsakt verbundenen Beisetzung des ermordeten BDA- und BDI-Präsidenten verstiegen sich Politiker dazu, das Opfer eines abscheulichen Verbrechens zum »Vorbild für die deutsche Jugend« zu erklären. Zu seinem Andenken wurde eine »Hanns-Martin-Schleyer-Stiftung« gegründet (die später unter anderem rechtskonservativen Historikern mit einer von ihr veranstalteten Tagung Gelegenheit gab, die Schuld des Naziregimes am Zweiten Weltkrieg und dessen Verantwortung für zahlreiche Verbrechen gegen die Menschlich-

keit, selbst die für den Massenmord an den Juden, zu »relativieren« und letztlich der Sowjetunion aufzubürden), und es wurden Gebäude, Straßen und Plätze nach dem Ermordeten benannt. Dies und manches mehr hielt bei mir die Erinnerung wach an das Gespräch mit Dr. Hanns Martin Schleyer im Juli 1976, aber erst die Verurteilung von Peter-Jürgen Boock, dem der 2. Strafsenat des Oberlandesgerichts Stuttgart am 7. Mai 1984 ein Strafmaß von dreimal lebenslänglich und fünfzehn Jahren Freiheitsentzug zuerkannte, veranlaßte mich, Nachforschungen anzustellen, was sich eigentlich 39 Jahre zuvor, um den 7. Mai 1945, in Prag ereignet hatte.

Das bedarf einer kurzen Erklärung:

Der Verurteilte Peter-Jürgen Boock hatte zur RAF gehört, sich aber schon *vor* der Ermordung Dr. Schleyers glaubwürdig von der RAF und insbesondere von ihren Mordplänen distanziert, sich auch von der Gruppe abgesetzt und war zum Zeitpunkt der Ermordung Hanns Martin Schleyers bereits ins Ausland, nach Bagdad, geflüchtet. Später hatte er sich waffen- und widerstandslos festnehmen lassen. Aus den glaubwürdigen Aussagen mehrerer Zeugen ging klar hervor, daß Boock keinerlei Einfluß auf den Geschehensablauf bei der Entführung Schleyers gehabt hatte; daß er anderswo gewesen war; daß er mit Entsetzen reagiert hatte, als er von der Tötung des Fahrers und der Begleitpersonen Dr. Schleyers erfuhr und damals schon erklärte: »Da haben die Scheiße gebaut!« Später sagte Boock: »Wenn es nach mir gegangen wäre, würde Schleyer heute noch leben.« Bereits am 25. September 1977, also dreieinhalb Wochen vor dessen Ermordung, hatte sich Boock auch räumlich von den Schleyer-Entführern abgesetzt und hielt sich in Bagdad versteckt. Aber dennoch sah ihn das Gericht als der Mittäterschaft bei dem Mord an Dr. Schleyer schuldig an und verurteilte ihn zur Höchststrafe.

Es braucht hier nicht auf die übrigen Terrorakte eingegangen zu werden, bei denen das Gericht Boocks Mittäterschaft als erwiesen angesehen hat, obwohl objektiv vieles dagegen spricht. Die Richter befanden, die »straff organisierte« RAF habe ein »Kollektiv« gebildet und nach dem »Prinzip des Kollektivs« gehandelt. Jedes Mitglied des »Kollektivs«, auch wenn es an dessen Verbrechen selbst nicht mitgewirkt hatte, sei dafür voll verantwortlich.

Soweit der Fall des Peter-Jürgen Boock, der als Mittäter beim Schleyer-Mord verurteilt wurde, obwohl er allenfalls an den Vorbereitungen der Entführung Schleyers, nicht aber an dem Gewaltakt selbst und schon gar nicht an der – von ihm entschieden mißbilligten – Ermordung des Entführten beteiligt gewesen ist.

Zwar gibt es nach meiner Überzeugung absolut nichts, was einen feigen Mord wie den an Dr. Hanns Martin Schleyer rechtfertigen könnte, weder seinerzeit noch im Nachhinein. Indessen fordert die Beweisführung des 2. Strafsenats des Stuttgarter Oberlandesgerichts im Fall Boock geradezu dazu heraus, einmal dieselben Maßstäbe, denen zufolge Boock ein mehrfacher Mörder gewesen sein soll, auch an das Verhalten des ermordeten Dr. Hanns Martin Schleyer in früherer Zeit anzulegen. Denn auch Dr. Schleyer hatte, sogar mehr als zwölf Jahre lang und in führender Stellung, einem »straff organisierten«, vom Internationalen Militärgerichtshof in Nürnberg 1946 als »verbrecherisch« eingestuften »Kollektiv« angehört, das für

1941: »... ich bin alter Nationalsozialist und SS-Führer.«
1976: »Boss der Bosse« Dr. Hanns Martin Schleyer, einstiger »Leibfuchs« von Dr. Ries.

eine Vielzahl von terroristischen Gewaltakten mit Abermillionen Opfern verantwortlich war.

Ehe ich mich dazu entschloß, solche Vergleiche anzustellen und darüber zu schreiben, wandte ich mich mit folgendem Brief an Staatssekretär Hanns-Eberhard Schleyer, den Sohn des Ermordeten:

BERNT ENGELMANN

8183 ROTTACH-EGERN

1.Juni 1987

Sehr geehrter Herr Dr.Schleyer,

trotz unserer sicherlich in manchem gegensätzlichen Standpunkte möchte ich mich heute in einer Angelegenheit an Sie wenden, die mich sehr beschäftigt.

Ich darf voraussetzen, daß Ihnen der Fall Peter-Jürgen Boock bekannt ist. Er wurde, u.a. wegen Mittäterschaft bei der Entführung und Ermordung Ihres Herrn Vaters, zu dreimal lebenslänglich und 15 Jahren Freiheitsentzug verurteilt. Zwar steht fest, daß Boock sich vor dem Mord an Hanns-Martin Schleyer, den er - wie schon die Mordtaten im Zusammenhang mit der Entführung - entschieden mißbilligt hat, von der Gruppe löste und ins Ausland absetzte. Aber das Gericht hat ihn dennoch als Mittäter den Mördern zugerechnet und auf die Höchststrafe erkannt, wobei es sich das von der Anklage zugrundegelegte Prinzip der Kollektivität zu eigen machte.

Wie Sie aus unserer früheren Korrespondenz und vielleicht auch aus meinen diversen Veröffentlichungen wissen, hatte ich im Juli 1976 mit Ihrem Herrn Vater ein längeres Gespräch, das vom Daimler-Pressechef Heinz Schmidt vermittelt worden war. Bei dieser Unterredung im Salon eines Münchner Hotels äußerte sich Ihr Herr Vater in Bezug auf meine Veröffentlichung von Dokumenten, die ihn als 'Alten Kämpfer' und SS-Führer auswiesen, er sei tatsächlich "ein SS-Haudegen, ein toller Hecht, auch der letzte Kampfkommandant von Prag" gewesen, und es sei ein Glück, meinte er schmunzelnd, daß ich "das Schlimmste" über ihn "nicht herausgekriegt" hätte.
Inzwischen bin ich auf einige Dokumente gestoßen, das Geschehen in Prag Anfang Mai '45 und die Rolle der SS, auch des letzten Kampfkommandanten, betreffend. Ich gedenke nicht, alles davon zu veröffentlichen, und es liegt mir insbesondere fern, das Andenken Ihres ermordeten Vaters verunglimpfen zu wollen; gerade deshalb teile ich Ihnen dies vorher mit. Ich werde mich auf einige wenige Punkte beschränken und dem SS-Führer Dr.Schleyer jenen *benefit of the doubt* zuerkennen, den das OLG Stuttgart dem Angeklagten Boock nicht zuerkannt hat, als es ihn als kollektiven Mittäter, also Mörder, verurteilte Denn es geht mir einzig darum, die Unzulässigkeit von Kollektivurteilen darzutun. Wenigstens in diesem Punkt hoffe ich mich mit Ihnen einig.

Mit vorzüglicher Hochachtung

Darauf erhielt ich folgende Antwort:

HANNS-EBERHARD SCHLEYER
Staatssekretär

20. Juli 1987

Sehr geehrter Herr Engelmann,

haben Sie vielen Dank für Ihr Schreiben vom 9. Juni 1987. Ich komme erst heute zu einer Erwiderung, weil ich erst jetzt Heinz Schmidt erreicht habe, der das von Ihnen zitierte Gespräch wohl vermittelt hatte.

Mir ging es dabei vor allem um die Klärung seiner Teilnahme an der Begegnung im Juli 1976. Ich kann mir nämlich schlechterdings nicht vorstellen, daß sich mein Vater in dem von Ihnen beschriebenen Sinne geäußert haben soll. Leider kann sich Heinz Schmidt nicht mehr daran erinnern, an den Gesprächen in München zugegen gewesen zu sein.

Deshalb kann ich nur aus meiner Sicht und in Kenntnis der Person meines Vaters und seiner Tätigkeiten zu Ihrem Brief Stellung nehmen. Ich halte es für völlig ausgeschlossen, daß er sich Ihnen gegenüber als SS-Haudegen und letzten Kampfkommandant von Prag bezeichnet hat. Dies ergibt sich bereits aus der Tatsache, daß er eine solche Funktion - wie Sie wissen - niemals gehabt hat. Ich halte es allenfalls für möglich, daß er sich in sehr ironisierender Weise mit Vorwürfen auseinandergesetzt hat, obwohl mir auch das im Hinblick auf die Problematik des Themas mehr als zweifelhaft erscheint.
Ich gehe sicher mit Ihnen einig in der Feststellung, daß jede Art von Kollektivurteilen abzulehnen ist. Auch in meiner persönlichen Auseinandersetzung mit dem Terrorismus in Deutschland habe ich mich immer darum bemüht, in dieser Frage sehr zu differenzieren. Aus - vielleicht - verständlichen Gründen habe ich mich allerdings nicht mit Einzelheiten der sogenannten "Terroristenprozesse" beschäftigt. Eine Beurteilung des Falles Boock ließe sich nur dann vornehmen, wenn man sich wirklich en détail mit diesem Verfahren auseinandersetzt.

Mit freundlichen Grüßen

H.E. Schleyer

(Hanns-Eberhard Schleyer)

Am 24. Juli 1987 erwiderte ich darauf folgendermaßen:

BERNT ENGELMANN

8183 ROTTACH-EGERN

24.Juli 1987

Herrn Staatssekretär
Hanns-Eberhardt Schleyer

6500 Mainz.

Sehr geehrter Herr Schleyer,

besten Dank für Ihren Brief vom 20.Juli, den ich umgehend beantworten will.

Zunächst zur Klarstellung: Herr Heinz Schmidt, damals Daimler-Benz-Pressechef, ist zwar im Juli 1976 an mich herangetreten und hat die Begegnung mit Ihrem Herrn Vater im Münchner Hotel Vier Jahreszeiten vermittelt, war aber zu dem Gespräch bei einem Mittagessen in einem der Salons im 1.Stock dann wider Erwarten nicht gekommen. Es gibt also niemanden außer mir, der den Inhalt der Unterredung bezeugen könnte. Ich werde deshalb darauf verzichten, Ihren Herrn Vater hinsichtlich seiner Äußerungen an diesem Tage zu zitieren.

Indessen möchte ich, Ihr Einverständnis voraussetzend, im Rahmen meiner Arbeit unseren Briefwechsel publizieren, und zwar, um Mißverständnisse auszuschließen, ungekürzt.

Daß auch Sie, wie ich es nicht anders erwartet habe, Kollektivurteile grundsätzlich ablehnen, entnehme ich Ihren Zeilen mit Genugtuung. Indessen erstaunt es mich, daß Sie mir ein Wissen hinsichtlich der Funktionen unterstellen, die Ihr Herr Vater in Prag nicht gehabt hätte.

Mit freundlichen Grüßen

Bernt Engelmann

Hier nun die Fakten, die SS-Vergangenheit Dr. Hanns Martin Schleyers betreffend: Am 1. Mai 1915 in Offenburg/Baden als Sohn eines Landgerichtsrats geboren, hatte er sich schon 1931, also zwei Jahre vor Beginn der Nazi-Gewaltherrschaft, als Gymnasiast der Hitlerjugend angeschlossen und war als Erwachsener freiwillig der SS beigetreten. Bereits während seines Studiums in Heidelberg und in der Zeit seiner Tätigkeit an den Universitäten Innsbruck und Prag gehörte Dr. Schleyer auch dem Sicherheitsdienst (SD) des Reichsführers SS an, dem von Reinhard Heydrich aufgebauten und geführten geheimen Nachrichtendienst, den der Internationale Militärgerichtshof 1946 ebenfalls, zusammen mit der Gestapo, zur »verbrecherischen Organisation« erklärt hat.
Am 27. September 1941 wurde SS-Obergruppenführer Heydrich unter Beibehaltung seiner Stellung als Chef des Reichssicherheitshauptamts (RSHA) zum Stellvertretenden Reichsprotektor von Böhmen und Mähren ernannt und begann damit, alle Schlüsselstellungen in Prag mit SD-Führern zu besetzen. Am 9. November 1941 wurde Dr. Schleyer mit der Leitung des Präsidialbüros im Zentralverband der Industrie für Böhmen und Mähren betraut. So stark war die Rückendeckung des 27jährigen SS- und SD-Führers Dr. Schleyer, daß er es wagen konnte, am 14. Mai 1942 dem Reichs- und preußischen Minister des Innern Dr. Wilhelm Frick in Berlin, der ihn anderweitig einsetzen wollte, aus Prag zu schreiben: *»... Ich bin alter Nationalsozialist und SS-Führer und darf für mich in Anspruch nehmen, daß mich keine äußerlichen Beweggründe hier festhalten. Die uns in jungen Jahren in der Kampfzeit anerzogene Bereitschaft, Aufgaben zu suchen und nicht auf sie zu warten, der ständige Einsatz für die Bewegung auch nach der Machtübernahme, haben uns früher als sonst üblich in Verantwortung gestellt ...«*
Wie groß war die Verantwortung, in die sich Dr. Schleyer im Frühjahr 1942 in Prag gestellt sah? Wie und wie lange übte er sie aus? Und was hatte es mit seinen eigenen Erklärungen über seine Tätigkeit in Prag bei Kriegsende auf sich?
Ich ging daran, Licht in das Dunkel zu bringen und exakte Informationen über Dr. Schleyers Karriere und Tätigkeit in der Nazi-Diktatur und über die Geschehnisse in Prag kurz vor dem Ende des Zweiten Weltkriegs zu sammeln. Über Schleyers Aktivitäten als Leiter des »Studentenwerks« (und SD-Führer) in Heidelberg, Innsbruck und Prag hatte ich schon in der ersten

Ausgabe von »Großes Bundesverdienstkreuz« einiges berichten können. Nun entdeckte ich noch etwas scheinbar Belangloses, das aber deutlich zeigt, welche Protektion Dr. Schleyer schon am Ende seiner Heidelberger Studentenzeit genoß. Da hatte der Dreiundzwanzigjährige, der seine Versetzung ins »heimgeholte«, nun »Ostmark« genannte Österreich betrieb und jeden Tag erwartete, vorher noch heiraten wollen. Die dazu benötigte Genehmigung des SS-»Rasse- und Siedlungs-Hauptamts« hatte er beantragt, aber noch nicht erhalten. Also wandte er sich über seinen künftigen Schwiegervater, der seit 1923 NSDAP-Mitglied und oberster SA-Arzt im Generalsrang war, direkt an den allmächtigen Reichsführer SS Heinrich Himmler und erbat sich telegraphische Heiratserlaubnis, die er dann auch, nebst markigen Glückwünschen, prompt erhielt! (Man stelle sich vor, heute würde ein junger Gerichtsreferendar, der irgendeine behördliche Erlaubnis benötigt, diese direkt vom Bundesjustizminister telegraphisch erbitten und erhalten - gewiß könnte man da von »Speziwirtschaft« und »Filz« sprechen, zumal wenn sich der Schwiegervater des Referendars, ein Gründungsmitglied der Partei des Ministers, der Sache angenommen hat...)
So wird es auch begreiflich, daß Dr. Schleyer nach nur kurzem Wehrdienst bei den Gebirgsjägern, mehr als vier der fünfeinhalb Kriegsjahre freigestellt war und diese mörderische Zeit im sicheren Hinterland verbringen konnte. Prag, die einstige tschechoslowakische Hauptstadt, seit Mitte März 1939 Sitz der deutschen Regierung für das annektierte und zum »Reichsprotektorat« erklärte Böhmen und Mähren, hatte während des ganzen Zweiten Weltkriegs kaum unter »Feindeinwirkung« zu leiden. Prag galt vom Standpunkt der Nazis aus als sicher und »befriedet« und wurde praktisch beherrscht von der SS. Auch nachdem Heydrich im Frühsommer 1942 dem Attentat eines tschechischen Kommandos zum Opfer gefallen und das Dorf Lidice aus Rache von der SS »ausgelöscht« worden war, blieb Prag fest in der Hand der SS. Nachfolger Heydrichs wurde Kurt Daluege, SS-Oberstgruppenführer und Generaloberst der Polizei. Dieser übte als Stellvertreter des erkrankten »Reichsprotektors« Konstantin v. Neurath bis 1943 die Macht in ganz Böhmen und Mähren aus. Starke SS-Verbände und rund 5800 SD-Angehörige, die auf allen Ebenen der Verwaltung die jeweiligen Schlüsselstellungen besetzt hielten, sorgten für »Ruhe und Ordnung«.

Einer dieser SD-Führer war Dr. Hanns Martin Schleyer. Nach Erfüllung seines ersten Prager Auftrags, der »Gleichschaltung« der Prager Karls-Universität, hatte er unter Beförderung zum SS- Offizier mit erst 26 Jahren die Leitung des Präsidialbüros des Industrie-Zentralverbands übernommen und war seither zuständig für die totale Nutzbarmachung des tschechoslowakischen Industriepotentials für die Kriegswirtschaft des Hitlerreichs. Über seinen Schreibtisch ging alles, was mit der Zwangsrekrutierung von Arbeitskräften, der Ausbeutung der Rohstoffvorkommen und der Ankurbelung der Rüstungsproduktion zu tun hatte, auch alle Vorgänge, die »Arisierung« jüdischer Unternehmen betreffend, etwa der Griff des Industriellen Friedrich Flick, Mitglied des »Freundeskreises des Reichsführers SS Heinrich Himmler«, nach dem größten tschechischen Familienunternehmen der Montanindustrie, dem Petschek-Konzern. Und so wichtig war der SD-Führer Dr. Schleyer dem neuen RSHA-Chef Ernst Kaltenbrunner, dem Nachfolger Heydrichs an der Spitze der Terrorzentrale des »Dritten Reiches«, daß er ihn mit Wirkung vom 1. Januar 1944 direkt dem Reichssicherheitshauptamt unterstellte!
Zu dieser Zeit, als die schließliche Niederlage der Armeen Hitlers und der Untergang der Nazi-Diktatur sich schon abzuzeichnen begannen, herrschten in Prag noch beinahe friedensmäßige Verhältnisse: Während in den meisten Städten Deutschlands fast allnächtlich die Sirenen heulten, Bomben explodierten und ganze Wohnviertel in Schutt und Asche sanken, immer häufiger auch tagsüber mit alliierten Luftangriffen gerechnet werden mußte und die Versorgung von Tag zu Tag schlechter wurde, gab es in der alten tschechischen Hauptstadt weder Luftangriffe noch Strom-, Wasser- oder Lebensmittelknappheit, erst recht keine Unruhen, denn die SS hielt ihr »Musterländle« unbarmherzig in Schach. Die Ruhe in Prag endete erst in den letzten Kriegstagen, als alle deutschen Fronten schon zusammengebrochen waren, die Rote Armee bereits Berlin und Wien erobert hatte, die bedingungslose Kapitulation nur noch eine Frage von Stunden und der sogenannte »R-Fall« eingetreten war.
»R«, das bedeutete Räumung vor der anrückenden Roten Armee, und der knapp dreißigjährige SS-Obersturmführer Dr. Schleyer hatte dabei erstaunlich viel mitzureden gehabt. Als Leiter des Präsidialbüros des Industrie-Zentralverbands (und dem RSHA direkt unterstellter SD-Führer) hatte er – in einem

Geheimschreiben vom 12. April 1945 – dem Ministeramt im Prager Czernin-Palais kurz und bündig als »hiesige Stellungnahme« mitgeteilt, dessen für den »R-Fall« angeordnete Maßnahmen seien zwar »an sich richtig«, indessen »kaum einheitlich anwendbar« und für das zunächst betroffene Mährisch-Ostrauer Industriegebiet »absolut abwegig«. »So ist zum Beispiel der Grundsatz, die Produktion im vollen Umfang bis zum letzten Moment aufrechtzuerhalten, nur dann richtig, wenn aus dem betreffenden Gebiet die fertigen Produkte auch« ins Reich »abgefahren werden können...«, heißt es unter anderem in dem von Dr. Schleyer dem Ministeramt überreichten Vermerk (siehe nächste Seite).

Tatsächlich waren Mitte April 1945 die Kämpfe um das Industriegebiet von Mährisch-Ostrau bereits in vollem Gange, doch die deutsche Front hielt dort noch bis in den Mai hinein. Ihr Zusammenbruch löste den Aufstand in Prag aus, der am 5. Mai 1945 begann, wobei Soldaten der – bis dahin auf deutscher Seite eingesetzten, aus sowjetischen Kriegsgefangenen und Überläufern gebildeten – Wlassow-Armee die tschechischen Aufständischen unterstützten und mit Waffen versorgten, wogegen die SS mit brutalsten Repressalien versuchte, des Aufstands Herr zu werden.

Am Abend des 5. Mai hielt eine Gruppe tschechischer Aufständischer unter Führung des Ingenieurs Miroslav Sedlaček ein Schulgebäude im umkämpften 4. Bezirk umzingelt, worin sich eine SS-Abteilung verschanzt hatte. Obwohl die Tschechen über Minenwerfer verfügten, wagten sie nicht anzugreifen, weil die SS etwa zwanzig Geiseln, Beschäftigte der Firma Janeček, in ihrer Gewalt hatte. Zwischen 21 und 22 Uhr schickten sie einen Parlamentär in die Schule, um über die Freilassung der Geiseln zu verhandeln. Der SS-Kampfkommandant ging auf die Forderung ein, verlangte aber, außer Garantien für seine und seiner Leute Sicherheit, daß ihm die Aufständischen seine Ehefrau und sein Kind herbeibringen sollten. Er gab ihnen die Anschrift seiner Wohnung, und tatsächlich wurde gegen Mitternacht die Frau, die ein kleines Kind auf dem Arm trug, mit einem Auto zum Schulgebäude gebracht und gegen die Geiseln ausgetauscht. Dann zogen sich die Aufständischen vereinbarungsgemäß zurück.

Am nächsten Tag, dem 6. Mai 1945, kam es in der unmittelbaren Umgebung des Schulgebäudes zu einem Massaker der SS an

ZENTRALVERBAND DER INDUSTRIE FÜR BÖHMEN UND MÄHREN

Prag II, Graben 14. Fernruf: Ortsverkehr 206-51* 205-41* Drahtanschrift: Zentralindus

Fernverkehr: 20188-9

An das
M i n i s t e r a m t ,

P r a g IV, Czernin-Palais.

Ministeramt Präsidialbüro 15 APR. 1945

Ihr Zeichen | Ihre Nachricht vom | Unser Zeichen Dr Schl/LM 761/45 | PRAG 12.IV.45

Betreff:

Bei der Antwort bitte Zeichen und Geschäftszahl wiederholen

Unter Bezugnahme auf den Vortrag von Herrn Dr. Adolf beim Herrn Staatsminister übersende ich beiliegend den überlassenen Vorgang mit der hiesigen Stellungnahme.

Heil Hitler !

(Dr. Schleyer)

Beilage:

Prag, den 6. Feber 1945.

11

V o r m e r k

zu den Richtlinien für den R-Fall des Generalbevollmächtigten für Sonderfragen der chemischen Erzeugung.

1./ Die Richtlinien sind an sich richtig, jedoch in dieser Allgemeinfassung im R-Fall kaum einheitlich anwendbar. So ist z.B. der Grundsatz, die Produktion im vollen Umfang bis zum letzten Moment aufrechtzuerhalten nur dann richtig, wenn aus dem betreffenden Gebiet die fertigen Produkte auch abgefahren werden können, da ansonsten die fertigen Produkte für den Feind gestapelt werden. Aus produktionstechnischen Gründen müsste z.B. im Ostrauer Gebiet die Produktion bereits gedrosselt werden.

2./ Die Feststellung, dass es zweckmässig sei, dass bei Abzug der deutschen Truppen der Betriebsführer oder mindestens sein Sozialleiter zum Schutze des Werkes oder zur Betreuung der Gefolgschaft zurückbleibt, ist für diesen Raum absolut abwegig. Es kann hier lediglich ein langjähriger Mitarbeiter ... Sachwalter des Betriebes für

der Zivilbevölkerung. Was den Anlaß dazu gab, ist bis heute nicht geklärt. Jedenfalls wurden im Keller des Hauses 253 der damals Úsobská genannten Straße - heute: Straße des 6. Mai - sowie im Garten des Nachbarhauses 254, etwa 120 Meter vom Schulgebäude entfernt, insgesamt 41 Menschen erschossen. Es handelte sich nach amtlichen Feststellungen um unbewaffnete ältere Männer sowie Frauen und Kinder. Zwei der ermordeten Frauen waren hochschwanger, einige Kinder jünger als drei Jahre, eines war erst wenige Monate alt. Die Namen der Opfer sind auf einem Denkmal verzeichnet. Von den im Garten des Hauses 254 Ermordeten gibt es Fotos, die der Ehemann der ermordeten Frau Šrámek, die schwanger war, von ihr und seiner gleichfalls erschossenen sechsjährigen Tochter sowie von

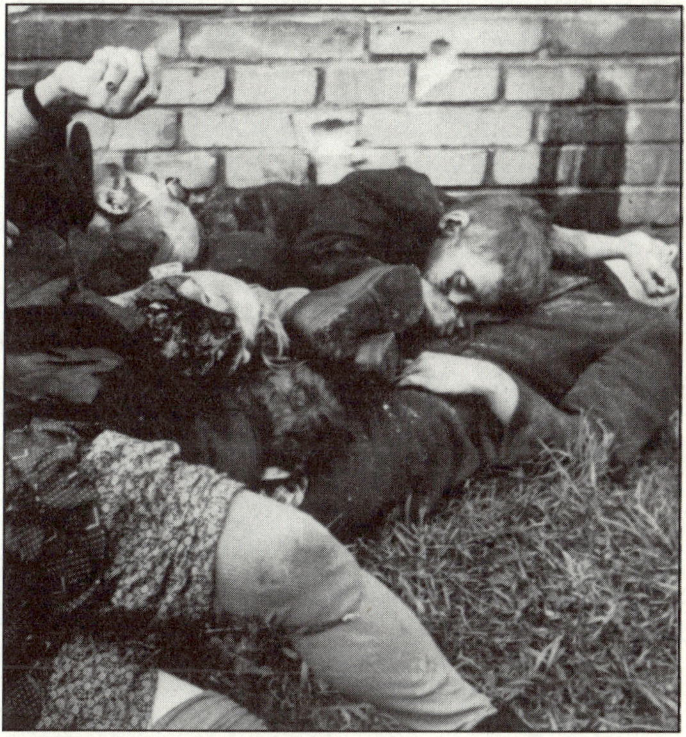

Die Leichen an der Gartenmauer

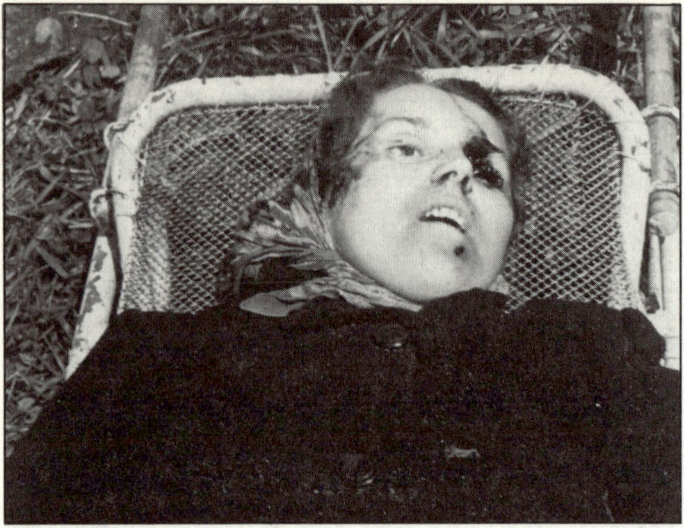

Foto der ermordeten Frau Šrámek

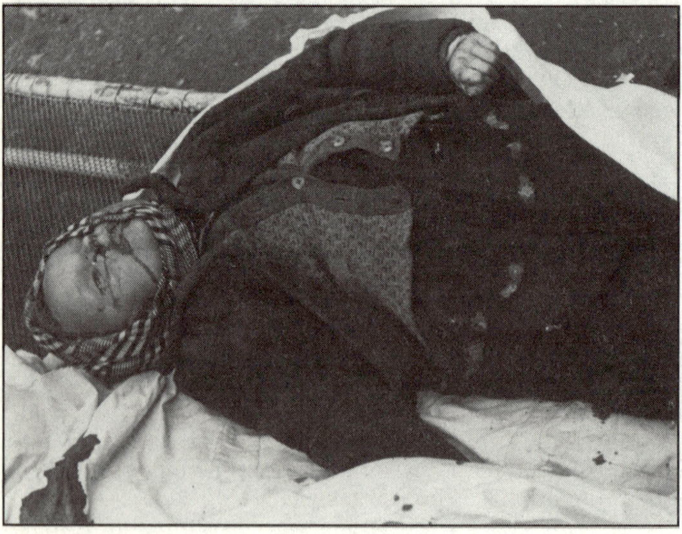

Foto der ermordeten Tochter, Erika Šrámek

dem sechsjährigen Nachbarsohn Rudolf Šejda machte, als er die Leichen an der Gartenmauer fand.

Am 7. Mai 1945 vormittags, nachdem alle Versuche gescheitert waren, das Schulgebäude, worin sich die SS noch immer verschanzt hielt, zu stürmen, begannen abermals Verhandlungen tschechischer Parlamentäre mit dem SS-Kommandanten. Der Artilleriemajor Lehký, der Polizeihauptmann Zahradnícek und ein Major, dessen Name nicht ermittelt werden konnte, forderten den SS-Führer zur Kapitulation auf, die dieser jedoch strikt ablehnte.

Bei diesem - wahrscheinlich letzten - SS-Kampfkommandanten, einem nach tschechischen Angaben (Dokument HDK Nr. 82) etwa dreißigjährigen Mann mit Mensurnarbe(n), wie sie bei Angehörigen schlagender Studentenverbindungen üblich ist, soll es sich um den für das Massaker Verantwortlichen, der daran auch persönlich teilgenommen hatte, gehandelt haben.

Bis zum Nachmittag des 8. Mai 1945 blieb dieser SS-Kampfkommandant bei seiner Weigerung, sich mit seinen Leuten den Tschechen zu ergeben, obwohl er wußte, daß die deutsche Führung bereits in die bedingungslose Kapitulation aller Streitkräfte eingewilligt hatte. Es war seinen SS-Leuten gelungen, erneut Geiseln aus der Prager Zivilbevölkerung in ihre Gewalt zu bringen, und unter Mitnahme dieser Geiseln setzte sich diese letzte SS-Abteilung dann von Prag ab. Sie erreichte bis zum Abend des 8. Mai die vordersten Linien der schon tief in die Tschechoslowakei eingedrungenen Amerikaner, denen sie sich ergab. Die Geiseln, um deretwillen die Abteilung bei ihrem Rückzug von den tschechischen Aufständischen nicht angegriffen wurde, kehrten im Laufe der Nacht nach Prag zurück.

Der Name des Führers dieser Abteilung ist in den tschechischen Aufzeichnungen mit *Shallmayer* angegeben. So - oder so ähnlich - soll er sich den Parlamentären vorgestellt haben, als er den Tausch der ersten Geiseln gegen seine Ehefrau und sein Kind vorgeschlagen hatte. Nachfragen ergaben, daß es sich um einen »gedrungenen, breitgesichtigen Mann mit dicken Lippen« gehandelt habe, dessen Name bestimmt mit einem Sch-Laut begann und auf »Meier oder so ähnlich« (in beliebiger Schreibweise) endete.

In den Ranglisten der SS, soweit sie erhalten sind, gibt es keinen Shallmayer (auch keinen Schallmayer, -maier, -mair,

-meier oder -meyer). Der dem behaupteten Namen am nächsten Kommende, SS-Sturmbannführer Luitpold Schallermeier vom Stab des »Reichskommissars für die Festigung des deutschen Volkstums« (Heinrich Himmler) war mit Sicherheit bei Kriegsende nicht in Prag.
Der einzige SS-Führer, dessen Name gewisse Ähnlichkeiten aufweist, auf den die verschiedenen Beschreibungen passen könnten und der sich bis zuletzt in Prag befand, war Dr. Hanns Martin Schleyer. Er war am 1. Mai 1945 dreißig Jahre alt geworden, und seine Ehefrau Waltrude, geborene Ketterer, hatte ihm dort am 1. November 1944 einen Sohn geboren – Hanns-Eberhard, der 1981 Staatssekretär und Chef der rheinland-pfälzischen Staatskanzlei wurde.
Natürlich ist damit noch keineswegs eine Identität des in den tschechischen Unterlagen als *Shallmayer* bezeichneten, wahrscheinlich letzten SS-Kampfkommandanten von Prag mit Dr. Hanns Martin Schleyer erwiesen, schon gar nicht dessen Mitschuld an dem Massaker in der Úsobská-Straße. Nur wenn man das vom 2. Strafsenat des OLG Stuttgart im Fall Peter-Jürgen Boock zum Beweis von dessen Mittäterschaft bei der Ermordung Dr. Schleyers angewandte »Prinzip des Kollektivs« auch für die SS-Führer gelten ließe, die in den Tagen des Prager Aufstands dort noch »in verantwortlicher Stellung« waren, ließe sich dergleichen konstruieren, was nun wahrlich nicht in unserer Absicht liegt. Sicher ist lediglich, daß der SS-Führer Dr. Schleyer bis Kriegsende in Prag war und dann nicht in tschechische oder sowjetische, sondern in amerikanische Gefangenschaft geriet. Als SD- und SS-Führer blieb er dann noch geraume Zeit in sogenanntem »automatischen Arrest« und machte dort – so hat er es jedenfalls selbst berichtet – einen so positiven Eindruck auf Mitgefangene aus Kreisen der Wirtschaft, daß diese ihm nach seiner Entlassung dabei behilflich waren, eine Nachkriegskarriere zu beginnen, die ihn schon bald in die Chefetage der vom damaligen Großaktionär Friedrich Flick beherrschten Daimler-Benz AG führte.
Hätte Dr. Schleyer mich damals, im Sommer 1976, wegen der im Tatsachenroman »Großes Bundesverdienstkreuz« enthaltenen Tatsachenbehauptungen, seine Nazi- und SS-Vergangenheit betreffend, bei Gericht verklagt, so wäre mit einiger Wahrscheinlichkeit auch die Frage geklärt worden, was es mit seinen Aktivitäten in Prag, zumal bei Kriegsende, nun tatsächlich auf

sich gehabt hatte. Doch, wie schon erwähnt, wollte Dr. Schleyer nicht klagen. Es stimme ja alles, erklärte er dem »Stern«.
Es gab überhaupt niemanden unter den im Tatsachenroman »Großes Bundesverdienstkreuz« namentlich Genannten, der es für erforderlich hielt, mich wegen der Enthüllung seiner Missetaten in den Jahren der Nazi-Barbarei gerichtlich zu belangen. Selbst die Hauptperson, der »Arisierungs-König« und Sklavenhalter von Auschwitz, Lodz und Trzebinia, Herr Konsul Dr. Fritz Ries, rührte sich zunächst nicht.

VIII. Erst etliche Monate nach Erscheinen des Tatsachenromans »Großes Bundesverdienstkreuz« zog Dr. Ries endlich doch vor Gericht: Unter Vermeidung des zunächst üblichen Antrags auf Erlaß einer Einstweiligen Verfügung (bei dem er eidesstattlich hätte versichern müssen, daß die beanstandeten Behauptungen über ihn unwahr seien) ließ er durch seine Anwälte bei der 17. Kammer des Stuttgarter Landgerichts Klage gegen mich als Autor des Buchs »Großes Bundesverdienstkreuz« erheben, und zwar zunächst nur wegen *eines* einzigen Wortes!
Zur allgemeinen Überraschung blieben alle anderen ihn betreffenden, sehr zahlreichen und durchaus nicht unerheblichen Tatsachenbehauptungen unbeanstandet, und nur das eine Wort *durchweg* wollte Herr Dr. Ries verboten wissen. Es sei »gröblich unwahr«, daß er in den Jahren 1934 bis 1945 sein Vermögen *durchweg* durch ›Arisierung‹ jüdischer Firmen erworben habe.
Die Absicht, die hinter dieser zunächst verblüffenden Beschränkung auf nur diese eine Beanstandung steckte, ließ sich lediglich vermuten: Die Anwälte des Herrn Dr. Ries waren wohl der Meinung, daß sich mit Sicherheit nachweisen ließe, Dr. Ries habe auch auf die eine oder andere Weise – etwa durch eine Erbschaft, einen Lotteriegewinn oder eine glückliche Spekulation an der Aktienbörse – zwischen 1934 und 1945 Vermögen gebildet, jedenfalls nicht *ausschließlich* durch ›Arisierung‹ jüdischer Unternehmen.
Sie rechneten damit, diesen Prozeß zu gewinnen und dadurch das Buch und mich, seinen Autor, in der Öffentlichkeit unglaubwürdig zu machen. Denn wenn es auch in diesem Rechtsstreit nur um einen wahrlich sehr geringen Teil der Dr.

Ries betreffenden, ihn als skrupellosen Nutznießer des Nazi-Terrors darstellenden Passagen ging, so würde er doch nach einem gewonnenen Prozeß, auch wenn sich dieser nur auf das Verbot eines einzigen Worts beschränkte, fortan behaupten können, ich sei ein übler Verleumder, doch es sei ihm gelungen, mir das Handwerk zu legen und mir die Wiederholung der ihn betreffenden »groblichen Unwahrheit« gerichtlich verbieten zu lassen bei Androhung einer sehr empfindlichen Geldstrafe für den Fall einer Wiederholung.
Doch die Rechnung des Dr. Ries und seiner Anwälte ging nicht auf. Zunächst ließ ich durch meinen Anwalt der Stuttgarter Kammer vortragen, das beanstandete Wort *durchweg* habe eine andere Bedeutung, als von der Klägerseite offenbar angenommen: *Durchweg* sei keineswegs gleichbedeutend mit *ausschließlich,* besage vielmehr etwa soviel wie *im Regelfall, in aller Regel* und schlösse eine gelegentliche Abweichung vom Regelfall gewiß nicht aus. Beispielsweise mag jemand zum Frühstück, nach dem Mittagessen und nochmals am Nachmittag *durchweg* Kaffee trinken, was aber keineswegs ausschließt, daß er mitunter, etwa im Fall einer Magenverstimmung, Pfefferminztee anstatt Kaffee zu sich nimmt. Für diese Auffassung bot ich ein Gutachten, etwa der Darmstädter Akademie für Sprache und Dichtung, an.
Ich erklärte mich indessen auch bereit, künftig das beanstandete Wort *durchweg* durch präzise, keinerlei Ausdeutungen mehr zulassende Angaben zu ersetzen, etwa folgendermaßen: Je nachdem man vom Umsatz, vom Kapital oder von der Anzahl der Beschäftigten der von Dr. Fritz Ries zwischen 1934 und 1945 zur Bildung seines Konzerns übernommenen Unternehmen ausgehe, könne man den Anteil der ›Arisierungen‹ mit 96,4 oder mit 93,7 oder mit 97,1 Prozent beziffern – ein Vorschlag, der bei Presse und Publikum Erstaunen und Heiterkeit auslöste, den Richtern der 17. Kammer praktikabel erschien, jedoch Herrn Dr. Ries und seinen Anwälten sichtlich Unbehagen bereitete.
Weil ihnen ein für sie günstiger Ausgang des Prozesses nun gar nicht mehr so sicher schien, erbaten sie sich zunächst Bedenkzeit und erweiterten dann die ursprünglich so karge Klage um einige weitere Punkte. So forderten sie, mir auch die Behauptung zu verbieten, Dr. Ries habe 1934 seinen damaligen Schwiegervater dazu *ermuntert,* sich – wie er es unbestritten tat – an

den Riesschen Geschäften finanziell zu beteiligen. Nun liegt zwar in einer solchen Ermunterung an sich ja nichts erkennbar Ehrenrühriges, und es gibt in meinem Tatsachenroman »Großes Bundesverdienstkreuz« gewiß weitaus bedeutendere Feststellungen, die im Falle ihrer Unwahrheit Herrn Dr. Ries nun wirklich ganz erheblich in seiner Ehre hätten verletzen müssen. Aber die ließ er weiterhin unbeanstandet, denn als Kläger stand es ihm ja frei, sich nach eigenem freien Ermessen herauszupikken, was ihm klagebedürftig (und leicht widerlegbar) erschien, alles übrige aber einfach zu ignorieren.

Dadurch entstand eine für mich keineswegs erfreuliche Prozeßlage, weil nicht zur Sprache kommen sollte, worauf es mir gerade ankam und was auch für Presse und Öffentlichkeit wichtig war. Hingegen würde, wenn es bei den wenigen, im Grunde völlig belanglosen Klagepunkten blieb, zum einen jedes öffentliche Interesse an dem Prozeß erlöschen; zum anderen war zu befürchten, daß das Verfahren einen für Dr. Ries günstigen Ausgang nehmen würde.

Glücklicherweise behaupteten Dr. Ries und seine Anwälte im weiteren Verlauf des Prozesses, wenn auch nur beiläufig, sowohl dem Gericht wie der Presse gegenüber, auch alle anderen ehrenrührigen Behauptungen, die das Buch enthalte, seien unwahr. Nur aus prozeßökonomischen Gründen, also um das Gericht nicht über die Maßen in Anspruch zu nehmen, seien die zahlreichen sonstigen Ehrenkränkungen nicht zum Gegenstand der Klage gegen mich gemacht worden.

Das bot nun endlich mir die ersehnte Gelegenheit, auch meinerseits Klage gegen Dr. Ries zu erheben, und zwar auf Feststellung der Richtigkeit aller jener Punkte, auf die es *mir* ankam, beispielsweise: jeden einzelnen Fall der ›Arisierung‹, also der Übernahme jüdischen Eigentums durch Dr. Ries, samt den brutalen Methoden, die er dabei angewendet hatte; die skrupellose Ausbeutung der jüdischen, polnischen und ukrainischen Sklavenarbeiter und -arbeiterinnen in den Riesschen Konzernbetrieben während des Krieges und manches andere mehr.

Das ursprünglich auf nur einen Punkt, ein einziges Wort, beschränkte Prozeßthema erweiterte sich so mit einem Schlag auf einen ganzen Katalog, der praktisch das gesamte Verhalten des Dr. Fritz Ries während der Nazizeit und in den Jahren nach dem Zweiten Weltkrieg umfaßte, als er als angeblicher Heimat-

vertriebener, der all sein Hab und Gut dem Vaterland geopfert hatte, sich vom Land Rheinland-Pfalz üppigen Schadensausgleich sowie zinslose Aufbaudarlehen erschwindelt hatte.
Der Zivilprozeß vor der 17. Kammer des Landgerichts zu Stuttgart, der sich zunächst wie ein träges Rinnsal dahingeschleppt und wenig Beachtung gefunden hatte, entwickelte sich so zu einem reißenden Strom. Nun wollten auch zahlreiche in- und ausländische Zeitungs-, Rundfunk- und Fernsehberichterstatter an den Verhandlungen teilnehmen, fanden im überfüllten Sitzungssaal keinen Platz mehr und bewogen die Kammer, in einen größeren Raum umzuziehen.
Das jäh erwachte und überaus große Interesse von Presse und Öffentlichkeit wirkte sich auf die Verbreitung des Tatsachenromans »Großes Bundesverdienstkreuz« sehr günstig aus. Der Prozeßverlauf ließ bald auch die Zweifel verstummen, die einige bürgerlich-konservative Blätter hinsichtlich des Wahrheitsgehalts meines Buchs geäußert hatten. Selbst die unternehmerfreundlichsten Zeitungen ließen nun erkennen, daß meine Darstellung des Werdegangs und der skrupellosen Methoden des Pegulan-Konzernchefs Dr. Fritz Ries keineswegs so »gehässig« und »überzeichnet« war, wie sie zunächst angenommen und behauptet hatten, sondern »im wesentlichen der Wahrheit zu entsprechen« schienen.
Tatsächlich konnte ich im Verlauf des mehr als zwei Jahre währenden Prozesses für beinahe jede meiner Tatsachenbehauptungen den dokumentarischen Beweis antreten. Lediglich in einem Punkt unter vielen hundert war mir ein Irrtum unterlaufen, den ich zu korrigieren hatte: Die bis 1945 zum Ries-Konzern gehörenden Hevea-Gummiwerke, die während des Kriegs die großdeutsche Wehrmacht mit Abermillionen kostenlos an die Truppe ausgegebener Präservative beliefert hatte, waren von Dr. Ries ausnahmsweise nicht ›arisiert‹, vielmehr nur zur ›Arisierung‹ anderer, kleinerer Unternehmen benutzt worden.
Von den am Ende zweiundvierzig strittigen Tatsachenbehauptungen, über die die 17. Kammer des Stuttgarter Landgerichts zu urteilen hatte, sahen die Richter dann vierzig als voll erwiesen an. Nur in zwei Punkten fanden sie, daß ich keine hinreichenden Beweise erbracht hätte.
Der erste nach Ansicht des Gerichts unzureichend bewiesene Punkt betraf die Frage, ob Dr. Ries, wie es im Buch behauptet und dargetan wird, für die Geheime Staatspolizei als V-Mann

Spitzeldienste geleistet hätte. Die Richter meinten, es sei zwar dokumentarisch erwiesen, daß Dr. Ries hinsichtlich seiner Eignung als V-Mann der Gestapo auf deren Ersuchen hin überprüft und als »politisch einwandfrei und zuverlässig« befunden worden, dann auch mit Datum vom 20. Juni 1936 als Gestapo-Spitzel vorgesehen und in die V-Leute-Kartei eingetragen worden sei, aber daraus dürfe nicht gefolgert werden, daß Dr. Ries auch tatsächlich die ihm zugedachten V-Mann-Dienste geleistet habe.

Der zweite Punkt betraf den Heimtransport der reichen Kriegsbeute des Dr. Ries aus den Ostgebieten nach Westdeutschland. Dieser Transport, so entschied die Kammer, habe zweifelsfrei in der im Buch geschilderten Weise stattgefunden; es sei auch als erwiesen anzusehen, daß dazu Güterwagen benutzt worden waren, die die Reichsbahn im Spätherbst 1944 eigentlich nur noch zum Transport von Verwundeten, Munition, Truppenverpflegung und zu anderen dringenden militärischen Zwecken verwenden durfte. Schließlich stehe auch fest, daß Dr. Ries allerlei dunkle Beziehungen habe spielen lassen und hohe Reichsmarkbeträge an einen Fischgroßhändler bezahlt habe, offensichtlich zur Erlangung des gewünschten Transportraums, der ihm dann auch von einem höheren Reichsbahnbeamten und entgegen den behördlichen Anordnungen zur Verfügung gestellt wurde. Meine Behauptung, dieser Reichsbahnbeamte sei von Dr. Ries – über den Fischgroßhändler als Mittelsmann – bestochen worden, könnte jedoch nicht als hinreichend erwiesen angesehen werden.

Von diesen beiden Ausnahmen abgesehen, entschied das Gericht in allen übrigen, insgesamt vierzig Punkten, die ›Arisierungs‹methoden und die brutale Behandlung der Sklavenarbeiter betreffend, daß der Wahrheitsbeweis von mir erbracht und Dr. Ries' Klage insofern abzuweisen sei. Entsprechend fiel auch die Kostenteilung aus: Dr. Ries als Kläger und Widerbeklagter hatte 40/42 der – sehr erheblichen gerichtlichen und außergerichtlichen – Kosten zu tragen, ich lediglich 2/42, also etwa vier Prozent. Die auf den in allen wesentlichen Punkten unterlegenen Dr. Ries entfallenden rund 96 Prozent der Kosten entsprachen, wie es der Zufall – aber auch die 17. Kammer des Landgerichts Stuttgart – wollte, dem nachgewiesenen Anteil widerrechtlich erworbenen Vermögens am gesamten Reichtum des Dr. Ries bei Kriegsende.

Ich war mit dem Ausgang des Prozesses ebenso zufrieden wie es mein Anwalt und mein Verlag waren. Dank der Klage des Dr. Ries, zunächst nur wegen eines einzigen Worts, hatte ich das erreicht, worauf es mir in erster Linie angekommen war, nämlich meinen Tatsachenroman »Großes Bundesverdienstkreuz« einer breiten Öffentlichkeit gegenüber als wirklichkeitsgetreu, als realistisch auszuweisen.
Denn - um nochmals Bertolt Brecht, diesmal vollständig, zu zitieren: *»Realistisch heißt: Den gesellschaftlichen Kausalkonnex aufdeckend; die herrschenden Gesichtspunkte als die Gesichtspunkte der Herrschenden entlarvend; vom Standpunkt der Klasse aus schreibend, welche für die dringendsten Schwierigkeiten, in denen die menschliche Gesellschaft steckt, die breitesten Lösungen bereithält; das Moment der Entwicklung betonend; konkret und das Abstrahieren ermöglichend.«*

IX. Während sich der Prozeß Dr. Fritz Ries ./. Bernt Engelmann vor der 17. Kammer des Stuttgarter Landgerichts noch träge dahinschleppte und in der Presse zunächst nur ein spärliches Echo fand, entwickelte sich daraus ein weiterer Prozeß ganz anderer, nichtjuristischer Art:
Offensichtlich gab es in der Bundesrepublik und im benachbarten Ausland eine ganze Menge Leute, die Dr. Fritz Ries kannten und - aus unterschiedlichen Gründen - wenig schätzten, ja verabscheuten, aber ihre Abneigung wie auch deren Ursachen bislang für sich behalten hatten. Doch je mehr die Öffentlichkeit über die Hintergründe des Gerichtsverfahrens erfuhr, je besser meine Chancen wurden, je höher die Auflage des Tatsachenromans *Großes Bundesverdienstkreuz* anstieg und je stärker das Interesse wurde, das auch das Ausland an dem Buch und seinen Folgen nahm, desto mehr neue Informationen wurden mir von verschiedenster Seite her zuteil.
So erhielt ich beispielsweise eine Kopie des Lebenslaufs, den Dr. Fritz Ries mit Datum vom 28. November 1950 eigens zu dem Zweck verfaßt hatte, sich als besonders tüchtiger Unternehmer darzustellen, um einen Kredit zu erlangen. Darin schilderte er seine Lage gegen und nach Kriegsende folgendermaßen:
»1944 gründete ich die Gummiwerke Hoya GmbH. Mit dieser Gründung wollte ich lediglich einen Teil der Maschinen aus den mir gefährdet erscheinenden östlichen Gebieten retten. Tatsächlich

waren bei Kriegsende in Hoya neue Maschinen im Werte von etwa 1,5 Millionen Reichsmark gelagert... Weiterhin standen mir bei Beendigung des Krieges einige hunderttausend Meter Stoff zur Verfügung...«

Was »einige hunderttausend Meter Stoff« - es handelte sich vornehmlich um Mantelstoffe - in der Notzeit nach 1945 an Wert darstellten, das läßt sich heute kaum noch ermessen. Aber darüber und über die Millionenwerte der neuen, aus Polen nach Hoya an der Weser verschleppten Maschinen hinaus konnte Dr. Ries 1945 - so eine weitere Information - auch noch ein großes Hotel erwerben. Auf der am weitesten westlich gelegenen deutschen Nordseeinsel Borkum kaufte er damals das »größte Haus am Platze«, »Köhler's Strandhotel«, und bezahlte dafür in bar. Sehr zum Erstaunen der Verkäufer brachte er das Geld in Koffern mit, in denen sich auch, wie sie sich deutlich erinnerten, Bündel von Dollarscheinen sowie Unmengen von Juwelen befunden hatten; eine hübsche Damenbrosche mit kleinen Brillanten und Saphiren legte er, nachdem der Kaufpreis ausgehandelt war, als, wie er sich ausdrückte, *»Douceur«* großzügig noch dazu.

Wie die großen Bargeldsummen samt den Devisen, Goldstükken und Juwelen, die Dr. Ries schon kurz nach Kriegsende im Westen zur Verfügung standen, dorthin gekommen waren, ist sein Geheimnis geblieben. Sie tauchen jedenfalls in den ansonsten vollständigen Versandlisten, in denen jeder Karton mit Glühbirnen, jede Rolle Toilettenpapier, jede Reisedecke und jedes Fernschreiber-Ersatzteil genauestens vermerkt ist, begreiflicherweise nicht auf. Allerdings erinnerte sich die - von mir der 17. Kammer des Landgerichts Stuttgart als Zeugin benannte - Ries-Tochter Monika deutlich daran, daß sich ihr Vater häufig, wenn er im Kreis der Familie am abendlichen Kaminfeuer nach reichlichem Genuß des Rotweins gesprächig geworden war, mit verhaltenem Stolz dazu bekannt hatte, im Winter 1944/45 Riesensummen und Unmengen von Wertsachen persönlich und kofferweise von Polen nach Leipzig und im Frühsommer 1945 weiter nach Westen geschafft zu haben, gerade noch vor dem Abzug der Amerikaner aus Leipzig... Damals hatte die US Army West- Sachsen und Thüringen geräumt, diese Gebiete der sowjetischen Besatzungsmacht überlassen und im Austausch einen westlichen Sektor Berlins übernommen.

Blieb die Frage, woher das viele Bargeld sowie die Juwelen, Goldstücke und Dollarnoten stammten, die der so ungemein tüchtige Dr. Ries, neben Hunderttausenden von Metern Mantelstoff, wertvollen neuen Maschinen und sonstigem beweglichen Konzernbesitz, als seine Kriegsbeute nach Westen schaffen konnte. Der Zufall wollte es, daß an ganz unvermuteter Stelle weitere Dokumente entdeckt und mir zugänglich gemacht wurden, die zumindest deutliche Hinweise auf die vermutliche Herkunft dieser Reichtümer gaben.

X. Noch während in Stuttgart die Richter der 17. Kammer des Landgerichts mit der Klage und Widerklage, mein Buch betreffend, beschäftigt waren, hatten eine Reihe von ausländischen Verlagen ihr Interesse an dem Tatsachenroman bekundet; mehrere Übersetzungen waren bereits in Arbeit, und auch das DDR- Fernsehen bereitete eine Verfilmung des Stoffes vor. Zwecks Erkundung der sich an den tatsächlichen Orten der Handlung, zum Beispiel im südpolnischen Trzebinia, bietenden Möglichkeiten für Außenaufnahmen waren etliche Fernsehleute dorthin gereist und hatten die früheren Wirkungsstätten des Konzernherrn Dr. Ries in Augenschein genommen.
Abends im Wirtshaus waren die Fernsehleute aus der DDR von neugierigen Einwohnern des Städtchens ausgefragt worden, was sie denn ausgerechnet in Trzebinia filmen wollten, und sie hatten bereitwillig Auskunft gegeben, auch von den Aktenfunden erzählt, die ich in Leipzig gemacht hatte und die dann zur Grundlage des Tatsachenromans geworden waren. Die polnischen Zuhörer zeigten sich sehr interessiert, und plötzlich erinnerte sich einer, daß nach dem Abzug der Deutschen im Spätherbst 1944 auch in Trzebinia, in den früheren Büros der Ries-Betriebe, viele dort liegengebliebene Akten aufgefunden worden waren, die man nicht vernichtet, sondern irgendwo zur späteren Sichtung aufgehoben habe - aber wo? Das wußte er nicht mehr.
Aber schließlich fand sich ein älterer Einwohner Trzebinias, der meinte, sich dunkel erinnern zu können, daß die Akten der ›Oberschlesischen Gummiwerke‹ aus der Stadt geschafft und in einer zerschossenen Kapelle gelagert worden wären - etwa drei, vier Kilometer weit, in südöstlicher Richtung, an der Kreuzung zweier Feldwege...

Tatsächlich fanden sich die Akten dort, seit Anfang 1945 unberührt, und mit Ausnahme einiger Lagen, die durch Feuchtigkeit oder Mäusefraß stark beschädigt worden waren, hatten sie sich den Umständen nach recht gut erhalten!
Einige Wochen später konnte ich diese Aktenfunde in Augenschein nehmen. Was ich darin dann nach eingehender Sichtung entdeckte, übertraf meine kühnsten Erwartungen:
Aus sehr zahlreichen schriftlichen Berichten des Aufsichtspersonals sowie aus Meldungen der Direktion an die Konzernzentrale ließ sich bis in die kleinsten Einzelheiten genau rekonstruieren, wie und mit welchen Ergebnissen die Ausbeutung der jüdischen und polnischen Sklavenarbeiter in Trzebinia und Umgebung vor sich gegangen war!
So hatte sich innerhalb von nur fünf Monaten, der sogenannten Anlaufzeit, der Umsatz in Trzebinia mehr als verzwölffacht, und wie dies möglich gewesen war, ließ ein ›Protokoll‹ erkennen, das von dem ›Zweigbetriebsleiter‹ Bilke, den Dr. Ries in Wadowitz eingesetzt hatte, unterschrieben war. In einem

Wadowitz, den 3.9.1942.

P r o t o k o l l .

Vom 21-23.8.1942 liess ich Probeweise eine Arbeitszeit von 3 Schichten á 8 Stunden laufen.

Die praktische Arbeit hat ergeben, dass mit den vorhandenen Kräften aus welche wir die 3 Schicht bildeten aus Kindern und Jugendlichen zusammen gestellt war, infolge dessen wurde keine wesentliche Leistung erreicht.

Wir hatten also praktisch gesehen, 2 Schichten á 8 Stunden.

In der Erkenntnis der Sachlage liess ich sofort 2 Schichten á 10 Stunden mit guten Kräften anlaufen.

Die Arbeitszeit läuft jetzt von 6 Uhr früh bis 4 Uhr nachm. und von 4 Uhr nachm. bis 2 Uhr nachts, die restliche Zeit von 4 Uhr – 6 früh gestattet uns die einmalige Gelegenheit zum reinigen der Säle, es war nicht möglich die Säle während der Arbeit ohne wesentliche Unterbrechung zu reinigen.

Die sich bis jetzt ergebene Leistungsziffer hat gezeigt, dass in der Näherei weiterhin noch bessere Ergebnisse zu erwarten sind.

Um den verlangten Satz zu erreichen lasse ich die Arbeiter hintereinander bis zu 11 Stunden an ihren Platz sein um sie durch diese Massnahme an schnelleres Arbeiten zu gewöhnen.

Bilke

Das Protokoll des »Zweigbetriebsleiters« Bilke

Deutsch, das Rückschlüsse auf die Mentalität und den dürftigen Bildungsstand des Aufsichtspersonals ermöglicht, hatte Bilke stolz berichtet:

»Vom 21. bis 23. 8. 1942 ließ ich Probeweise eine Arbeitszeit von drei Schichten á acht Stunden laufen. Die praktische Arbeit hat ergeben, daß mit den vorhandenen Kräften aus welche wir die 3. Schicht bildeten aus Kindern und Jugendlichen zusammen gestellt war, infolge dessen wurde keine wesentliche Leistung erreicht... In der Erkenntnis der Sachlage ließ ich sofort zwei Schichten á 10 Stunden ... anlaufen. Die Arbeitszeit läuft jetzt von 6 Uhr früh bis 4 Uhr nachmittags und von 4 Uhr nachmittags bis 2 Uhr nachts; die restliche Zeit ... gestattet uns die einmalige Gelegenheit zum reinigen der Säle, es war nicht möglich die Säle während der Arbeit ohne wesentliche Unterbrechung zu reini- gen. Die sich bis jetzt ergebene Leistungsziffer hat gezeigt, daß in der Näherei weiterhien noch bessere Ergebnisse zu erwarten sind. Um den verlangten Satz zu erreichen lasse ich die Arbeiter hintereinander bis zu 14 Stunden an ihren Platz sein um sie durch diese Maßnahme an schnelleres Arbeiten zu gewöhnen.«

Angemerkt sei, daß der tägliche Lohn, den die »Oberschlesischen Gummiwerke« ihren Zwangsarbeitern, gleich, ob Mann, Frau oder Kind, für die acht- bis vierzehnstündige Schufterei gewährten, lediglich aus einem Liter Suppe und 100 Gramm Brot bestand. Außerdem mußte die Firma für jeden Arbeitssklaven anfangs 40, später nur noch 36 Pfennig an den »Sonderbeauftragten für den Arbeitseinsatz« abführen, denn – Geschäft ist Geschäft – auch die SS wollte an der Ausbeutung ein bißchen mitverdienen.

Im übrigen wurden die bei den »Oberschlesischen Gummiwerken« beschäftigten jüdischen Frauen und Kinder sowie die wenigen noch nicht ermordeten Männer weit schlechter als Vieh behandelt. Das ging aus einem Dokument hervor, einer Notiz über die – abschlägig beschiedene – Bitte des »Judenarztes« Dr. Ritter. Der war bei dem – dann von Dr. Ries wegen »Judenfreundlichkeit« gefeuerten – Direktor Kotzam vorstellig geworden und hatte »um die sofortige Entleerung der Klosettanlagen« gebeten, ferner um Chlorkalk zum Streuen, »damit die Fliegenplage beseitigt wird«, außerdem »angeregt«, für andere Garderobenräume zu sorgen, weil die derzeitigen »Brutstätten für Ungeziefer« bildeten, und schließlich sogar

A u s h a n g

für Nebenstelle K r e n a u

Wer unentschuldigt von seiner Arbeitsstätte fernbleibt, wird
wegen Arbeitsbummelei und Arbeitssabotage der geheimen Staats-
polizei angezeigt und hat schärfste Bestrafung zu gewärtigen.
Bei Krankheit muss sofort eine Entschuldigung vorgelegt werden
und spätestens am 3. Tage eine Krankenbescheinigung des zuständi-
gen Arztes.
Es wird darauf hingewiesen, dass die gegebenen Anordnungen
strikt zu befolgen sind, wer gegen diese verstösst, hat für die
entstehenden Folgen selbst die volle Verantwortung zu tragen.

Trzebinia, den 2.6.1943

Oberschlesische Gummiwerke GmbH
Gefolgschafts-Abteilung.

O g ł o s z e n i e .

Dla filii w Chrzanowie.

Pracownicy(e), którzy(e) będą opuszczać dni pracy bez uspra-
wiedliwienia, zostaną zgłoszeni(e) Tajnej Policji Państwowej
(Geheime Staatspolizei) za brak pilności i sabotaż i mogą
być przygotowani na surowe kary.
W wypadku choroby musi być natychmiast przedłożone uspra-
wiedliwienie, a najpóźniej do 3 dni świadectwo lekarskie miejsco-
wego lekarza.
Zaznacza się, że powyższe zarządzenia będą surowo przestrzegane.
Nie stosujący się do nich będą ponosić pełną odpowiedzialność.

Trzebinia, dn. 2.6.43

Górnośląska Fabryka Wyrobów
Gumowych
Dział Personalny.

den Vorschlag zu machen gewagt, »eine jüdische Sanitäterin, zumindest für die Nachtschicht, einsetzen zu dürfen, da besonders in der Nachtschicht infolge Übermüdungserscheinungen Fingerdurchstiche« bei den an den Nähmaschinen eingesetzten Frauen und Kindern »häufig vorkommen«.
Dr. Ries und seine leitenden Mitarbeiter hatten jedoch, wie weitere Dokumente zeigten, ganz andere Sorgen gehabt: »Die Lieferungen aus Wadowitz lassen stückzahlmäßig noch viel zu wünschen übrig ... Wir haben den Arbeitskräften in der Sammelwerkstatt im einzelnen erklärt, daß die Arbeitsleistung in den nächsten Tagen wesentlich gesteigert werden muß, da wir sonst annehmen, daß die Arbeit sabotiert wird.«
Das war nach Lage der Dinge eine klare Morddrohung, denn die Arbeitssklaven wußten ebenso wie ihre Ausbeuter, daß eine Meldung über nachlassende Leistung oder gar Sabotage ihre sofortige »Umsiedlung« – in das knapp zwanzig Kilometer entfernte Vernichtungslager Auschwitz – und den sicheren Tod bedeutete.
In Wahrheit – so war einem Protokoll einer etwa gleichzeitigen Sitzung der Konzernspitze zu entnehmen – hatten die »Oberschlesischen Gummiwerke« keinerlei Grund zur Klage: »Die Rentabilität ... ist aufgrund der jetzt vorliegenden monatlichen Umsätze gesichert ... Preislich liegen wir in allen Artikeln sehr günstig, da die Löhne in Trzebinia erheblich niedriger sind als diejenigen in allen anderen« zum Ries-Konzern gehörenden »Fabriken. Die Leistungsfähigkeit der dortigen Arbeiter ist gut ...« Die Gewinnaussichten, hieß es weiter, »sind nach dem derzeitigen Stand als günstig zu bezeichnen ...«
Zum Leidwesen der Konzernspitze, zumal dem des Alleininhabers Dr. Ries, verminderte sich jedoch die Anzahl der den »Oberschlesischen Gummiwerken« in Trzebinia und deren Nebenbetrieben in der Umgebung zur Verfügung stehenden jüdischen Sklavenarbeiter mehr und mehr. Sie wurden von der SS in immer stärkerem Maße »umgesiedelt«, anfangs nur die arbeitsunfähig gewordenen Männer, Frauen und Kinder, dann auch die noch »Brauchbaren«, ohne Rücksicht auf die Bedürfnisse des Ries- Konzerns. Am 18. Februar 1943 hatte der leitende Angestellte Neumann, dem die »Gefolgschaftsabteilung« unterstand, dem Vorstand melden müssen:
»Am 18. Februar 1943 wurde der Werkschutz in Trzebinia vom Werkschutz der Nebenstelle Krenau davon in Kenntnis gesetzt,

daß seit 5 Uhr morgens in Krenau eine Judenaktion gestartet ist. Herr Direktor Meyer erschien gegen 8 Uhr, und wir fuhren gemeinsam mit dem Fiaker nach Krenau. Auf dem Ring in Krenau waren versammelt: SS-Hauptsturmführer Lindner vom (Stab des) Sonderbeauftragten für fremdvölkischen Arbeitseinsatz, Kommissar Dreier von der Geheimen Staatspolizei Kattowitz, Polizeileutnant Schindler von der Ortspolizeibehörde Krenau und viele andere Herren. Es wurde uns eröffnet, daß Krenau ab sofort judenfrei gemacht wird... Durch diese Aktion verloren wir schlagartig 1777 jüdische Arbeitskräfte; es verbleiben uns nur 849 jüdische Arbeitskräfte in Wadowitz. Der derzeitige Gefolgschaftsstand ist demnach insgesamt 2104 gegen früher 3881...«

Indessen - so ergab sich aus einer Meldung an die Konzernzentrale - hatte der tüchtige Neumann schon gut vorgesorgt für den Fall, daß sich - wie es im Frühsommer 1943 dann tatsächlich geschah - der jüdische »Gefolgschaftsstand« auf Null vermindern sollte. Bereits in der zweiten Juliwoche 1942 hatte er den Einfall gehabt, aus der durch die »Judenaktionen« entstandenen Not eine Tugend zu machen, zumindest für das Ries-Unternehmen und seinen Chef.

Neumanns Überlegungen gingen davon aus, daß schon jetzt die Umsätze gefährdet waren; daß durch den Abtransport der jüdischen »Gefolgschaftsmitglieder« ins nahe Vernichtungslager wertvolle, noch keineswegs völlig verbrauchte Arbeitskräfte verlorengingen und daß durch die Zerreißung der Familien auch die Leistung der vorerst Zurückgebliebenen, meist Frauen und Mädchen, rapide abnahm, was wohl psychische Gründe haben mochte. Und da am Ende sicherlich auch diese letzten Fachkräfte »umgesiedelt« werden würden - zwecks späterer Ermordung, wie man inzwischen wußte -, galt es Vorsorge für den Konzern zu treffen.

Da hatte nun der treffliche Ries-Mitarbeiter Neumann die Idee gehabt, die ins Konzentrationslager Auschwitz abtransportierten, dort auf ihre Ermordung wartenden, aber noch arbeitsfähigen Frauen und Mädchen nicht unproduktiv im KZ herumsitzen zu lassen; ihre Wartezeit auf den Tod in den überlasteten Gaskammern ließ sich ja mit nützlicher, dem Ries-Konzern hohe Profite bringender Arbeit füllen!

Und so meldete er in seinem Bericht vom 10. Juli 1942: »Mit dem Rüstungskommando (Kapitän Beyerle) wurde am 7.7.42

das Konzentrationslager Auschwitz besichtigt zwecks Errichtung einer Großnebenstelle. Schwierigkeiten zur Errichtung einer solchen in großem Umfang bestehen nicht, da durch Erstellung von Baracken entsprechende Arbeitsräume geschaffen werden können. Das Rüstungskommando sagte zu, (uns) bei der Beschaffung dieser Räume weitgehendste Unterstützung zuteil werden zu lassen. Es stehen in Kürze etwa 3 000 bis 5 000 weibliche Arbeitskräfte zur Verfügung. Nach Rücksprache mit Herrn Merin, der die Errichtung einer Nebenstelle im Lager Auschwitz begrüßt, wurden sofort 200 Nähmaschinen zur Verfügung gestellt ...«

Zu den ersten zweihundert Nähmaschinen kamen noch viele weitere, auch zahlreiche sonstige Maschinen, wobei anzumerken ist, daß sie sämtlich bei jüdischen Handwerkern und Heimarbeitern von der SS »beschlagnahmt« und dem Ries-Konzern nahezu kostenlos überlassen worden waren.

Aber nicht nur die Ausstattung der neuen »Großnebenstelle« im Vernichtungslager Auschwitz wurde auf diese Weise vorgenommen. Eine Aktennotiz der Abteilung Einkauf der »Oberschlesischen Gummiwerke« in Trzebinia ließ erkennen, mit welcher Gier der Ries-Konzern alles und jedes an sich zu reißen verstand, was den Juden Ostoberschlesiens abgenommen worden war: »In den nächsten Tagen«, so heißt es in dem nahe Trzebinia aufgefundenen Schriftstück mit Datum vom 15. Juli 1942, »finden in Jaworzno und Wadowitz Auktionen von jüdischen Wohnungseinrichtungen und Einzelmöbelstücken statt. Es ist den Gefolgschaftsmitgliedern untersagt, von sich aus auf den Auktionen vorzusprechen, da die Gummiwerke geschlossen zwecks Erwerb dieser Möbel - eventuell alles, wie es liegt und steht - an den Bürgermeister von Jaworzno beziehungsweise Wadowitz herantreten ...« Tatsächlich übernahmen dann die »Oberschlesischen Gummiwerke« des Dr. Ries die gesamte Habe der von der SS »schlagartig« in das nahe Vernichtungslager getriebenen Juden von Jaworzno und Wadowitz, später auch anderer Städtchen der Umgebung. »Alles, wie es liegt und steht«, also so, wie es die bei der Blitzaktion Überfallenen zurückgelassen hatten, ging zu einem pauschalen Spottpreis in den Besitz des Ries-Unternehmens, genauer: in den des Alleininhabers Dr. Fritz Ries über.

Wie aus einer aufgefundenen Notiz des Werkschutzes »betr. Judenwohnungen in Jaworzno« hervorgeht, ordnete die Direk-

tion der »Oberschlesischen Gummiwerke« deren strenge Bewachung »rund um die Uhr« an, »bis die gründliche Durchsuchung unter Aufsicht von Herrn Neumann zwecks Sicherstellung von eventuell versteckten Wertsachen, Bargeld usw.« beendet und die »sichergestellten Gegenstände« - hier ein Goldkettchen, dort ein silberner Leuchter, ein im Küchenschrank versteckter Notgroschen oder ein paar an die Innenseiten einer Kommode geklebte Dollarscheine - etlicher Tausend jüdischer Arbeiterfamilien »in geeigneten Behältnissen an die Direktion zwecks weiterer Veranlassung übergeben« waren.
So läßt sich zumindest ahnen, woher der Inhalt der Koffer, die Dr. Fritz Ries nach eigenem Bekenntnis persönlich »heim ins Reich« schleppte, stammen mochte...
Das gebündelte Bare nebst den Devisen, Goldmünzen und Juwelen, Hunderttausende von Metern Mantelstoff und andere gehortete, eigentlich für Wehrmachtlieferungen bestimmte Textilien, Regenmäntel, Gummistiefel und -schürzen sowie die wertvollen neuen Maschinen aus den »beschlagnahmten«, von Dr. Ries praktisch ohne Bezahlung »übernommenen« polnischen Fabriken - dies alles bildete den Grundstock des Vermögens, mit dem Dr. Ries im Frühjahr 1945 in Westdeutschland eintraf.
Jedenfalls läßt sich sagen, daß er das »Dritte Reich«, den verlorenen Krieg und auch die Rache der befreiten Sklavenarbeiter an ihren Peinigern nicht nur heil überstanden hatte, sondern auch in weniger als zwölf Jahren vom Habenichts zum Multimillionär aufgestiegen war. Wohl nur er selbst hielt vornehmlich sein unternehmerisches Genie für die Ursache seines enormen Wohlstands.
Indessen muß man einräumen, daß nach dem Zusammenbruch vom Mai 1945, als es weder etwas zu »arisieren« noch sonstwie und praktisch umsonst zu »übernehmen«, weder »Großnebenstellen« im Vernichtungslager Auschwitz einzurichten noch anderswo Abertausende von Sklavenarbeitern auszubeuten mehr gab, die weiteren unternehmerischen Aktivitäten des Dr. Fritz Ries nun wirklich einige geradezu geniale Züge hatten, wenngleich sie etwas außerhalb der Legalität und unter Mißachtung der für einen ehrbaren Kaufmann gültigen Regeln verliefen.
So verschaffte sich Dr. Ries zunächst an seinem neuen Wohnsitz Frankenthal in der Pfalz die Anerkennung als Heimatver-

triebener, wobei er als seine verlorene Heimat Trzebinia angab, denn aus Leipzig, seinem Hauptwohnsitz seit 1934, wo sich auch seine Konzernzentrale befunden hatte, war er ja nicht vertrieben worden, sowenig wie aus Saarbrücken, seiner wahren Heimat. Sodann machte er einen angeblich erlittenen »Vertreibungsschaden« geltend. Mit Datum vom 10. Oktober 1953 – Aktenzeichen 16/M/Ke – bescheinigte ihm das Ausgleichsamt bei der Stadtverwaltung Frankenthal zur Unterstützung seines Antrags auf Gewährung eines Arbeitsplatzdarlehens von 125 000 DM aus Landesmitteln, »daß der Antragsteller beim Ausgleichsamt Frankenthal die Festellung der folgenden Vertreibungsschäden beantragt hat:

1. Geschäftsanteil an der »Oberschlesischen Gummiwerke GmbH«, Trzebinia über Nennbetrag (Kapitalforderung) 1 445 000 RM
2. Geschäftsanteil an der »Gummiwerke Wartheland AG«, Litzmannstadt über 500 000 RM
3. Verlust eines Einfamilienhauses mit 10 Zimmern in Trzebinia Kreis Krenau (Oberschlesien) – Grundvermögen –

Weiter wird bestätigt, daß die Angaben des Antragstellers in dem Feststellungsantrag hinreichend dargetan sind.«

Und so, wie in diesem Fall, ging es dann dutzendfach weiter: An jeder Finanzierungsquelle, die die öffentliche Hand einem schuldlos verarmten, jedoch neue Arbeitsplätze und Wohnungen zu schaffen bereiten Heimatvertriebenen sprudeln ließ, labte sich Dr. Ries, dem es gelungen war, als bloßer »Mitläufer« der Nazi-Partei eingestuft zu werden, und der daher als politisch völlig unbelastet galt. Und nebenher schuf er sich auch jene nützlichen Verbindungen zu den über die Verteilung von Darlehen, Krediten, Steuervergünstigungen und Landesbürgschaften mitentscheidenden Politikern.

Das war auch dringend nötig, denn immer wieder regten sich bei den Beamten der zuständigen Behörden Zweifel an der Berechtigung der Riesschen Ansprüche. So berichtete der damalige Generalbevollmächtigte des Dr. Ries, Dr. Grote-Mismahl, seinem Chef mit Schreiben vom 22. Oktober 1953 über seine am Vortag stattgefundene Verhandlung mit dem rheinland-pfälzischen Landesausgleichsamt in Koblenz:

»Zuerst verlief die Verhandlung ganz nach Wunsch. Herr Ministerialrat Dr. Giesen war schon bereit, den Vertreibungsschaden in Gesamthöhe von 2 Millionen DM als Sicherheit ...

anzunehmen ... In diesem Augenblick wurde zur Unterschrift ein Entwurf des Herrn v. Bünau hereingegeben. Der Entwurf enthielt die schwersten Vorwürfe gegen das hiesige Ausgleichsamt (Frankenthal), weil der verantwortliche Sachbearbeiter seine Pflicht verletzt habe hinsichtlich der Prüfung, ob Herr Dr. Ries nicht als Nutznießer der nationalsozialistischen Gewaltherrschaft zu betrachten sei ... Der Entwurf des Herrn v. Bünau war so scharf gehalten, daß Herr Dr. Giesen zu Herrn v. Bünau sagte: ›Wenn ich das unterschreibe, dann erreichen Sie genau das Gegenteil von dem, was Sie wollen. Um sich zu rechtfertigen, hat nämlich dann das Ausgleichsamt Frankenthal das äußerste Interesse daran, festzustellen, daß die Ansprüche des Herrn Dr. Ries an den Lastenausgleich tatsächlich bestehen. Sie treiben also das Ausgleichsamt Herrn Dr. Ries in die Arme!‹ ... «

Lassen wir es dahingestellt, wer am Ende wen Herrn Dr. Ries in die offenen Arme trieb und seine immer neuen Forderungen befriedigte. Fest steht, daß das seinerzeit, von 1969 bis 1976, von dem heutigen Bundeskanzler Helmut Kohl (CDU) regierte Bundesland Rheinland-Pfalz ziemlich häufig und tief für Dr. Ries in die Tasche greifen oder Bürgschaften übernehmen mußte, insgesamt in Höhe von zig Millionen.

XI. Die, sagen wir, an Nachlässigkeit grenzende Sorglosigkeit, mit der die rheinland-pfälzischen Behörden die Behauptungen des Dr. Ries, er sei kein Nutznießer des Naziterrors gewesen, sondern ein armer, widerrechtlich enteigneter, politisch völlig unbelasteter Heimatvertriebener, für bare Münze nahmen, und die Großzügigkeit, mit der sie ihm Entschädigungen, Fördermittel und zinslose Darlehen der öffentlichen Hand sowie Staatsbürgschaften in Zigmillionenhöhe gewährten, ließen darauf schließen, daß es Dr. Ries frühzeitig verstanden hatte, sich die Mächtigen im Lande Rheinland-Pfalz, womöglich auch den einen oder anderen sehr einflußreichen Bundespolitiker, zu Freunden zu machen. Aber dies waren zunächst bloße Vermutungen.

Immerhin zeigte schon die Gästeliste von Schloß Pichlarn, die im Tatsachenroman *Großes Bundesverdienstkreuz* von dem findigen Herrn Fretsch seinem Auftraggeber, Rechtsanwalt Don Hartnell, präsentiert wird, daß Konsul Dr. Ries viele prominente Politiker auf seinem Landsitz bewirtete: Dr. Alfred

Dregger (CDU), Dr. Richard Stücklen (CSU), Dr. Friedrich Zimmermann (CSU) und sogar den CSU-Vorsitzenden und späteren bayerischen Ministerpräsidenten Franz Josef Strauß, der bis 1969 Bundesfinanzminister gewesen war und dessen – 1984 verstorbene – Ehefrau von Dr. Ries eine hübsche Beteiligung an dessen Konzernholding praktisch zum Geschenk erhalten hatte.
Indessen waren Herrn Fretsch (und mir, dem Autor, der diesen ungewöhnlichen Detektiv erfunden hatte) die wichtigsten Verbindungen des Dr. Ries zu CDU-Spitzenpolitikern zunächst entgangen, und erst kurz nach Erscheinen des Tatsachenromans *Großes Bundesverdienstkreuz,* im Winter 1974/75, wurde mir klar, daß meine Enthüllung der düsteren Vergangenheit des *Pegulan*-Konzernchefs eine weit über meine bisherigen Annahmen hinausgehende, hochpolitische Bedeutung hatte: Auf Schloß Pichlarn waren, sozusagen unter den Fittichen des einstigen Sklaventreibers von Trzebinia, Lodz und Auschwitz, nicht nur die Weichen für die künftige »Wende« gestellt worden, also für die Ablösung der sozialliberalen Koalition unter der Kanzlerschaft von zunächst Willy Brandt, dann von Helmut Schmidt durch ein Bündnis rechtskonservativer Kräfte mit der FDP. Vielmehr hatten dort die Herren der Wirtschaft auch bereits ihre personelle Auswahl für die Besetzung der Spitzenpositionen getroffen. Angeführt von Dr. Hanns Martin Schleyer, dem Flick-Vertrauensmann, Daimler-Benz-Personalchef und Präsidenten von BDI und BDA, setzten die großen Bosse schon damals nicht mehr auf Franz Josef Strauß – obwohl dieser dann 1980 dennoch, wenngleich vergeblich, als Kanzlerkandidat der Union antrat –, sondern bereits auf ein »Tandem«, ein Zweiergespann, bei dem einer durch kräftiges Strampeln die Antriebskraft liefern sollte, der andere die Denk- und Lenkaufgaben zu meistern hätte. Und beide dafür ausersehene Unionspolitiker standen – wie auch Strauß – in sehr engen Beziehungen zu Konsul Dr. Fritz Ries!
Der eine, ausersehen als »Vordenker«, war der als besonders unternehmerfreundlich geltende damalige Top-Manager des Chemie-Riesen Henkel, der über seine DEGUSSA-Beteiligung auch die Hanauer Nuklear-Unternehmen ALKEM und NUKEM beherrschte, Professor Dr. Kurt Biedenkopf, Jahrgang 1930 und gebürtig aus Ludwigshafen, der 1973 Generalsekretär der CDU geworden war.

Traut vereint, politisch wie privat oder auch geschäftlich: Ries-Partnerin Marianne Strauß, Konsul Ries, langjähriger Ries-Schützling Helmut Kohl, Ries-Intimus Franz Josef Strauß.

Der andere war der – ebenfalls 1930 in Ludwigshafen geborene – rheinpfälzische CDU-Politiker Helmut Kohl, seit 1969 Ministerpräsident in Mainz und schon dazu ausersehen, künftiger Parteivorsitzender der CDU und, anstelle des gescheiterten Franz Josef Strauß, Kanzlerkandidat der Union zu werden.
Wie war die – mir beim Schreiben des Tatsachenromans *Großes Bundesverdienstkreuz* noch unbekannte – Beziehung Helmut Kohls zu Dr. Ries, von der ich erst im Verlaufe des Prozesses beim Stuttgarter Landgericht erfuhr, zustandegekommen? Wohl in erster Linie durch die räumliche Nähe Ludwighafens zu Frankenthal, zum anderen, weil Dr. Ries ständig nach förderungswürdigen und -bedürftigen jungen CDU-Politikern Ausschau hielt, die ihm für seine Geschäfte von Nutzen sein konnten. Jedenfalls »entdeckte« Dr. Ries den zielstrebigen Lokalmatador der Ludwigshafener Jungen Union schon sehr frühzeitig und ließ ihm, wie es auch andere Industrielle der Gegend taten, seine finanzielle Förderung zuteil werden.
Fast zwei Jahrzehnte lang, während aus dem Ludwigshafener JU-Führer Helmut Kohl ein Stadtrat, dann ein CDU-Landtagsabgeordneter und schließlich ein rheinland-pfälzischer Ministerpräsident wurde, war dieser aufstrebende Politiker, den der Ludwigshafener Oberbürgermeister Dr. Werner Ludwig als »einen schrecklichen, ungehobelten Menschen« charakterisiert hatte, ein sehr häufiger Gast im Hause des Dr. Ries. In allen diesen Jahren gab es zwischen Helmut Kohl und dem Frankenthaler *Pegulan*-Industriellen zahlreiche Gespräche. Der junge Politiker holte sich manchen Rat von seinem um 23 Jahre älteren, erfahrenen und fast väterlichen Freund und Gönner, und Dr. Ries erzählte ihm oft und gern, wie man aus bescheidenen Anfängen über Krieg, Niederlage, Vertreibung und Währungsreform hinweg zu Multimillionärs- und Konzernherren-Höhen aufsteigt. Natürlich präsentierte Helmut Kohl seinem noblen Gönner Dr. Ries auch das Mädchen, mit dem er sich zu verloben gedachte: seine einstige Tanzstundenpartnerin und künftige Ehefrau Hannelore.
Nachdem das junge Paar geheiratet hatte, steigerte Dr. Ries das Ansehen seines Protegés, indem er Helmut Kohl mitnahm auf eine Auslandsreise, wie sie sich ein noch unbekannter junger Provinzpolitiker damals kaum zu erträumen wagte. Kohl durfte Dr. Ries ins Königreich Marokko begleiten, dessen

Honorarkonsul für Rheinland-Pfalz und Hessen der »Pegulan«-Konzernchef inzwischen geworden war.
Frau Hannelore Kohl durfte derweilen mit der Gattin des Konsuls Dr. Ries, jener Dora Apitzsch, die ihn nach Trzebinia begleitet und ihm dort vier Kinder geboren hatte, aber erst 1949 von ihm in zweiter Ehe geheiratet worden war, Ferien machen. Den beiden Damen stand im schweizerischen Zermatt ein luxuriöses Chalet zur Verfügung.
Der einzige Schatten, der auf die freundschaftlichen Beziehungen fiel, waren die spitzen Bemerkungen, die Frau Ries über die »schlechten Manieren« des jungen Herrn Kohl machte, wogegen sie rühmte, wie gut sich die Herren ihres Umgangs in Trzebinia, besonders Herr Packebusch, stets benommen hätten. Auch Dr. Ries bedauerte später häufig, wenngleich nur im engeren Familien- und Freundeskreis, auch noch, als Helmut Kohl rheinland-pfälzischer Ministerpräsident geworden war, dessen »Mangel an Schliff«, seine »entsetzlichen« Umgangsformen.
Aber Dr. Ries sah Helmut Kohl dennoch als äußerst nützlich an. Laut Aussage mehrerer Zeugen, darunter Ries-Schwiegersohn Rechtsanwalt Herbert Krall, äußerte er sich wiederholt dahingehend, Ministerpräsident Kohl habe »gefälligst zu tun«, was er, Ries, wünsche. Übereinstimmend zitierten die »Wirtschaftswoche« wie auch das exklusive »Manager-Magazin« Konsul Dr. Ries in Bezug auf Helmut Kohl: *»Wenn ich den nachts um drei anrufe, muß er springen ... !«*
Diese angeblichen Ries-Aussprüche kursierten in der Wirtschaftspresse, als der *Pegulan*-Konzern 1975/76 in eine Absatzkrise geraten war und erhebliche wirtschaftliche Schwierigkeiten hatte. Nur durch eine Bürgschaft des Landes Rheinland-Pfalz konnten die Banken noch einmal dazu bewogen werden, dem Unternehmen abermals über die Runden zu helfen. Damals, am 5. März 1976, meldete die »Wirtschaftswoche«: »... Ob indes diese Landeshilfe allein wegen der gefährdeten Pegulan-Arbeitsplätze zugesagt wurde oder ob der CDU-Kanzlerkandidat und Rheinland-Pfalz-Chef Kohl zusätzlich ein gutes Wort für Ries einlegte, bleibt offen.«
Offen blieb auch, ob zumindest einige der Banken von Dr. Ries abgerückt waren, nachdem durch den Ausgang des Stuttgarter Prozesses alle wesentlichen gegen Dr. Ries im Tatsachenroman »Großes Bundesverdienstkreuz« erhobenen Vorwürfe sich als

Ministerpräsident Helmut Kohl zeichnet seinen langjährigen Förderer Konsul Ries wegen dessen »unternehmerischer Leistung und Engagements für die Gesellschaft« mit dem Stern zum Großen Bundesverdienstkreuz aus.

richtig erwiesen hatten. Gewiß ist, daß eine ganze Reihe von Prominenten aus Politik, Industrie und Bankwelt, die früher gern auf Schloß Pichlarn oder in der Frankenthaler Ries-Villa zu Gast gewesen waren, den persönlichen Umgang mit dem »Arisierungskönig« nun auf das Unumgängliche beschränkten. Nur einem, nämlich Helmut Kohl, schien die düstere Vergangenheit seines langjährigen Gönners gleichgültig zu sein, dem er noch im Februar 1972 »in Würdigung seiner unternehmerischen Leistung und in Anerkennung seines Engagements für die Gesellschaft« den Stern zum Großen Bundesverdienstkreuz an den Frack geheftet hatte. (Wozu angemerkt sei, daß Dr. Heinrich Bütefisch, der bis 1944 das Buna-Zweigwerk des IG Farben-Konzerns in Auschwitz in »herzlichem Einvernehmen« mit dem KZ-Kommandanten Höß geleitet hatte, dieserhalb vom Alliierten Gerichtshof zu sechs Jahren Gefängnis verurteilt und schon bald nach seiner Entlassung Generaldirektor, später stellvertretender Aufsichtsratsvorsitzender der Ruhrchemie Oberhausen, einer Konzernfirma der IG-Nachfolgerin Farbwerke Hoechst, geworden war, am 11. März 1964 aus Anlaß seines 70. Geburtstags das Große Bundesverdienstkreuz erhalten hatte - in Würdigung seiner »unternehmerischen Leistung und Lauterkeit«. Aber schon sechzehn Tage später - in Frankfurt am Main hatte gerade der große Auschwitz-Prozeß begonnen und ein ausländischer Zeuge erwähnte den Namen Bütefisch - wurde die Ordensverleihung vom Bundespräsidialamt widerrufen. Acht Jahre später war man im Falle des Dr. Ries nicht mehr so pingelig.) Als rheinland-pfälzischer Ministerpräsident tat Helmut Kohl alles, was in seiner Macht stand, seinem langjährigen Gönner den krisengeschüttelten »Pegulan«-Konzern zu erhalten.
Indessen war alle Hilfe vergebens. Der Ries-Konzern mußte bald darauf verkauft werden - einschließlich der Beteiligung von Frau Marianne Strauß, wie vom Ries-Testamentsvollstrekker Professor Dr. Reinhold Kreile, einem langjährigen CSU-Bundestagsabgeordneten und Aufsichtsratsvorsitzer der Flick-Gruppe, zu erfahren war - und ist seither in familienfremdem Eigentum. Konsul Dr. Fritz Ries, dessen Privatentnahmen nicht wenig zum Ausverkauf beigetragen haben mochten, machte 1977 seinem Leben selbst ein Ende. So erlebte er nicht mehr die Erfüllung seines Herzenswunsches, nämlich daß noch ein weiterer CDU-Spitzenpolitiker, der damals zum »Vor-

denker« eines Kanzlers Kohl ausersehene CDU-Generalsekretär Biedenkopf, in enge Beziehungen zu ihm träte. Kurt Biedenkopf, der im Tatsachenroman »Großes Bundesverdienstkreuz« überhaupt nicht auftritt oder erwähnt wird, aber der von 1974 an ebenfalls häufig zu den »illustren Gästen auf Schloß Pichlarn« zählte und bei seinen Besuchen dort die Ries-Tochter Ingrid Kuhbier kennen und schätzen lernte, wurde erst 1980, drei Jahre nach dem Freitod des Konsuls Dr. Ries und nachdem er von seiner ersten Ehefrau, die ihm vier Kinder geboren hatte, geschieden war, posthum der Schwiegersohn des gescheiterten »Vollblutunternehmers«.
Im Prominenten-Lexikon »Wer ist wer?« fehlt allerdings der Hinweis, daß Biedenkopfs zweite Ehefrau eine Tochter des verstorbenen Konsuls Dr. Ries war. Dort lautete noch 1984 der – auf eigenen Angaben beruhende – Eintrag: »... verheiratet in 2. Ehe mit Ingrid geb. Kuhbier...«, wo es doch richtig heißen müßte: »... mit Ingrid geb. Ries, gesch. Kuhbier...«. Ob er sich seiner neuen familiären Beziehungen zu dem toten Industriellen schämte, der einen bedeutenden Teil seines Vermögens der Ausbeutung und Ausplünderung von Zwangsarbeitern in und um Auschwitz verdankt hatte?

XII. Wenige Wochen nach dem Freitod seines Heidelberger Studienfreundes und Korpsbruders Fritz Ries wurde Dr. Hanns Martin Schleyer am 5. September 1977 in Köln von Terroristen entführt und am 19. Oktober ermordet im Kofferraum eines Autos erschossen aufgefunden.
Die Kölner Wohnung, von der aus der Anschlag auf Dr. Schleyer geplant und ausgeführt worden war und die die Polizei, trotz frühzeitiger Hinweise aus der Bevölkerung, zu spät entdeckt hatte, war, wie sich dann herausstellte, auf den Namen ›Ries‹ angemietet worden. Es wurde vermutet, daß die Terroristen damit einen Hinweis auf die im Stuttgarter Prozeß bekanntgewordenen Fakten aus meinem Tatsachenroman *Großes Bundesverdienstkreuz* und die darin enthüllte SS-Vergangenheit des »Alten Kämpfers« Dr. Schleyer geben wollten. Aus der CDU/ CSU-Fraktion des Bundestages wurden daraufhin sogar Stimmen laut, die mir, dem Autor des Buchs, eine moralische Mitverantwortung für die Ermordung Dr. Schleyers zuschieben wollten, ja sogar die »geistige Urheberschaft«.

Auf diesem Höhepunkt der Hetze gegen angebliche »Sympathisanten des Terrors« gab ich als damaliger Vorsitzender des Verbands deutscher Schriftsteller (VS) in der IG Druck und Papier auf einer Pressekonferenz anläßlich der Frankfurter Internationalen Buchmesse eine Erklärung ab. Darin hieß es: »... Sie mögen meinen, ich übertreibe etwas; doch wer, wie ich und meine Kollegen vom Bundesvorstand und den Landesvorständen des Verbandes deutscher Schriftsteller, seit Wochen fast nur noch damit beschäftigt war, schamlose Lügen und übelste Verleumdungen abzuwehren, muß befürchten, daß eine weitere Eskalation des privaten Terrors einiger Wahnwitziger die gegenwärtige Hexenjagd noch verschlimmern und dann zu einem Exodus derer führen könnte, die es satt haben, von verantwortungslosen Hetzern als angebliche Mit- oder gar Hauptschuldige diffamiert zu werden.

Wir, die gewerkschaftlich organisierten Schriftsteller der Bundesrepublik - und dazu gehören nahezu alle Autoren, deren Namen inner- und außerhalb des deutschen Sprachgebiets bekannt sind und die unserem Land zu kulturellem Ansehen verholfen haben -, wir brauchen uns nicht erst von einer mörderischen Gewalt zu distanzieren, die von uns stets verabscheut und bekämpft worden ist. Als Gewerkschafter kennen wir die Gefahren, die von Provokateuren und blinden Fanatikern ausgehen. Wir wissen auch, daß der Meuchelmord zwar zur faschistischen, aber noch nie zur Tradition der deutschen Linken gehört hat. Die Mordhetze in der Weimarer Republik ging vom Hugenberg-Pressekonzern und von völkischen Blättern in Bayern aus. Auch daran hat sich wenig geändert, nur die Namen haben gewechselt. Allerdings besteht ein Unterschied zwischen damals und heute: Einst haben die Hetzer von rechts die Republik geschmäht, die Demokratie verhöhnt und deren Fahne in den Schmutz gezogen. Heute legt noch die letzte Ratte, die sich, Morgenluft witternd, aus dem schwarzbraunen Untergrund hervorwagt, rasch noch ein schwarzrotgoldenes Schärpchen an und beruft sich, während sie sie schon gierig benagt, auf die freiheitlich-demokratische Grundordnung. Doch für diese Grundordnung, für Humanisierung und Liberalität, für mehr Toleranz und Gerechtigkeit, haben wir, die deutschen Schriftsteller - das muß einmal gesagt werden - wahrlich mehr getan als unsere Verleumder, auch als die meisten derer, die uns jetzt Verweise und Belehrungen erteilen. Es gibt keinen

Berufsstand, der in der Vergangenheit mehr für die deutsche Demokratie geleistet und mehr unter den Feinden der Freiheit gelitten hat als die deutschen Schriftsteller. Die allermeisten unserer älteren Kollegen waren entschiedene Gegner jener Nazis, für die sich ein Herr Strauß als Referent für braune Weltanschauung und sogenannte »wehrgeistige Führung« betätigt hat, für die jener Herr Hicks, der heute in Springers *Welt* Intellektuellenhetze betreibt, damals noch fleißig Judenhetze betrieb. Der Zufall will es, daß der Verband deutscher Schriftsteller gegenwärtig in mir einen der wenigen Überlebenden jener Vernichtungslager zum Vorsitzenden hat, in die gemäß besagter Nazi-Weltanschauung die Opfer von Hetze und Verleumdung eingesperrt wurden. Ich bin daher erfahren in Terror, allerdings als ein ihn Erleidender. Als aktive Terroristen standen uns damals die Angehörigen einer kriminellen Vereinigung gegenüber. Verblüffenderweise sitzen heute von den ehemaligen Führern dieser Terroristengruppe - ich muß wohl sagen: -bande - nur wenige hinter Gittern, etliche im Bundestag, und zwar just bei jener Fraktion, die jetzt die schlimmsten Verleumder und Scharfmacher stellt, ja, wo einige Herren den Terrorismus am liebsten wieder mit staatlichem Terror beantworten möchten. Ich weiß, es ist unfein, an diese Zusammenhänge zu erinnern. Ich tue es dennoch, weil ich zornig bin. Wenn man meine Kolleginnen und Kollegen systematisch verleumdet - von Amery bis Zwerenz reicht die Liste der letzten Wochen -, wenn weder Luise Rinser noch Heinrich Böll vor Verteufelung sicher sind; wenn Westentaschen-McCarthys vom Schlage eines Abg. Dr. Günter Müller über Literatur richten wollen; wenn schon die Wadenbeißer gegen uns losprechen dürfen - wie jener Peter Hornung, der zur Gaudi der bayerischen Provinzpresse ausgerechnet meinem Freund Heinar Kipphardt, von weiteren geschätzten Kollegen und von mir selbst ganz zu schweigen, einen virtuosen Umgang nicht mit der Sprache, nein, mit Maschinenpistolen anzudichten wagt, packt mich eben Zorn. Er richtet sich weniger gegen die Giftspritzer selbst als gegen deren Auftraggeber, vor allem aber gegen jene, die dazu schweigen, wo sie entschiedensten Protest erheben müßten.

Wir, die deutschen Schriftsteller, werden unsere Verantwortung nicht so vergessen, wie es viele Politiker jetzt tun. Wer der terroristischen Gewalt, die wir verabscheuen, unsere rechts-

staatliche Ordnung opfern will; wer die Aufhebung der Grundrechte fordert und nach Vorbeugehaft, Folter, Geiselerschießungen und ›kurzem Prozeß‹ schreit, der wird weiter auf unseren entschlossenen Widerstand stoßen. Wir lassen uns durch die Verleumdungswelle nicht einschüchtern. Noch ist dies auch unsere Republik, mit allen ihren Fehlern, die zu kritisieren wir als unsere Pflicht erachten, wobei sich für uns die Frage nicht stellt, wie sympathisch diese Kritik den anderen ist, sondern nur, ob sie berechtigt genannt werden darf. Noch ist dies die von uns maßgeblich mitgeschaffene Zivilisation eines freiheitlichen Staatswesens. Wir warnen vor dem drohenden Rückfall in die Barbarei und vor der Kapitulation des humanen Rechtsstaats als der schlechtesten Reaktion auf die Gewaltverbrechen einer Handvoll pseudorevolutionärer Desperados! Wir appellieren an unsere Kollegen im DGB, sich nicht von den professionellen Panikmachern und Brunnenvergiftern davon abbringen zu lassen, mit uns die Republik zu verteidigen!
Es gibt keine Sympathisanten der Meuchelmörder - am allerwenigsten bei uns Schriftstellern! Aber es gibt leider etliche Nutznießer des Terrors, darunter Leute, die sich vergnügt die Hände reiben, wenn der Terrorismus blindwütiger Einzelgänger jenes Feuer anfacht, an dem sie ihr ganz spezielles Süppchen zu kochen gedenken. Wir wollen ihnen die Suppe nach besten Kräften versalzen. Und wenn ich vorhin von einem möglichen Exodus gesprochen habe, von einem Auszug derer, denen es, um mit Böll zu sprechen, jetzt langt - sie mögen sich nicht zu früh freuen, die Herren Ästheten und Stilisten der *Bild*-Zeitung, die Dichter und Denker des *Bayernkurier,* die Schöngeister von *Quick* und *Praline* und die Hommes-de-lettres von der *Passauer Neuen Presse.* Leuten wie ihnen hat unser Kollege Heinrich Heine auch noch von Paris aus die Hölle ganz schön heiß gemacht.«

XIII. Schon zu Beginn des langwierigen Rechtsstreits vor der 17. Kammer des Landgerichts Stuttgart hatte die Gegenseite (und ebenso die ultrarechte, vom einstigen Goebbels-, späteren Strauß- und schließlichen Ries-Mitarbeiter Dr. Eberhard Taubert inspirierte Presse) versucht, die von mir beschafften und durch meinen Anwalt vorgelegten Beweismittel mit dem Hinweis abzuwerten, sie stammten aus »östlichen Quellen«. Das Gericht ließ sich davon nicht beeindrucken. An der Echt-

heit der meine Tatsachenbehauptungen beweisenden Dokumente gab es schließlich keinen Zweifel.
Zudem konnte ich darauf hinweisen, daß die geographische Lage der Schauplätze des realen Teils meines Tatsachenromans *Großes Bundesverdienstkreuz* ja nicht von mir bestimmt worden sei, sondern vom seinerzeitigen tatsächlichen Geschehen; der Kläger selbst, also Herr Dr. Fritz Ries, hatte sie sich damals ausgesucht: zum Standort seiner Konzernzentrale während der Nazi-Zeit und damit zum Mittelpunkt seiner regen »Arisierungs«-Tätigkeit hatte er sich nicht etwa Düsseldorf, München, Hamburg oder Frankfurt am Main ausgesucht, sondern Leipzig, Bezirkshauptstadt der DDR. Seine Raubzüge hatten in Gebieten stattgefunden, die entweder zur Volksrepublik Polen oder zur Sowjetunion gehörten, und die vielen Tausend Männer, Frauen und Kinder, die sich in seinen Betrieben und »Großnebenstellen« bis zur totalen Erschöpfung abgerackert hatten in der vergeblichen Hoffnung, so wenigstens den Gaskammern zu entgehen, waren nun einmal keine Franzosen, Belgier, Holländer, Norweger oder Italiener gewesen, wie sie anderswo ebenfalls als Zwangsarbeiter verwendet worden waren, sondern in der großen Mehrzahl polnische Juden, später vorwiegend »dienstverpflichtete« katholische Polinnen und verschleppte Ukrainerinnen.
Was für Dr. Ries galt, traf auch auf die anderen tatsächlichen Figuren des Romans zu: Dr. Hanns Martin Schleyer hatte als SS-Führer seine gesamte Aktivität auf Prag, die damalige Hauptstadt des »Protektorats Böhmen und Mähren« beschränkt und allen Versuchen getrotzt, ihn anderswohin zu versetzen. Artur Missbach hatte in Krakau gewirkt, »federführend für den Einsatz von Herren der Wirtschaft in den besetzten Gebieten«, ehe er als stellvertretender Betriebsleiter zu den »Oberschlesischen Gummiwerken« nach Trzebinia kam und dort – und in Auschwitz – die Ausbeutung der Sklavenarbeiter überwachte. Und Dr. Eberhard Taubert – um noch ein letztes Beispiel zu nennen – war, nachdem er zunächst im Berliner Propagandaministerium die »Aktivpropaganda gegen die Juden« geleitet hatte, dort von 1942 an »Generalreferent für den *Ost*-(nicht den West)raum« gewesen.
Kurz, Dokumente, die Tätigkeit dieser Leute im Zweiten Weltkrieg betreffend, konnten logischerweise mit weit größerer Wahrscheinlichkeit in den Dokumentationszentren der damali-

»Ein Volk, das diese wirtschaftlichen Leistungen vollbracht hat, hat ein Recht darauf, von Auschwitz nichts mehr hören zu wollen!«, so – laut »Frankfurter Rundschau« – Franz Josef Strauß, der es nicht gesagt haben will. Duzfreunde Strauß und Ries, die Hände (in Unschuld) waschend.

gen Staaten des Warschauer Pakts gesucht und gefunden werden als in denen der Niederlande, Dänemarks oder Griechenlands.
Indessen gab es auch - neben mancherlei Akten, die der Zufall in westliche, amerikanische und bundesdeutsche Archive hatte gelangen lassen - noch den einen oder anderen Überlebenden, der den Inhalt der Dokumente, die gnadenlose Ausbeutung der Sklavenarbeiter in den Ries-Betrieben betreffend, aus eigenem Wissen bestätigen konnte.
Erst lange nach Erscheinen des Tatsachenromans *Großes Bundesverdienstkreuz* und nachdem der Stuttgarter Prozeß von mir bereits in allen wesentlichen Punkten gewonnen worden war, meldete sich bei mir ein Mann, ein heute in Bayern lebender Jude aus Lodz, früher Litzmannstadt, der als Dreizehnjähriger für die »Gummiwerke Wartheland« des Dr. Fritz Ries in vielen Hundert Nachtschichten schwerste körperliche Arbeit geleistet hatte und dessen Eltern und Schwestern dort teils an Entkräftung gestorben, teils vom Werkschutz erschlagen oder der Gestapo »überstellt« worden waren.
Was er über seine zweijährige Leidenszeit als Sklavenarbeiter des Herrn Dr. Ries zu berichten hatte, ließ die in meinem Tatsachenroman wiedergegebenen Protokolle und Meldungen als bloße Schönfärbereien erscheinen. Aber schließlich waren die herrschenden Gesichtspunkte bei der Abfassung jener Arbeitsberichte an die Direktion oder die Konzernzentrale, um ein letztes Mal Brecht zu zitieren, *die Gesichtspunkte der Herrschenden,* nicht die ihrer wehrlosen Opfer, und es ging Dr. Fritz Ries und seinesgleichen ja ausschließlich um den Profit, nicht um die Auswirkungen der Methoden seiner Maximierung.

XIV. Stellen wir uns - nur für einen Augenblick - vor, es hätte 1975/76 keine Absatzkrise bei *Pegulan* gegeben, Konsul Dr. Ries hätte noch 1987 als nunmehr 82jähriger Patriarch und Ehrenpräsident des Aufsichtsrats in Frankenthal residiert, ihm zur Seite der wackere Dr. Eberhard Taubert, immer noch Leiter des Persönlichen Büros und zuständig für die Finanzierung ultrarechter Aktivitäten...
»Der alte Herr Konsul«, wie Dr. Ries dann immer noch genannt würde, hätte dann sicherlich die Anzahl seiner hohen Orden und Ehrentitel noch gewaltig vermehrt, außerdem die große Freude, seinen langjährigen politischen Zögling, den mit den

»schrecklichen Manieren«, im Kanzleramt in Bonn regieren zu sehen.

Gewiß hätte der alte Herr Dr. Ries diesen Kanzler – »Wenn ich den nachts um drei anrufe, muß er springen!« – bereits dazu bewogen, sich mit Professor Dr. Kurt Biedenkopf wieder zu versöhnen und diesem blitzgescheiten Schwiegersohn seines Entdeckers und langjährigen Förderers ein wichtiges Bundesministerium anzuvertrauen, ihn zumindest aber als Berater im Kabinettsrang ins Kanzleramt zu berufen.

Und sicherlich hätte Konsul Dr. Fritz Ries auch nicht geruht und gerastet, bis er den Gatten seiner langjährigen Konzern-Mitgesellschafterin, seinen Spezi und Duzfreund, Herrn Ministerpräsidenten Dr. h.c. Franz Josef Strauß, milde gestimmt und zum Einlenken gegenüber Helmut Kohl bewogen hätte, und wenn es ihn nochmals sechzehn Prozent des Konzern-Kapitals gekostet hätte.

Dann wäre der Patriarch von Frankenthal der eigentliche, wenn auch heimliche Herrscher hierzulande gewesen, hätte nur jeweils ein kurzes Telefongespräch zu führen brauchen, und alles hätte wie am Schnürchen geklappt.

Indessen, kehren wir wieder zur Realität zurück, ist Konsul Dr. Fritz Ries, der einstige »Arisierungskönig« und Träger des Großen Bundesverdienstkreuzes mit Stern, schon geraume Zeit tot und begraben, und das heimliche Herrschen in »diesem unserem Lande« muß er nun anderen überlassen, seinen früheren Kollegen, Verbündeten oder Rivalen.

Denn Dr. Fritz Ries, dieser exemplarische Vollblutunternehmer, darf nicht als ein Einzelfall angesehen werden. Rein zufällig rückte er eine Zeitlang in den Mittelpunkt meines Interesses und wurde zur Zentralfigur des Tatsachenromans »Großes Bundesverdienstkreuz«. Doch solche Ordensträger wie ihn gibt es zuhauf, und Trzebinia war überall, ist es mancherorts in der Welt noch heute.

Bernt Engelmann

Verzeichnis der Personen, die in den Dokumenten genannt werden

BENTZ, Horst, geboren am 27. Mai 1904 in Dresden, Fabrikant, Inhaber der Melitta-Werke Bentz & Sohn in Minden mit 22 Tochterunternehmen und Zweigbetrieben mit zusammen 8 500 Beschäftigten. Ehemaliger SS-Angehöriger mit aktiv antisemitischer Vergangenheit, langjähriger Förderer rechter, außerparlamentarischer Gruppen.

BURNELEIT, Dr. Fritz, geboren 1917, langjähriger leitender Angestellter bei der Daimler-Benz AG, wo er als Protegé von Dr. Hanns Martin Schleyer galt. Mitglied des Vorstands der Landsmannschaft Ostpreußen und des Vereins ›Deutschland-Stiftung e.V.‹; Verbindungsmann der Daimler-Benz AG zu rechten, außerparlamentarischen Gruppen. In seinem 1967 erschienenen Buch, »Ich hab mich ergeben ...«, zitiert Burneleit den Heidelberger Historiker Conze: »... Werner Conze hat mit Recht festgestellt: Gerade der Nationalsozialismus hat alte sittliche Kräfte in großer Stärke neu geweckt, an die zu erinnern notwendig ist ...«

DIEHL, Günter, geboren am 8. Februar 1916 in Köln, Staatssekretär i.e.R., von 1933 bis 1945 Beamter des Auswärtigen Amts, Rundfunkpolitische Abteilung. 1950 wiedereingestellt, wurde Diehl 1967 unter Bundeskanzler Kurt Georg Kiesinger Bundespressechef, später Botschafter, u. a. in Tokio.

DIEHL, Karl, geboren am 4. Mai 1907 in Nürnberg, Industrieller, Verwaltungsratsvorsitzer der DIEHL-Gruppe (NE-Metall-Halbzeug, Uhren, Zeitschaltgeräte, Rechenmaschinen, feinmechanische Fertigung), einem der bedeutendsten Rüstungsproduzenten Europas. Diehl war eng befreundet mit Franz Josef Strauß, unterstützt über den ›Wirtschaftsrat der Union e.V.‹ die

bayerische CSU, gehört aber auch zu den Förderern noch weiter rechtsstehender Gruppen.
1972 wurde ihm das Große Bundesverdienstkreuz mit Stern verliehen.

FLICK, Friedrich, 1883–1972, Großindustrieller, Haupteigentümer der Friedrich Flick KG, eines der größten Industriekonzerne Europas, und Großaktionär der Daimler-Benz AG. Bis 1945 Mitglied des ›Freundeskreises des Reichsführers SS Heinrich Himmler‹; Hauptangeklagter im Nürnberger Kriegsverbrecherprozeß, Fall 5, verurteilt zu 7 Jahren Gefängnis, 1950 vorzeitig aus der Haft entlassen, leitete bis zu seinem Tode die zu den Mammut-Unternehmen der Bundesrepublik zählende Flickgruppe, förderte die CDU/CSU und besonders den ›Bayern-Kurier‹, dessen Herausgeber Franz Josef Strauß sowie diesem nahestehende rechte Gruppen.

FIRCKS, Otto Freiherr von, geboren am 14. September 1912 in Pedwahlen/Lettland, Verbandsgeschäftsführer, zeitweise Mitglied des Bundestages (CDU).
Im Kriege als SS-Obersturmführer im zentralen ›Ansiedlungsstab beim Höheren SS- und Polizeiführer Wartheland‹, als ›Führer beim Stab des SS-Abschnitts XLII‹ (Gnesen) und beim SS- Rasse- und Siedlungshauptamt tätig. Als solcher war er beteiligt an Aus-, Um- und Ansiedlungsaktionen, bei denen ›unerwünschte‹ Polen und Juden, meist nachts und überfallartig, aus ihren Höfen und Häusern vertrieben und durch Volksdeutsche ersetzt wurden.
Seit 1953 Geschäftsführer des ›Bundes der Vertriebenen‹, Landesverband Niedersachsen; Mitglied des Programmbeirats des Norddeutschen Rundfunks; 1963–1967 Mitglied des Landtags von Niedersachsen; 1969 wurde er Mitglied des Bundestages (CDU), wo er zeitweise dem Ausschuß für Fragen der Wiedergutmachung nationalsozialistischen Unrechts angehörte und in dieser Eigenschaft auch Israel bereiste.

GLOBKE, Hans Maria, 1898–1972, Staatssekretär a.D., bis 1945 Ministerialrat im Reichsinnenministerium, Mitverfasser und -kommentator der judenfeindlichen ›Nürnberger Gesetze‹, zuständig für die meisten Gesetze und Verordnungen, die die Grundlage für die Diskriminierung, Entrechtung und schließli-

che Ausrottung unliebsamer religiöser und ethnischer Gruppen bildeten. Von 1949 an Ministerialdirektor, dann Staatssekretär im Bundeskanzleramt, wurde Globke die ›Graue Eminenz‹ der Adenauer-Ära, zuständig u. a. für den Bundesnachrichtendienst und die personelle Restauration des Beamtenapparats. Als Verwalter des geheimen Haushaltstitels 300 finanzierte Globke zahlreiche rechtskonservative und -extremistische Gruppen und deren Publikationen.
1963 erhielt er das Großkreuz des Verdienstordens der Bundesrepublik.

GÖTZ, Hans-Joachim, geboren am 20. Juli 1909 in Berlin, ehedem langjähriger Chef der Günther Wagner Pelikan-Werke, Hannover, auch Präsident der Industrie- und Handelskammer Hannover, Mitglied des Beirats der Deutschen Bank AG.
Im Kriege war Götz als SS-Hauptsturmführer (F) im Stabshauptamt des ›Reichskommissars für die Festigung des deutschen Volkstums‹ in den eroberten Ostgebieten tätig. Er war, insbesondere im Bundestagswahlkampf 1972, einer der Förderer rechter außerparlamentarischer Gruppen und beteiligt an Kampagnen gegen Willy Brandt und die sozialliberale Koalition.

GRAU, Karl Friedrich, ehemaliger Hitlerjugend-Streifenführer. Als geschäftsführendes Vorstandsmitglied der »Studiengesellschaft für staatspolitische Öffentlichkeitsarbeit, anerkannt gemeinnütziges Institut für Erwachsenenbildung e.V.« in Amorbach, Generalbevollmächtigter der »Gemeinnützigen Vereinigung zur Förderung der politischen Willensbildung e.V.« in Bad Neustadt, Gründungsmitglied und ›Bereichs-Geschäftsführer West‹ des Vereins »Deutschland-Stiftung e.V.« sowie als Geschäftsführer der »Gesellschaft für konstruktive Politik e.V.« in Amorbach und zahlreicher ähnlicher Institutionen leitete Grau eine ganze Reihe von Kampagnen gegen Willy Brandt und die sozialliberale Koalition. Dabei gingen allein im Wahlkampf des Herbstes 1972 mehrere Millionen DM Spendengelder durch seine Hände. Grau, damals noch eng befreundet und liiert mit Hugo Wellems und Artur Missbach, versuchte mehrmals, eine Aktions- und Wahlgemeinschaft aller rechten Gruppen, von CDU/CSU über die NPD bis zur rechtsextremen ›Aktion W‹, zustande zu bringen. In Zusammenhang mit der Abrechnung von siebenstelligen Spendenbeträgen kam es zu Unstimmigkeiten zwischen Grau und einigen der von ihm geleiteten Organisationen. Wegen seiner allzu engen NPD-Kontakte wurde er im Juni 1974 aus der hessischen CDU ausgeschlossen.

KEMPFLER, Friedrich, geboren am 6. Dezember 1904 in Eggenfelden, Oberbürgermeister zur Wiederverwendung, langjähriges Mitglied des Bundestages (CSU).
Von 1938 bis 1945 Oberbürgermeister von Bayreuth, Mitglied der NSDAP, des NSKK und der SS. Letzter bekannter Dienstgrad: SS-Standartenführer, Dienststelle: Reichssicherheitshauptamt.
Bis 1948 war Kempfler in alliierter Internierungshaft. 1968 wurde er mit dem Bayerischen Verdienstorden ausgezeichnet.

KIESINGER, Kurt Georg, 1904–1988, Bundeskanzler a. D., Mitglied des Bundestages (CDU) von 1969 bis 1980, Rechtsanwalt.
Von 1933 bis 1945 Mitglied der NSDAP, von 1940 bis 1945 im Auswärtigen Amt, Rundfunkpolitische Abteilung. Dort leitete Kiesinger das Referat B, das zuständig war für »Allgemeine Propaganda, Koordinierung der Arbeit der Länderreferate, Verbindung zum Reichspropagandaministerium« sowie für die Vorzensur aller Auslandssendungen. »Herrn Kiesinger obliegt die Vermittlung der allgemeinen außenpolitischen Propagandarichtlinien«, heißt es in einem offiziellen Bericht des Gesandten Rühle.
Nach Kriegsende wurde Kiesinger von den Alliierten verhaftet und 18 Monate lang interniert. Von 1958 bis 1966 war er Ministerpräsident des Landes Baden-Württemberg, dann bis 1969 Bundeskanzler.
1960 wurde er mit dem Großkreuz des Verdienstordens der Bundesrepublik ausgezeichnet.

MISSBACH, Artur, geboren am 21. September 1911 in Radebeul, Wirtschaftsberater und Verleger.
1935 Eintritt in den Justizdienst, dann leitender Beamter im Reichswirtschaftsministerium, im Kriege in verantwortlicher Stellung beim ›Sonderbeauftragten für die Spinnstoffwirtschaft‹, dort federführend ›für den Einsatz von Herren der Wirt-

schaft in den besetzten Gebieten‹, von 1942 an Leiter der ›Wirtschaftsgruppe Textil-, Bekleidungs- und Lederindustrie‹ in Krakau. 1944: stellvertretender Betriebsführer der ›Oberschlesischen Gummiwerke‹ in Trzebinia.
Seit 1947 Mitglied der CDU; 1957–1961 Mitglied des Landtags von Niedersachsen, 1961–1969 Mitglied des Bundestages. Herausgeber der ›Vertraulichen Mitteilungen aus Politik und Wirtschaft‹, mit denen er sich an den Kampagnen gegen Willy Brandt und die sozialliberale Koalition beteiligte; leitete die ›Außenstelle Nord‹ der ›Studiengesellschaft für staatspolitische Öffentlichkeitsarbeit‹, mit der er sich nach Auseinandersetzungen mit Karl Friedrich Grau dann der ›Staats- und Wirtschaftspolitischen Gesellschaft‹ des Hugo Wellems anschloß. Während seiner Zugehörigkeit zum Bundestag erregte Missbach vor allem dadurch Aufsehen, daß er auf amtlichem Papier des Parlaments Werbebriefe für die Investment-Schwindelfirma IOS verschickte.

PACKEBUSCH, Herbert, geboren am 4. Februar 1902 in Berlin, von Beruf Innenarchitekt.
Mitglied der NSDAP seit 1928, seit 6.12.1931 SS-Führer, seit 1941 SS-Standartenführer.
Seit 1937 gehörte Packebusch dem Sicherheitsdienst der SS (SD) an. 1942 wurde er mit dem Kriegsverdienstkreuz 2. Klasse ausgezeichnet »für Verdienste bei den Einsatzgruppen in den ehemals polnischen Gebieten«.
Von 1941 an war Packebusch kaufmännischer Direktor des Flügel & Polter-Konzerns, u. a. bei den Oberschlesischen Gummiwerken in Trzebinia.

PRENTZEL, Felix Alexander, geboren am 19. März 1905 in Koblenz, Generaldirektor i.R. Seit 1932 war Prentzel in leitenden Positionen in der Chemieindustrie tätig, im Kriege Oberkriegsverwaltungsrat in den besetzten Gebieten, dann im Reichswirtschaftsministerium stellvertretender Abteilungsleiter der Abteilung 6 »Besetzte Ostgebiete«.
Von 1949-1955 im Bundeswirtschaftsministerium, zuletzt Ministerialdirigent. Von 1955 bis 1973 Vorstandsmitglied, zuletzt Generaldirektor, des DEGUSSA-Konzerns, seitdem im Ruhestand. Mitglied zahlreicher Aufsichtsräte sowie des Präsidiums des ›Wirtschaftsrats der CDU e.V.‹.
1966 erhielt er das Große Bundesverdienstkreuz.

RIES, Fritz, geboren am 4. Februar 1907 in Saarbrücken, Industrieller, königlich marokkanischer Honorar-Konsul.
Seit 1934 persönlich haftender Gesellschafter der Flügel & Polter KG, Leipzig. Durch zahlreiche ›Arisierungen‹ und ›Übernahmen‹ erweiterte er diesen 120-Mann-Betrieb zu einem Konzern mit über 10 000 Beschäftigten und wurde dessen Hauptgesellschafter. Mitglied der NSDAP seit 1933; 1936 vorgesehen als ›Vertrauensmann für besondere Angelegenheiten‹ der Geheimen Staatspolizei.
Seit 1945 in Westdeutschland tätig, Vorstandsvorsitzer der PEGULAN-Werke AG, Hauptaktionär der RIES-Gruppe, Mitglied des Beirats der Commerzbank AG bis zu seinem Freitod im Jahre 1977.
In Anerkennung seiner Verdienste wurde er 1967 mit dem Großen Bundesverdienstkreuz, 1972 mit dem Stern dazu ausgezeichnet.

SCHLEYER, Hanns Martin, geboren am 1. Mai 1915 in Offenburg, bis zu seiner Ermordung im Herbst 1977 Mitglied des Vorstands der Daimler-Benz AG und Präsident der Bundesvereinigung deutscher Arbeitgeberverbände (BDA), wie auch des Bundesverbands der Deutschen Industrie (BDI).
Seit 1931 Mitglied der HJ, dann der SS und der NSDAP. Jurastudium in Heidelberg, dort »Amtsleiter« des NS-*Reichsstudentenwerks,* einer - so die *Zeit* - »Tarnorganisation des Sicherheitsdienstes (SD)«; NS-Amtsleiter und Mitunterzeichner eines Denunziantenberichts an das Badische Ministerium für Kultur und Unterricht; 1938 Leiter des NS-Reichsstudentenwerks in Innsbruck, 1941 in Prag.
Bis 1945 als SS-Führer und Leiter des Präsidialbüros im ›Zentralverband der Industrie für Böhmen und Mähren‹ in Prag tätig.
Seit 1951 bei der Daimler-Benz AG, zuletzt Personalchef. Zahlreiche Aufsichtsratsmandate, u. a. stellvertretenden Vorsitz bei der PEGULAN AG.

STEINER, Julius, geboren am 18. September 1924 in Stuttgart, nach eigenen Angaben »seit 1958 als Referent in der freien Wirtschaft« tätig.
Wurde 1952 Landesgeschäftsführer der CDU in Baden-Württemberg, 1956 Landesvorsitzender der Jungen Union, 1963

stellvertretender Landesvorsitzender der CDU, 1967 Landesbeauftragter des ›Wirtschaftsrats der CDU e. V.‹, 1969 Mitglied des Bundestages. Wurde im November 1972 nicht wiedergewählt und löste Anfang 1973 durch sein freiwilliges Bekenntnis, bei der Abstimmung über den Mißtrauensantrag gegen Bundeskanzler Willy Brandt für diesen votiert und dafür 50 000 DM erhalten zu haben, einen politischen Skandal aus, dessen Aufklärung durch einen parlamentarischen Untersuchungsausschuß an unentwirrbaren Widersprüchen scheiterte. Es ergab sich jedoch, daß Steiner für bundesdeutsche und fremde Geheimdienste tätig gewesen war.

STRAUSS, Franz Josef, geboren am 6. September 1915 in München, Oberregierungsrat a. D., seit 1978 bis zu seinem Tod 1988 Bayerischer Ministerpräsident.
1937 Mitglied des NSKK, weltanschaulicher Referent beim Sturm 23/M 6 in München; Mitglied der Nazi-Eliteorganisation NSDStB (nur wenige tausend für SS- und SD-Führerposten u. ä. vorgesehene Mitglieder).
1943 zum Studienrat ernannt; als Oberleutnant Chef der Stabsbatterie und »Offizier für wehrgeistige Führung« (NSFO) einer Flakeinheit im Landkreis Schongau.
1945 Dolmetscher bei der amerikanischen Militärregierung, kommissarischer, dann gewählter Landrat von Schongau, zugleich geschäftsführender Vorsitzender des Spruchausschusses, der über die politische Vergangenheit ehemaliger Mitglieder der NSDAP und ihrer Gliederungen zu urteilen hatte.
Mitglied des Bundestages (CSU) seit 1949, Generalsekretär der bayerischen CSU, seit 1961 deren Landesvorsitzender.
1953 Bundesminister für besondere Aufgaben, 1955 für Atomfragen, 1956 bis 1962 Bundesminister der Verteidigung, 1966 bis 1969 Bundesminister der Finanzen.
Seit Beginn seiner politischen Laufbahn im Mittelpunkt immer neuer Affären und Skandale – ›Hauptstadt-Affäre‹, ›Bayerische Spielbanken-Affäre‹, ›FIBAG-Skandal‹, ›Onkel Aloys-Affäre‹, ›HS 30-Skandal‹, ›Spiegel-Affäre‹, ›Starfighter-Beschaffungs-Skandal‹, ›New Yorker Dirnen-Affäre‹ usw. –, wozu Theodor Eschenberg in der Wochenzeitung *Die Zeit* bemerkte: *»Strauß ist nicht wegen seiner Politik gefährlich, sondern wegen seines persönlichen Verhaltens in der Politik.«*
Ausgezeichnet mit dem Großkreuz des Verdienstordens der

Bonns »Braune Eminenz« Dr. Eberhard Taubert, einst oberster Judenhetzer des Dr. Goebbels, dann Strauß-Berater und Ries-Gehilfe.

Bundesrepublik Deutschland. Verheiratet mit STRAUSS, Marianne, geborene Zwicknagl, die ihrerseits mit 16 Prozent des Kapitals beteiligt war an Unternehmen der Firmengruppe des Konsuls Dr. Fritz Ries. Verunglückte tödlich am 22. Juni 1984.

STÜCKLEN, Richard, geboren am 20. August 1916 in Heideck, Ingenieur.
Mitglied des Bundestages seit 1949, zeitweise Vorsitzender der CSU-Landesgruppe im Bundestag, 1957 bis 1966 Bundesminister für das Post- und Fernmeldewesen.

TAUBERT, Eberhard, geboren am 11. Mai 1907 in Kassel, Ministerialrat a. D.
Seit 1931 Mitglied der NSDAP, leitete von 1932 an die Rechtsabteilung der Gauleitung von Groß-Berlin, SA-Sturmführer, enger Mitarbeiter von Dr. Joseph Goebbels. Von 1933 an im Reichsministerium für Volksaufklärung und Propaganda, dort zunächst Referatsleiter, u. a. zuständig für die ›Aktivpropaganda gegen die Juden‹. Von 1942 an Chef des Generalreferats Ostraum.
Daneben seit 1938 Richter am 1. Senat des Volksgerichtshofs und beteiligt an Todesurteilen gegen in- und ausländische Widerstandskämpfer.
Nach 1945 - eigenen Angaben zufolge - »zunächst viele Jahre außerhalb Europas, in Südafrika und in Persien«, von etwa 1950 an wieder in der Bundesrepublik, wo er »Verbindung zu nationalen Kreisen« fand. Berater von Franz Josef Strauß, dann Rechtsberater und Leiter des persönlichen Büros von Konsul Dr. Fritz Ries. Verunglückte 1977 tödlich.

TESMANN, Rudolf, geboren am 29. März 1910 in Stettin, Generalbevollmächtigter.
Seit 1936 in der Auslandsorganisation der NSDAP tätig, von 1937 an persönlicher Adjutant des Reichsleiters Bohle, von März bis Dezember 1943 vertretungsweise Landesgruppenleiter der NSDAP in Spanien, von März 1944 bis Kriegsende Verbindungsmann zur Parteikanzlei (Reichsleiter Bormann).
Mitglied der SS; letzter bekannter Dienstgrad (1943): SS-Obersturmbannführer.
Nach 1945 von der britischen Besatzungsmacht verhaftet und interniert. Von 1948 an in leitender Stellung beim Horten-Kon-

zern, Generalbevollmächtigter. Langjähriges Mitglied des Präsidiums des ›Wirtschaftsrats der CDU e.V.‹

TODENHÖFER, Gerhard Kreuzwendedich, geboren am 10. Juni 1913 in Wippersheim, Legationsrat a. D., Industrieller. Seit 1930 Mitglied der NSDAP, schon als Gymnasiast fanatischer Nationalsozialist und besonderer Günstling Martin Bormanns, als dessen Vertrauensmann Dr. Todenhöfer nach beendetem Studium und Dienst in der NSDAP-Auslandsorganisation ins Auswärtige Amt kam. Dort zunächst stellvertretender Referatsleiter Deutschland III (Judenangelegenheiten), dann stellvertretender Leiter des Sonderreferats, hielt engen Kontakt zum Propagandaministerium und zur Parteikanzlei.
Der Bormann-Günstling Legationsrat SS-Hauptsturmführer Dr. Todenhöfer förderte in der Rundfunkpolitischen Abteilung des Auswärtigen Amts die Karriere seines langjährigen engsten Freundes Dr. Kurt Georg Kiesinger.
Nach 1945 übernahm Todenhöfer eine leitende Position bei der C. Baresel Bau-AG in Stuttgart, deren Generaldirektor er dann viele Jahre lang war. Aufsichtsratsvorsitzer der C. Baresel Bau-AG war Dr. Klaus Scheufelen, langjähriger Präsident des ›Wirtschaftsrats der CDU e.V.‹

WELLEMS, Hugo, geboren am 4. August 1912 in Köln, Chefredakteur.
Seit 1930 Mitglied der Hitlerjugend, Führer in der Propagandaabteilung der Reichsjugendführung, seit 1936 Referent im Reichsministerium für Volksaufklärung und Propaganda, im Kriege Chef des Propagandaamts für Litauen in Kowno.
Bis 1973 Chefredakteur der Wochenzeitung *Das Deutsche Wort*, eines weit rechtsstehenden Blattes, das in den Jahren bis 1969 laufend aus öffentlichen Mitteln subventioniert worden ist und sich 1970 zu einer Art Kopfblatt des *»Bayernkuriers«* (Herausgeber: F. J. Strauß) entwickelte. Dabei leistete Dr. Taubert, einstiger Vorgesetzter von Wellems, Vermittlerdienste. Später wurde Wellems Chefredakteur des *»Ostpreußen-Blatts«*, eines Vertriebenenorgans, das sich für eine große, bundesweite Partei als Sammelbecken aller rechts von der CDU stehenden Gruppen unter Führung von F. J. Strauß einsetzte. Die ebenfalls von Wellems geleitete, als ›gemeinnützig‹ anerkannte ›Staats- und Wirtschaftspolitische Gesellschaft e.V.‹, die von namhaften

Industriefirmen finanziert wurde, diente insbesondere im Bundestagswahlkampf 1972 als Basis für Kampagnen gegen Willy Brandt und die sozialliberale Koalition.

ZOGLMANN, Siegfried, geboren am 17. August 1913 in Neumark (Böhmerwald), Werbekaufmann.
Seit 1928 Mitglied der nationalsozialistischen Organisationen der Tschechoslowakei, 1933 Gefängnisstrafe wegen verbotener nationalsozialistischer Aktivität, 1934 nach Deutschland geflüchtet, HJ-Führer, bis 1939 Amtsleiter in der Reichsjugendführung, von 1939 an im ›Protektorat Böhmen und Mähren‹, oberster Führer der Hitlerjugend und Abteilungsleiter beim Reichsprotektor.
1940 erbat und erhielt Zoglmann von Himmler persönlich die Erlaubnis, SS-Führer zu werden. Zoglmann gehörte der Leibstandarte SS ›Adolf Hitler‹ an. Letzter bekannter Dienstgrad in der Allgemeinen SS (laut Personalveränderungsblatt vom 9. November 1944): SS-Untersturmführer; letzter HJ-Dienstgrad: Gebietsführer.
1950 Pressereferent des Landesverbands Nordrhein-Westfalen der FDP, Landesvorstandsmitglied; Inhaber der Werbeagentur ›Interwerbung‹.
Von 1954 bis 1958 Mitglied des Landtags (FDP) von Nordrhein-Westfalen; von 1957 bis 1976 Mitglied des Bundestages, zunächst FDP-, dann Hospitant bei der CSU-Fraktion, 1972 Mitglied der CSU-Landesgruppe. Danach Lobbyist für südafrikanische Interessen (u. a. Waffenkäufe) in der Bundesrepublik.

BERNT ENGELMANN

Im Gleichschritt marsch

Wie wir die Nazizeit erlebten, Band 1
1933–1939
224 Seiten, stb 96

*

Wie erlebten die 65 Millionen Deutschen den Beginn der Naziherrschaft? Marschierten alle im Gleichschritt mit oder standen zumindest ergriffen am Straßenrand, »Heil« schreiend? Wurden tatsächlich die allermeisten Deutschen in den sechs Jahren zwischen »Machtergreifung« und Kriegsbeginn zu begeisterten Anhängern Hitlers? Oder waren das alles nur Mitläufer, die im Innersten von Anfang an das Regime ablehnten und lediglich aus Angst vor Gestapo und KZs strammstanden? Natürlich weder das eine noch das andere. Bernt Engelmanns Perspektive ist nicht die des Politikhistorikers, der von weit oben herabschaut. Engelmann schreibt Geschichte von unten. Er stellt Menschen inmitten ihres Umfeldes, ihrer Bedingungen dar und löst die Masse der Deutschen in Einzelschicksale auf.

Bitte fordern Sie das kostenlose Gesamtverzeichnis an:
Steidl Verlag · Düstere Str. 4 · 37073 Göttingen

BERNT ENGELMANN

Bis alles in Scherben fällt

Wie wir die Nazizeit erlebten, Band 2
1939–1945
272 Seiten, stb 97

*

Zwischen Blitzkrieg und totaler Niederlage. Deutschland hat Europa mit Krieg überzogen und fast über den ganzen Kontinent seine Terrorherrschaft errichtet. Täglich sterben tausende Soldaten an allen Fronten, Nacht für Nacht zerbomben alliierte Flugzeuge Deutschlands Städte. Am Boden geht es zuletzt nur noch ums Überleben.
Auch im zweiten Band seiner Trilogie zeigt Bernt Engelmann die großen Widersprüche dieser Zeit: Er berichtet vom rauschhaften Leben seiner Cousine, die mit einem an der Judentötung beteiligten SS-General verheiratet war – und beschreibt die immer gefährlicheren Aktionen eines Widerstandskreises, dem er bis zu seiner Verhaftung selbst angehörte.

Bitte fordern Sie das kostenlose Gesamtverzeichnis an:
Steidl Verlag · Düstere Str. 4 · 37073 Göttingen

BERNT ENGELMANN

Wir haben ja den Kopf noch fest auf dem Hals

Die Deutschen zwischen Stunde Null und Wirtschaftswunder, Band 3
1945–1948
208 Seiten, stb 98

*

Drei Jahre einer kaum noch vorstellbaren Armut und Not. Doch zugleich auch die Zeit des Neubeginns, an den viele nicht glauben wollten, und der die, die auf ihn hofften, bitter enttäuschte. Die vierzig Monate zwischen dem Zusammenbruch des Dritten Reiches und der Währungsreform 1948 bilden die Grundlage des Wirtschaftswunders und der Restauration im Westen – und sind der Beginn der »Roten Diktatur« im Osten.
Bernt Engelmann trifft und beschreibt ehemalige Nazis, die schon wieder oben schwimmen, oder gerade wieder auftauchen, er berichtet von Schwarzmarktschiebereien und der Mangelwirtschaft, von der widersprüchlichen und oft unverständlichen Politik der Besatzungsmächte.

Bitte fordern Sie das kostenlose Gesamtverzeichnis an:
Steidl Verlag · Düstere Str. 4 · 37073 Göttingen